LA LUMIÈRE
QUI S'ÉTEINT

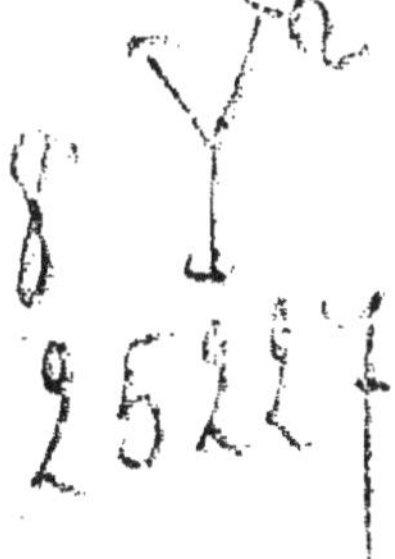

ŒUVRES DE RUDYARD KIPLING

*Traductions d'*ALBERT SAVINE

En collaboration avec MICHEL GEORGES-MICHEL.

RUDYARD KIPLING

LA LUMIÈRE QUI S'ÉTEINT

ALBIN MICHEL, ÉDITEUR

PARIS — 22, RUE HUYGHENS, 22 — PARIS

La lumière qui s'éteint...

I

— Qu'est-ce qu'elle nous fera, si elle nous prend ? dit Maisie, avec une nuance d'inquiétude. Nous avons tort de nous servir de ça, tu sais !...

— Elle me battra, et toi, elle t'enfermera dans ta chambre, répliqua Dick sans hésitation. As-tu les cartouches ?

— Oui, je les ai dans ma poche ; mais elles sont joliment secouées, quand je marche ! Est-ce que, des cartouches, ça peut partir tout seul ?

— ...Sais pas ! Prends le revolver, si tu as peur, et laisse-moi les porter.

— Je n'ai pas peur...

Maisie marchait d'un pas rapide, la main appliquée sur le dangereux paquet et le nez au vent. Dick la suivait, tenant un petit pistolet.

Ces enfants avaient découvert, un beau jour, que la vie leur serait insupportable sans le tir à la cible. Après y avoir beaucoup réfléchi et s'être privé de tout, Dick avait réussi à épargner sept shillings et demi, de quoi payer une mauvaise arme de fabrication belge. Maisie, elle, n'avait pu contribuer au syndicat que dans la proportion d'une demi-couronne : le prix d'un cent de cartouches.

— Cela t'est bien plus facile qu'à moi d'économiser, disait-elle : j'aime les bonnes choses, et toi tu n'y tiens pas ! D'ailleurs, ajoutait-elle délibérément, c'est l'affaire des garçons, de se priver...

Dick avait bien un peu grogné à cet arrangement ; mais il était allé tout de même acheter les munitions qu'il s'agissait maintenant d'essayer.

L'exercice du revolver ne rentrait pas dans le programme de leur vie de tous les jours, tel que l'avait arrêté la personne qui était censée servir de mère à ces deux orphelins. Dick était confié à sa garde depuis dix ans, et depuis dix ans elle avait consciencieusement mis de côté pour elle-même l'argent de la pension destinée à l'entretien de son pupille. C'était une veuve d'un certain âge, désireuse, hélas ! de se remarier, et, soit légèreté inconsciente, soit besoin naturel de faire souffrir, elle avait rendu le fardeau de la vie insupportable à ces jeunes épaules. Au lieu de la tendresse qu'attendait l'enfant, elle ne lui avait montré que de l'aversion, puis de la haine. Quand, avançant en âge, il avait cherché à se faire bien venir, elle l'avait rabroué. Les heures qu'elle ne consacrait pas à la tenue de son modeste ménage, elle les employait à ce qu'elle appelait l'éducation morale de Dick Heldar : la religion, telle que pouvait la concevoir sa médiocre intelligence, et l'étude minutieuse du texte des Écritures, elle n'allait pas au delà. Quand elle n'avait aucun sujet de méconten-

tement personnel contre son élève, elle lui donnait
à entendre qu'il avait des comptes écrasants à régler
avec le Créateur. Aussi Dick avait-il appris à détester Dieu aussi vigoureusement qu'il détestait
Mme Jennett. Quoi de plus effrayant qu'un tel état
d'esprit chez un enfant !

Du jour où la crainte d'un châtiment physique le
poussa pour la première fois à altérer la vérité, elle
le traita en incorrigible menteur ; dès lors, il se mit
à mentir tout naturellement ; mais il mentait avec
habileté, avec ruse... et pour ainsi dire avec éco-
nomie, ne risquant jamais le moindre conte sans
nécessité, n'hésitant point, d'autre part, devant la
plus noire invention, pourvu qu'elle fût plausible et
lui facilitât un peu la vie. A défaut d'autres avantages moraux, cette éducation lui avait du moins
appris à vivre seul, ce qui ne lui fut pas inutile
lorsqu'il alla au collège et que ses camarades se
moquèrent de ses pauvres habits rapiécés.

Pendant les vacances, il retombait sous la coupe
de Mme Jennett, qui, pour ne pas laisser se relâcher
les liens de la discipline au contact du monde extérieur, le battait généralement, sous un prétexte ou
sous un autre, avant qu'il eût passé vingt-quatre
heures sous son toit.

Cependant il se trouva, une année, que l'automne
lui amenait une compagne d'esclavage : un atome
de petite fille aux longs cheveux noirs et aux yeux
gris, qui errait sans bruit dans la maison, aussi
taciturne que lui-même. Pendant les premières
semaines, elle ne parla qu'à une chèvre, son unique

amie, qui habitait le jardin. Mme Jennett n'aimait pas cette bête, qu'elle ne trouvait pas « chrétienne », en quoi sans doute elle avait raison. Elle le dit sévèrement à la nouvelle venue.

— C'est bien ! répondit « l'atome » d'un air délibéré, j'écrirai à mon notaire que vous êtes une méchante femme. *Ammoma* est à moi, entendez-vous ? A moi toute seule !

Mme Jennett fit un pas vers le vestibule, où se trouvaient déposés les parapluies... et les cannes. L'atome comprit, aussi clairement que Dick, ce que cela signifiait.

— J'ai déjà été battue, reprit-elle tranquillement, et plus fort que vous ne pourrez jamais me battre. Si vous me touchez, j'écrirai à mon notaire que vous ne me donnez pas assez à manger. Je n'ai pas peur de vous.

Mme Jennett n'alla pas jusqu'au vestibule. Quant à la petite fille, après une pause pour s'assurer que tout danger était écarté, elle s'en fut retrouver Ammoma dans le jardin et versa d'abondantes larmes sur le cou de son amie.

Dick apprit qu'elle se nommait Maisie. Tout d'abord, il la vit d'un très mauvais œil ; il craignait qu'elle ne gênât le peu de liberté dont il jouissait. Il n'en fut rien ; la petite se garda de toute avance amicale et laissa Dick faire les premiers pas. Bien avant la fin des vacances, le poids des punitions supportées en commun avait rapproché les deux enfants, obligés de s'aider mutuellement pour tromper la tyrannie de leur gardienne.

Quand le moment vint où Dick devait retourner au collège, Maisie murmura doucement :

— Maintenant, il va falloir que je me tire d'affaire toute seule !

Mais elle ajouta aussitôt, secouant bravement la tête :

— Eh bien, je m'en tirerai !... Tu sais que tu m'as promis de me faire cadeau d'un collier de paille pour Ammoma ? Envoie-le vite !

Une semaine plus tard, elle écrivait pour réclamer son collier par retour du courrier et s'étonnait qu'il fallût à Dick tant de temps pour se le procurer. Quand enfin il le lui envoya, elle oublia complètement de le remercier.

Les vacances passèrent et revinrent plusieurs fois. Dick se transformait en un grand garçon dégingandé, plus honteux que jamais de ses mauvais habits. Mme Jennett n'avait nullement renoncé pour lui à ses procédés d'autrefois ; mais les punitions du collège — où il était battu en moyenne trois fois par mois — remplissaient le patient de mépris pour le peu de vigueur de cette mégère.

— Elle ne me fait pas mal du tout, expliquait-il à Maisie, qui le poussait à la révolte. Et puis, quand elle m'a rossé, elle est un peu moins méchante pour toi...

Il traînait ses jours, négligé de corps, farouche d'instincts. Les plus petits de ses camarades, au collège, s'en apercevaient bien, car il avait de mauvais moments, où il les frappait avec une expérience cruelle. Plusieurs fois, poussé par le même esprit de méchanceté, il essaya de faire pleurer Maisie ; mais la petite fille savait se défendre.

— Tu ne trouves donc pas que nous sommes tous les deux assez malheureux comme cela ? lui demandait-elle. A quoi bon nous tourmenter davantage ? Cherchons plutôt des choses à faire pour nous amuser, va ! Et oublions le reste...

Le revolver avait été le résultat de cette recherche.

Ils ne pouvaient s'en servir que sur la partie la plus boueuse de la plage, là-bas, loin des voitures de bain et des jetées, sous les talus herbeux du fort Keeling. De ce côté la marée découvrait près de deux milles d'étendue. Elle laissait derrière elle des bancs de vase diversement teintés, qui, sous le soleil, exhalaient une lamentable odeur d'algues mortes. Il était déjà tard, dans l'après-midi, quand Dick et Maisie atteignirent le but de leur course. Ammoma les avait suivis, en trottant patiemment derrière eux.

— Mf !... La mer sent joliment mauvais, par ici ! fit Maisie en reniflant l'air. Je n'aime pas cette odeur-là, moi !

— Tu n'aimes jamais rien de 'ce qui n'est pas fait exprès pour toi ! lui répondit rudement Dick. Passe-moi les cartouches. Je vais tirer le premier... A quelle distance crois-tu que ça porte, ces petits revolvers-là ?

— Oh ! ça va au moins à un demi-mille. Et ça fait un bruit !... Prends bien garde aux cartouches ; je n'aime pas ces machines dentelées qu'elles ont sur le bord. Sois prudent, Dick !...

— N'aie pas peur ! Je sais charger. Je vais tirer sur le brise-lames.

Il fit feu, et Ammoma s'enfuit en bêlant... La balle avait fait sauter un peu de boue, à droite des pilotis enguirlandés de goémon.

— Il porte haut et dévie de ce côté, fit Dick. A ton tour, Maisie. N'oublie pas qu'il est chargé à fond.

Maisie prit le pistolet et s'avança prudemment jusqu'au bord du lac de boue, tenant le doigt sur la détente, les lèvres et l'œil gauche plissés avec effort, pour viser. Dick s'assit sur une motte de terre s'apprêtant à rire ; Ammoma se rapprocha, encore un peu méfiante. La chèvre était soumise à d'étranges expériences, dans ses promenades de l'après-midi : elle ne s'étonnait plus de rien... Trouvant la cartouchière ouverte, à terre, elle se mit à la fouiller de son nez.

Maisie tira, mais ne put distinguer où était allée sa balle.

— Je crois que j'ai touché le poteau, dit-elle en abritant ses yeux pour explorer la mer déserte.

— Et moi je suis sûr que tu as attrapé la bouée de Marazion ! fit Dick avec un gloussement moqueur. Vise bas et à gauche ; peut-être seras-tu plus adroite... Oh ! regarde donc Ammoma, qui mange les cartouches !...

Maisie se retourna, le revolver en main, juste assez vite pour voir Ammoma s'enfuir devant les pierres que Dick lui lançait. En vérité, rien n'est sacré pour une chèvre ! Quand on pense que celle-ci, bien nourrie par sa maîtresse qui l'adore, osait dévorer des munitions !...

Maisie courut s'assurer que Dick ne s'était point trompé...

— Oui, elle en a mangé deux. L'affreuse bête ! Elles vont danser dans son estomac et la faire sauter !... Ce sera bien fait !... Oh ! mon Dieu, Dick ! t'ai-je tué ?...

Les revolvers sont des jouets perfides, en de jeunes mains. Maisie ne put s'expliquer comment cela s'était fait, mais un nuage d'âcre fumée la séparait de Dick, et elle n'était que trop sûre, la pauvre petite, que le coup était parti en plein dans la figure de son compagnon.

Elle l'entendit cracher, et, se jetant à genoux de son côté, elle s'écria :

— Tu n'es pas blessé, dis ? Je ne l'ai pas fait exprès !...

— Bien sûr que tu ne l'as pas fait exprès ! fit-il en s'essuyant la joue, au moment où la fumée se dissipait. Mais tu m'as presque aveuglé ! Et puis cette poudre empeste, que c'est une horreur !...

Non loin de là, une fine petite raie grise, sur une pierre, montrait le trajet de la balle. Maisie se mit à pleurnicher.

— Tais-toi, fit Dick se relevant d'un bond et se secouant. Je n'ai pas de mal.

— Non ! protesta Maisie, mais j'aurais pu te tuer !.. Qu'est-ce que j'aurais fait, alors ?...

Et les coins de sa bouche s'abaissèrent comme si elle allait éclater en sanglots.

— Eh bien, tu serais rentrée à la maison, et tu aurais tout raconté à Mme Jennett !...

Dick fit une grimace de plaisir, à cette pensée ; puis, adoucissant sa voix :

— Je t'en prie, ne te tourmente pas ! D'ailleurs nous perdons notre temps ; il faut que nous soyons de retour pour le thé. Je vais essayer encore...

Maisie n'attendait qu'un encouragement pour fondre en larmes ; mais l'indifférence de Dick, dont la main tremblait cependant un peu en ramassant la cartouchière, la fit se contraindre. Elle s'étendit à terre, le cœur serré, tandis qu'il bombardait le brise-lames avec méthode.

— Enfin ! s'écria-t-il en voyant un lambeau d'algue se détacher de la charpente et tomber.

— Laisse-moi essayer aussi, dit Maisie avec autorité ; je saurai mieux maintenant.

Ils se mirent à tirer, chacun à son tour, et firent tant et si bien que leur mauvais petit revolver acheva de se détraquer entre leurs mains. Ammoma, qu'ils continuaient à repousser loin d'eux, — car elle pouvait faire explosion d'un moment à l'autre — broutait à l'écart, tout en se demandant pourquoi on lui jetait des pierres. Bientôt ils aperçurent une poutre flottant au milieu d'une flaque, et ils la prirent pour cible, en s'asseyant côte à côte, au-dessous du talus du fort Keeling.

Cependant le pistolet, absolument faussé, se montrait de plus en plus récalcitrant.

— Aux vacances prochaines, annonça Dick, nous

en achèterons un autre, à percussion centrale ; il portera plus loin.

— Il n'y aura pas de vacances prochaines pour moi, dit Maisie ; je m'en vais.

— Où donc vas-tu ?

— Je ne sais pas. Mon notaire a écrit à Mme Jennett ; il faut, paraît-il, que j'aille faire mon éducation quelque part, je ne sais où, peut-être en France. Je suis contente de m'en aller.

— Ça ne me plaît pas du tout, à moi !... Je suppose que je vais rester ici... Est-ce bien vrai, Maisie, que tu pars ? Alors ces vacances sont les dernières que je passe avec toi ?... Et je rentre au collège la semaine qui vient !... Je voudrais...

Son jeune sang empourpra ses joues ; Maisie arrachait machinalement des poignées de gazon et les jetait en bas du talus, vers une glaucie à corolle jaune qui adressait des signes de tête solitaires, sous la caresse du vent, aux vastes bancs de vase et à la mer d'un blanc laiteux.

— Je voudrais te revoir quelquefois, dit-elle après un silence. Et toi ?...

— Moi aussi ; mais tu aurais mieux fait de viser plus juste, tout à l'heure... quand tu as tiré...

Maisie le considéra un instant avec des yeux immenses. Etait-ce là le même garçon qui, dix jours auparavant, avait décoré les cornes d'Ammoma de papillotes empruntées aux manches des côtelettes et qui avait envoyé la pauvre chèvre, ainsi parée, promener sa honte sur la voie publique ?...

Ensuite elle baissa les yeux : non, ce ne pouvait être le même Dick.

— Tu es bête ! fit-elle d'un ton de doux reproche.

Et puis, aussitôt, l'instinct lui inspira une attaque indirecte :

— ...Et tu n'es qu'un égoïste ! Pense à ce que je serais devenue si cette horrible balle t'avait tué ! Est-ce que je ne suis pas déjà assez malheureuse ?...

— Pourquoi, malheureuse ? Parce que tu vas quitter Mme Jennett ?

— Oh ! non.

— Alors, c'est parce que tu vas me quitter ?

Pas de réponse. Dick n'osait la regarder. Il sentait, confusément, tout ce que ces quatre années passées près d'elle avaient été pour lui. Et mieux il le sentait, moins il trouvait de mots pour l'exprimer. Elle finit par lui dire :

— Je ne sais pas ! Peut-être est-ce pour cela... Je suppose...

— Il faut savoir !... Je ne suppose pas, moi ! ...

— Allons, rentrons ! fit Maisie d'une voix faible...

Mais Dick n'était pas d'humeur à battre en retraite

— Je ne sais pas dire les choses, reprit-il d'un ton suppliant ; mais je suis bien fâché de t'avoir taquinée l'autre jour, à propos d'Ammoma. Tout est bien changé, va, maintenant ! Est-ce que tu ne le comprends pas, Maisie ? Pourquoi ne m'as-tu pas dit que tu devais t'en aller, au lieu de me le laisser découvrir ?...

— Tu te trompes, Dick ! C'est moi qui viens de te l'apprendre. Je ne voudrais pas te faire de la peine...

— C'est possible ! Mais voilà des années que nous vivons ensemble, et je ne savais pas combien je tenais à toi.

— Oh ! tenir à moi, toi, Dick ?...

— Peut-être pas autrefois ; mais à présent, c'est la vérité !... Et toi, Maisie, ma Maisie chérie, dis que tu m'es attachée aussi, je t'en prie !...

— Sans doute, je te suis attachée ! Mais à quoi cela nous servira-t-il ?

— Comment ?

— Puisque je m'en vais !

— Oui ; mais, si tu me promets, avant de partir... Promets seulement, veux-tu ?

Une seconde fois, le mot « chérie » vint à ses lèvres, mais plus aisément et comme si déjà elles s'étaient habituées à le prononcer. C'est que son existence, chez Mme Jennett, ou bien au collège, ne l'avait guère familiarisé avec les termes de tendresse, et il lui fallait d'abord les trouver d'instinct... Il saisit la petite main, noircie par la fumée de la poudre.

— Je promets, fit solennellement Maisie. Mais, si je t'aime, il n'y a pas besoin de promettre.

— Tu m'aimes donc ?

Et leurs yeux, détournés depuis quelques minutes, se rencontrèrent soudain, traduisant ce que leurs lèvres étaient malhabiles à exprimer.

— Oh ! Dick, non, je t'en prie ! Tout était bien,

ce matin encore, et maintenant, vois comme tout est changé !

Ammoma les considérait de loin. Elle avait vu souvent ses maîtres se quereller ; jamais elle ne les avait vus s'embrasser. La glaucie jaune, plus instruite, inclinait la tête d'un air approbateur. En tant que baiser, le leur n'était pas fameux ; mais c'était le premier qu'ils eussent jamais donné ou reçu, en dehors de ceux qu'imposait le devoir, oui, le premier. Il leur ouvrit de nouveaux horizons, vers des mondes inconnus et glorieux ! Et c'est pourquoi, l'âme emportée bien au delà de la terre et bien loin surtout de la maison où les attendait le thé, ils demeurèrent assis, tournés l'un vers l'autre, les mains entrelacées, longtemps muets.

— Tu ne peux plus m'oublier, maintenant ! dit enfin Dick.

Il sentait sur sa joue une marque bien plus brûlante que celle de la poudre.

— En aucun cas je n'aurais oublié ! fit Maisie.

Et ils se regardèrent, et ils virent que, ni l'un ni l'autre, ils ne ressemblaient plus aux camarades de tout à l'heure. Un miracle les avait transformés, un mystère qu'ils ne pouvaient pénétrer. Le soleil descendait dans le ciel, et le vent du soir bruissait le long des pentes de la plage.

— Nous allons être horriblement en retard pour le thé, dit Maisie ; rentrons.

— Usons d'abord le reste de nos cartouches, proposa Dick.

Et il aida Maisie à descendre le glacis du fort

jusqu'à la mer, une descente qu'elle aurait très bien pu faire toute seule, et même en courant à toutes jambes. Aussi grave que lui, cependant, elle prit la main toute machurée que lui tendait son compagnon.

Il s'inclina gauchement ; alors elle se dégagea, et il rougit.

— Elle est très jolie, ta main. lui dit-il.

— Bah ! répondit-elle avec un petit rire de coquetterie satisfaite.

Elle se tint debout à côté de Dick, pendant qu'il chargeait le revolver pour tirer dans la mer une dernière fois, avec la vague idée, une idée de derrière la tête, qu'il protégeait Maisie contre tous les dangers d'alentour. Une flaque d'eau, située au delà du banc de vase, retenait les derniers rayons du soleil, transformé sur l'horizon en un disque rouge irrité. Cette lumière absorba l'attention de Dick pendant un moment ; puis il braqua l'arme vers le large... Il se sentit alors envelopper de nouveau par une atmosphère de miracle, car il avait auprès de lui Maisie, qui avait promis de l'aimer, de l'aimer sans fin, jusqu'à ce que...

Une bouffée du vent qui devenait plus fort lui chassa au visage les longs cheveux noirs de son amie, tandis que, debout à son côté, une main sur son épaule, elle se retournait à demi pour appeler la chèvre, — et pendant un instant il fut dans l'obscurité, dans une obscurité douloureuse...

La balle s'enfonça en sifflant dans la mer déserte.

— Manqué, le but ! dit-il en secouant la tête. Il n'y a plus de cartouches. Dépêchons-nous de rentrer.

Ils ne se dépêchèrent point. Ils marchèrent très lentement, au bras l'un de l'autre, et il leur était bien indifférent qu'Ammoma, négligée, avec ses deux cartouches dans le corps, fît explosion ou continuât de trotter à leur suite, car ils étaient entrés en possession d'un héritage doré, dont ils jouissaient sans se hâter, avec la sage insouciance de leur jeunesse.

Dick eut des idées d'avenir.

— Moi, dit-il, je serai... — Il hésita un moment. — Je ne sais pas au juste ce que je serai : je n'arrive pas à passer mes examens. Mais, par exemple, je fais d'excellentes caricatures de mes professeurs. Oh ! là là ! Si tu voyais...

— Eh bien, sois artiste, alors ! dit Maisie. Tu te moques toujours de mes esquisses ; tu réussiras peut-être.

— Je ne me moquerai plus jamais de ce que tu feras, lui répondit-il. C'est décidé : je serai un artiste, et je produirai des chefs-d'œuvre.

— Les artistes ont toujours besoin d'argent, n'est-ce pas ?

— J'ai 3.000 francs de rente par an. Mes tuteurs m'ont dit que j'en disposerais à ma majorité. Cela suffira pour commencer.

— Oh ! Je suis riche, moi, dit Maisie ! Je toucherai 7.500 francs dès que j'aurai vingt et un ans. Aussi Mme Jennett est meilleure pour moi que pour toi. Mais, c'est égal, je voudrais bien avoir tout de même quelqu'un qui m'aime : un père ou une mère.

— Tu m'appartiens, tu m'appartiens à jamais ! fit Dick.

— Oui, nous nous appartenons pour toujours. Est-ce gentil !

Elle lui serrait le bras en parlant. La bienveillante obscurité les cachait tous les deux. Dick ne pouvait apercevoir que le profil de Maisie et sa joue, avec l'ombre des longs cils qui voilaient ses yeux gris. Aussi osa-t-il s'arrêter un instant, devant la porte de la maison, et se délivrer de l'aveu qui, depuis deux heures, montait vainement de son cœur à ses lèvres :

— Je t'adore, Maisie ! dit-il tout bas.

Et il lui sembla que le murmure de sa voix emplissait l'étendue et résonnait à travers ce monde, que, le lendemain et les jours suivants, il se promettait de conquérir pour elle.

Ils rentrèrent.

Pour le bon renom de la discipline, il vaut mieux ne pas rapporter la scène qui suivit. D'abord l'heure du repas avait depuis longtemps sonné ; et puis Dick avait failli se tuer avec une arme défendue. Mme Jennett l'accueillit par des menaces terribles.

— Je jouais, expliqua le coupable, et le pistolet est parti tout seul. — Impossible, en effet de dissimuler sa joue, toute piquetée de grains de poudre. — Mais, si vous vous imaginez que vous allez me rosser encore, ajouta-t-il, vous vous trompez ! Vous ne me toucherez plus jamais, entendez-vous ? Asseyez-vous et donnez-moi mon thé ! Vous n'avez pas la prétention de nous carotter sur la nourriture peut-être ?...

Mme Jennett ouvrit la bouche ; mais aucun mot ne sortit. Elle était pâle de colère. Maisie ne disait rien ; cependant ses yeux encourageaient Dick. Il se conduisit abominablement toute la soirée. Mme Jennett prophétisa un jugement immédiat de la Providence, suivi d'une descente du coupable dans l'enfer. Mais Dick était au paradis et n'entendait rien.

Ce fut seulement quand il monta se coucher que cette femme se remit tout à fait et recouvra ses esprits. Il avait souhaité une bonne nuit à Maisie, les yeux baissés et à distance.

— Si vous n'êtes pas un gentleman, efforcez-vous au moins d'en avoir les manières ! lui dit Mme Jennett d'un ton irrité. Vous vous serez encore querellé avec Maisie, sans doute ?

Cela signifiait qu'ils avaient omis le baiser habituel du soir. Maisie, pâle jusqu'aux lèvres, offrit sa joue avec un air de sereine indifférence et fut respectueusement becquetée par Dick, qui sortit ensuite, rouge comme braise.

Cette nuit-là, il fit un rêve angoissant : il avait vaincu le monde entier et l'apportait à Maisie dans une cartouchière ; mais elle le repoussait du pied, et au lieu de lui dire « merci » ! elle s'écriait : « Où est le collier de paille que tu m'avais promis pour Ammoma ? Egoïste, va ! »

II

— Je ne souhaite pas de mal au public anglais ; mais je voudrais voir quelques milliers de nos lecteurs dispersés parmi ces rochers ! Ils ne seraient plus aussi pressés de recevoir leur journal du matin. Vous représentez-vous nos bons bourgeois : *Ami de la Justice ,Lecteur assidu, Paterfamilias*, et leurs congénères, grillant sur ce sable en feu ?

— ...Avec un voile bleu sur la figure et des vêtements en loques !... Quelqu'un a-t-il une aiguille ?... Moi, j'ai un morceau de toile d'emballage.

— Je vous offre une aiguille à matelas contre six pouces carrés de votre toile ; j'ai les deux genoux aux fenêtres de ma culotte.

— Six pouces ! pourquoi pas six arpents, tandis que vous y êtes !... Passez-moi tout de même votre aiguille ; je vais voir ce que je puis rogner pour vous sur la lisière. J'ai à peine de quoi protéger mon précieux corps contre les intempéries... Qu'est-ce que vous griffonnez donc sur votre éternel album, Dick ?

— Un croquis de notre « correspondant spécial » raccommodant sa garde-robe, répliqua Dick.

Le fait est que son camarade, après s'être dépouillé d'un pantalon de cheval, usé jusqu'à la corde, faisait de curieuses tentatives pour adapter un morceau de toile grossière au moins sur la plus large déchirure et gémissait, avec des gestes de désespoir, en constatant la gravité du dommage.

— De la toile d'emballage, s'il vous plaît ! Encore de la toile !... Jamais je n'en aurai assez ! Hé ! là-bas, pilote ! Voulez-vous me céder toutes les voiles de votre canonnière ?

Une tête couronnée d'un fez émergea un instant, par une écoutille de l'arrière du bateau ; elle se fendit en deux parties égales dans un large sourire et disparut de nouveau. L'homme au pantalon déchiré, vêtu de sa seule jaquette et d'une chemise de flanelle grise, continua son raccommodage fantaisiste, tandis que Dick pouffait de rire sur son dessin.

Une vingtaine de canonnières entouraient un banc de sable où fourmillaient des soldats anglais appartenant à différents corps de troupes. Les uns se baignaient ; les autres lavaient leurs vêtements. Un amas de treuils, de caisses de vivres, de sacs de sucre, de farine et de munitions navales, signalait le point où l'un des bâtiments venait d'être forcé de débarquer à la hâte tout son chargement. Un charpentier de la flotte, à court de céruse, jurait énergiquement, en s'efforçant de rapprocher les deux bords, brûlés par le soleil, d'une déchirure béante dans la coque.

— D'abord, c'est ce sacré gouvernail qui casse ! disait-il en invectivant l'univers entier. Puis, c'est le mât ! Enfin, quand ce diable de bateau ne sait plus quoi inventer, ne le voilà-t-il pas qui s'ouvre, comme un lotus chinois !

— Exactement comme mon pantalon, frère inconnu !... dit le tailleur improvisé, sans lever les yeux de son ouvrage. Ah ! Dick, je me demande quand je reverrai un vrai magasin...

Il n'y eut pas d'autre réponse à ce cri du cœur que l'incessant murmure irrité du Nil. Ses flots se ruaient le long d'une muraille de basalte en pente et allaient se briser en écumant sur un barrage de rochers, à un demi-mille environ en aval du banc de sable. On aurait dit que la masse jaune du fleuve cherchait à repousser les hommes blancs vers leur pays lointain. Une indescriptible odeur de boue s'élevait dans l'air, au-dessus des berges découvertes par la baisse des eaux, et c'était en même temps le présage d'un dur labeur pour les équipages des canonnières, dans leur navigation vers le sud, à travers les bas-fonds. Le désert venait presque jusqu'à la rive, où campait, parmi les petits monticules gris, rouges ou noirs, un corps de cavaliers avec leurs dromadaires de selle. La consigne était que personne ne s'éloignât des bateaux. A la vérité, on n'avait pas eu d'alerte ni de combat depuis quelques semaines ; mais le Nil aussi était un ennemi contre lequel il fallait lutter ; les rapides succédaient aux rapides, les rochers aux rochers, les groupes d'îles aux groupes d'îles, si bien que les hommes finissaient par perdre tout sentiment de la distance, de la direction, presque du temps. Ils allaient quelque part : ils ne savaient pas où. Ils allaient faire quelque chose : ils ne savaient plus quoi. Devant eux, s'étendait la route mouvante du fleuve, à l'autre extrémité de laquelle se trouvait un certain Gordon qui défendait sa vie dans une ville appelée Khartoum. Il y avait des colonnes de troupes anglaises dans ce désert-ci, et puis dans d'autres déserts encore. Il y en avait sur le fleuve, au-dessus et au-dessous d'eux. Il y en avait qui attendaient là-bas, au nord, le moment d'embarquer. Il y en avait qui se préparaient à leur tour, vers Assioot et Assuan, pour le départ. Des rumeurs étranges, des bruits vagues, des nouvelles vraies ou fausses couraient, volaient, circulaient de toutes parts, à la surface de cette terre désolée qui s'étend de Souakim à la sixième cataracte, et les soldats supposaient généralement qu'il se trouvait quelque part un chef suprême, dirigeant l'ensemble des mouvements....

Le rôle de cette colonne navale était de garder les canonnières à flot, de protéger les moissons riveraines contre le piétinement des hommes halant les bateaux, de dormir et de manger quand on pouvait et de se jeter en toute occasion sans hésiter dans les mâchoires dévorantes du Nil.

Les correspondants de journaux suaient et trimaient avec les soldats, dans une ignorance à peu près aussi complète de ce qui se passait. Mais il fallait bien amuser, intéresser, exciter l'Angleterre, à l'heure de son déjeuner, chaque matin, et, que Gordon fût mort ou vif, que l'armée de secours fût décimée par les combats, par le sable ou par l'eau, il fallait bien que les journaux eussent leur compte. La campagne du Soudan, fort pittoresque, se prêtait en somme à des descriptions vives et animées,

De temps en temps, un « correspondant spécial » s'arrangeait pour se faire tuer, ce qui ne laissait pas d'avoir de sérieux avantages pour la feuille qui l'employait, et le plus souvent la tactique des combats africains, avec leurs luttes corps à corps et leurs incidents héroïques, donnait lieu à de miraculeux sauvetages, dignes d'être télégraphiés à dix-huit pence le mot. Aussi des reporters en grand nombre accompagnaient-ils les divers détachements. Quelques-uns d'entre eux étaient demeurés auprès des vétérans qui emboîtèrent le pas à la cavalerie, lors de l'occupation du Caire, en 882, sous le règne éphémère d'Arabi-pacha ; ce furent témoins des premiers engagements malheureux, autour de Souakim. Ils vécurent ces horribles alertes où l'on massacrait les sentinelles, chaque nuit ; où toutes les broussailles se hérissaient de lances, à l'improviste. D'autres avaient suivi les nouveaux venus, les recrues amenées dans l'affaire au bout d'un fil télégraphique, pour remplacer leurs aînés tués ou blessés.

Parmi les plus anciens, parmi ceux qui avaient dès longtemps éprouvé les mécomptes du service postal et mesuré la valeur des rosses égyptiennes achetées au Caire ou à Alexandrie, parmi ceux qui savaient amadouer un télégraphiste récalcitrant ou apaiser la vanité froissée d'un nouvel officier d'état-major à cheval sur des règlements surannés, le premier de tous était l'homme que nous avons vu tout à l'heure en chemise de flanelle : le brun Torpenhow lui-même.

Il représentait le Syndicat central de la Presse, dans la campagne actuelle, comme il l'avait représenté dans les guerres précédentes. Le Syndicat ne tenait pas à des comptes rendus scrupuleusement exacts des opérations militaires : comme il s'adressait à la masse du public, tout ce qu'il demandait, c'était de la couleur locale et une grande abondance de détails, car il y a plus de joie en Angleterre pour un soldat qui, au mépris de la discipline, sort des rangs afin de secourir un camarade, que pour vingt généraux devenus chauves de fatigue à surveiller les détails des services techniques et de l'intendance.

Torpenhow avait, un jour, aperçu à Souakim un jeune homme assis au bord d'une redoute abandonnée, grande comme un carton à chapeaux. Ce jeune homme dessinait tranquillement un groupe de cadavres étendus sur la plaine de sable.

— Pour le compte de qui ?... lui demanda-t-il brièvement.

Les journalistes s'abordent comme des commis-voyageurs sur la grande route.

— Pour mon compte... à moi ! répondit le jeune homme sans lever les yeux. Avez-vous du tabac ?

Torpenhow attendit qu'il eût terminé son esquisse ; puis, après l'avoir examinée :

— Que faites-vous, par ici ?

— Rien. Cela chauffait, je suis venu. Je suis censé travailler dans les chantiers, à la peinture des bâtiments ; peut-être aussi suis-je préposé à la garde d'une machine hydraulique ! Je ne sais plus au juste.

— Vous avez assez d'aplomb pour faire mieux, répliqua Torpenhow en dévisageant sa nouvelle connaissance. Dessinez-vous toujours aussi bien que cela ?

Dick montra ses croquis, l'un après l'autre, en annonçant les scènes retracées :

— « Emeute sur un bateau à porcs chinois » — « Contremaître poignardé par un comprador » — « Muletier somali fouetté » — « Obus éclatant sur le camp de Berbera » — « Soldats morts, effet de lune, près de Souakim »...

— Hum ! fit Torpenhow, je ne peux pas dire que j'aime beaucoup toutes ces esquisses à la Verestchagin ; mais, des goûts et des couleurs !... Avez-vous quelque chose à faire pour le moment ?...

— Non, je m'amuse ici...

Torpenhow embrassa d'un coup d'œil le spectacle désolé d'alentour.

— Ma parole, vous avez une drôle de manière de vous amuser ! Avez-vous de l'argent ?

— Assez pour vivre. Dites donc : est-ce que vous voudriez m'engager pour la campagne, par hasard ?

— Pas moi ; mais peut-être mon Syndicat. Vous avez du talent, et je suppose que vous ne seriez pas exigeant pour le prix ?...

— Non, pas encore : j'attends ur bonne occasion.

Torpenhow jeta de nouveau sur les dessins un coup d'œil approbateur.

— Oui, dit-il, vous aurez raison de saisir l'occasion dès qu'elle se présentera.

Il rentra rapidement à cheval, par la porte des « Deux vaisseaux de guerre », traversa la ville au galop et expédia la dépêche que voici :

Trouvé dessinateur sur place. Habile et bon marché. Faut-il conclure ? Il ferait illustrations.

Le jeune homme, assis sur l'épaulement de la redoute, continuait à balancer ses jambes, en murmurant :

— Je savais bien que la chance finirait par venir un jour ou l'autre ! Mais, par Jupiter, il faudra qu'on me paie le temps perdu, si je sors d'ici vivant !

Dans la soirée Torpenhow, annonça à son nouvel ami que le Syndicat central de la Presse consentait à le prendre à l'essai, en le défrayant de toutes ses dépenses durant trois mois.

— Et, à propos, comment vous appelez-vous ?

— Dick Heldar. Me laisse-t-on ma liberté de travail ?

— On vous prend à l'essai. A vous de justifier le choix. Je vous conseille de ne pas me quitter. Je vais dans l'intérieur du pays avec une colonne, et je ferai tout ce que je pourrai pour vous. Confiez-moi quelques-uns de vos croquis d'après nature ; je veux les leur envoyer.

Tout bas, Torpenhow se disait :

— C'est la meilleure affaire qu'ait jamais faite le Syndicat, et Dieu sait, cependant, s'il m'a eu moi-même à bon compte !

Et c'est ainsi que Dick fut incorporé dans la brillante et honorable confrérie des journalistes, avec le droit inaliénable de travailler autant que possible et de gagner ce qu'il plaît à la Providence ou à leur directeur de leur accorder. A ce privilège enviable, le temps ajoute, si le nouveau venu est un peu doué, une facilité d'élocution irrésistible quand il s'agit de conquérir un repas ou un lit, le coup d'œil d'un maquignon, le savoir-faire d'un cuisinier, la constitution d'un bœuf et l'estomac d'une autruche, avec une rare faculté d'assimilation. Malheureusement, beaucoup d'entre ces élus meurent avant d'avoir atteint la perfection suprême, et, les maîtres de l'art ne se laissant voir le plus souvent qu'en habit, lorsqu'ils sont de retour en Angleterre, leur gloire est lettre morte pour la multitude.

Dick suivait Torpenhow de tous les côtés où l'entraînait la fantaisie du reporter, et, à deux, ils trouvèrent moyen d'accomplir des exploits qui les satisfirent à peu près. Leur rude vie contribua beaucoup à les rapprocher l'un de l'autre, car ils mangeaient à la même gamelle, partageaient la même gourde, et, solidarité sans pareille, leurs courriers partaient ensemble. Ce fut Dick qui imagina de griser un télégraphiste, dans une hutte voisine de la seconde cataracte, et de profiter du temps où sa victime gisait voluptueusement sur le sol pour s'emparer d'informations secrètes, acquises à grand'peine par le trop confiant correspondant d'un syndicat rival. Il fit une copie du manuscrit et la remit à Torpenhow, qui, sous le prétexte que tous les moyens sont bons, à la guerre comme en amour, tira un pittoresque et excellent article des notes copieuses de son confrère. Ce fut Torpenhow, en revanche, qui eut l'idée... Mais le récit des hauts faits qu'ils accomplirent en commun ou séparément remplirait plusieurs volumes !... Ils se laissèrent enfermer dans un carré, où ils faillirent être massacrés par des soldats frappés de panique ; ils combattirent, juchés sur des dromadaires de somme, dans la fraîcheur de l'aube ; ils furent secoués sans se plaindre par d'infatigables petits chevaux égyptiens sous un soleil aveuglant, et cahotés sur les bas-fonds du Nil, une nuit où leur canonnière s'était malencontreusement jetée contre un récif caché, qui lui ouvrit le ventre.

Au moment où nous les retrouvons, ils étaient assis sur le banc de sable où les transports débarquaient par escouades le reste de la colonne.

— Oui ! fit Torpenhow en achevant de recoudre la pièce la plus précieuse de son habillement, ç'a été une magnifique affaire.

— De quelle affaire parlez-vous, demanda Dick, de votre reprisage ou de la campagne ?... A mon avis, les deux font la paire.

— Il faudrait peut-être vous amener l'*Euryale* au-dessus de la troisième cataracte, homme exigeant !... Et des canons de 81 tonnes à Gadkul !... Quant à moi, je me déclare très satisfait de mon pantalon.

En parlant ainsi, il se mit à tourner gravement sur lui-même, à la manière d'un clown, pour se montrer sous toutes les faces.

— Très joli ! riposta Dick. Il y a surtout ces

lettres, imprimées sur la toile : G. B. T., qui font très bien !... C'était apparemment un sac des Indes : *Government, Bullock, Train...*

— Du tout !... Ce sont mes initiales : Gilbert Belling Torpenhow. C'est pour cela que j'ai chipé ce morceau... Mais que diable font donc les chameaux, là-bas ?

Torpenhow, abritant ses yeux de sa main étendue, regarda vers la plaine semée de broussailles. Presque aussitôt un clairon sonna furieusement, et les hommes, disséminés sur le banc de sable, coururent à leurs armes et à leurs effets.

— Les soldats de Pise surpris à l'heure du bain, constata Dick avec le plus grand calme... Vous rappelez-vous le tableau ? Il est de Michel-Ange ; tous les commençants le copient... Le fait est que les buissons, tout autour de nous, fourmillent d'ennemis.

Le groupe de soldats campés auprès de leurs dromadaires, sur la rive droite, appelait l'infanterie à la rescousse, et des cris rauques, venus du côté d'aval, indiquaient que le reste de la colonne, ayant vent du danger, accourait.

Aussi rapidement que la surface de l'eau dormante est ridée par le vent, les crêtes rocheuses et les cimes légères des broussailles s'animaient du mouvement d'hommes armés. Par bonheur, ils restèrent éloignés un temps assez long, poussant des hurlements de joie et faisant des gestes farouches. L'un d'eux se mit même à prononcer un discours. Les Anglais ne tiraient pas, trop heureux d'avoir un instant de répit pour se former en carré. Ceux du banc de sable rejoignirent leurs camarades, et les canonnières, qui remontaient le courant en se tenant à portée de la voix, jetèrent l'une après l'autre sur la rive la plus proche tous leurs soldats, sauf les malades et quelques hommes de garde.

Sur ces entrefaites, l'orateur arabe cessa ses exhortations, que ses auditeurs approuvèrent par leurs cris.

— On dirait des fanatiques du mahdi ! murmura Torpenhow en jouant des coudes au plus épais du carré. Il y a là des milliers d'hommes... Les tribus de cette région ne sont cependant pas contre nous. je le sais !...

— Alors c'est que le mahdi a pris encore une autre ville, répliqua Dick, et qu'il a dépêché tous ces démons hurlants, dont il n'avait plus besoin, pour nous exterminer. Prêtez-moi donc votre lorgnette.

— Nos éclaireurs auraient dû nous avertir ! maugréa un sous-officier. Nous sommes cernés. Qu'est-ce qu'on attend pour ouvrir le feu ? Allons, mes enfants, hâtez-vous !

Il n'était pas besoin de presser les soldats ; ils venaient se jeter d'eux-mêmes, haletants, aux côtés du carré, sachant fort bien, tous, que ceux qui en resteraient éloignés, une fois la bataille engagée, étaient à peu près assurés de mourir d'une manière fort déplaisante. Les petites pièces de cent cinquante, braquées à l'un des angles, ouvrirent tout à coup la danse ; puis le carré se mit à évoluer lourdement vers la droite, pour prendre possession d'un tertre.

Les Anglais connaissaient déjà cette manière de combattre ; le plaisir n'en était pas nouveau. C'était toujours la même formation, dans l'étouffante chaleur ; toujours la même odeur de poussière et de cuir ; toujours la même attaque folle de l'ennemi, la même pression sur le côté le plus faible de la forteresse humaine... Quelques minutes de mêlée désespérée, corps à corps ; puis, le silence du désert, coupé seulement par les cris des fuyards que poursuivaient les cavaliers. La troupe finissait par ne plus s'en inquiéter.

Les canons tonnaient par intervalles, et le carré se déplaçait lentement, parmi les protestations des chameaux...

Alors vint l'assaut de trois mille combattants qui n'avaient jamais lu dans les manuels qu'il fût impossible à des troupes massées de se ruer contre un feu ouvert. Quelques détonations isolées annoncèrent leur approche. Devant eux, comme pour les guider, se montraient un certain nombre de cavaliers ; mais le gros de leurs forces était de l'humanité nue, à pied, armée de lances et d'épées.

L'instinct du désert, où l'on se bat sans cesse, leur disait sans doute que la face droite du carré était la plus faible, car ils négligèrent le front. Les obus les fauchaient au passage, ouvrant pour un instant dans leurs rangs de subites allées vides, comme ces perspectives aussitôt refermées que l'on aperçoit dans les houblonnières du comté de Kent, lorsque le train passe devant elles, à toute vitesse. Les feux de salve de l'infanterie, réservés pour le moment opportun, les abattaient par monceaux. Aucune troupe civilisée n'aurait pu endurer l'enfer qu'ils traversaient. Les vivants bondissaient pour éviter les morts, qui s'accrochaient à leurs talons ; les blessés blasphémaient, se traînaient avant de tomber, — et tout cela, comme un noir torrent pardessus la digue d'un moulin, venait s'abattre en plein sur le côté droit du carré.

Alors la ligne des troupes poussiéreuses et le ciel bleu pâle du désert disparurent dans des tourbillons de fumée. Les touffes de broussailles desséchées et les roches éparses sur le sol brûlant prirent tout à coup une importance extrême, car elles servaient de points de repère aux combattants, qui calculaient leur retraite d'agonie, de pierre en pierre, de buisson en buisson, pour se frayer un chemin de salut vers les leurs.

Rien ne ressemblait moins à une bataille organisée. Les assaillants paraissaient en nombre suffisant pour attaquer le carré des quatre côtés à la fois. Le rôle des Anglais se bornait à tirer sur tout ce qu'ils voyaient devant eux, à planter leur baïonnette dans le dos de quiconque avait percé leur ligne, et, quand l'un d'eux tombait, à entraîner son meurtrier, qu'assommait aussitôt un coup de crosse vengeur.

Dick attendit d'abord patiemment, avec Torpenhow et un jeune docteur ; mais l'inaction leur devint bientôt intolérable. On ne pouvait songer à donner des soins aux blessés, tant que l'attaque n'aurait pas été repoussée ; aussi les trois jeunes gens s'avancèrent-ils du côté le plus faible. Il se produisit à ce moment une irrésistible poussée de l'extérieur ; des lances s'enfoncèrent en sifflant ; un cavalier, suivi de trente à quarante combattants, se précipita dans les rangs hurlant et sabrant. La face droite du carré fléchit ; de toutes les autres, des hommes accoururent à son aide. Les blessés, sachant qu'il ne leur restait plus que quelques instants à vivre, saisissaient leurs ennemis par les pieds, ou bien, rampant vers une carabine abandonnée, tiraient aveuglément dans la mêlée. Dick eut la sensation d'un coup violent frappé sur sa tête, à travers son casque ; il braqua son revolver sur un visage noir souillé d'écume, qui perdit aussitôt toute ressemblance avec un visage. Torpenhow, tombé sous un Arabe dont le choc l'avait renversé, mais qu'il avait entraîné avec lui, se roulait par terre dans les bras de son adversaire, en essayant de lui crever les yeux ; le docteur frappait de sa petite épée, au hasard, et un soldat sans casque faisait feu par-dessus l'épaule de Dick, dont la joue était piquetée par les grains de poudre enflammés.

Ce fut vers Torpenhow qu'il se tourna d'instinct. Le représentant du Syndicat de la Presse venait d'échapper à l'étreinte de son ennemi ; il se relevait, essuyant son pouce à son pantalon. L'Arabe, les deux mains à son front, jeta un cri terrible, puis, ressaisissant sa lance, il se précipita sur Torpenhow qui reprenait haleine à l'abri du revolver de Dick. Celui-ci fit feu deux fois ; l'homme s'abattit, inerte. Il manquait un œil à son visage tourné vers le ciel !...

Le feu de la mousqueterie redoubla ; mais il s'y mêlait maintenant des acclamations joyeuses : l'attaque avait échoué ; l'ennemi était en fuite.

L'intérieur du carré ressemblait à un abattoir, et le sol, alentour, évoquait l'idée d'une boucherie. Dick se fraya un chemin, en chancelant, au milieu des hommes affolés. Les débris des bandes ennemies se retiraient, poursuivis par une poignée de cavaliers anglais, qui disparurent bientôt à tous les yeux.

Plus loin que les lignes des morts, une large lance arabe, teinte de sang et jetée dans la retraite, gisait au travers d'une touffe de broussailles ; au delà, l'étendue sombre et illimitée du désert. Le soleil couchant toucha l'acier d'un de ses rayons, et le changea en disque d'un rouge irrité. Dick leva son revolver et le dirigea vers l'horizon. Son regard était invinciblement attiré par cette éclaboussure écarlate qui tachait la solitude, et les clameurs autour de lui semblaient s'atténuer en murmures aussi faibles que le ressac d'une mer paisible... Il y avait le revolver... et la lueur sanglante... et aussi la voix de quelqu'un d'invisible qui parlait auprès de lui... comme autrefois... comme dans une existence antérieure, peut-être... Il attendit ce qui allait suivre ! Alors il lui sembla qu'un craquement se produisait dans sa tête ; pendant un instant, il se trouva dans l'obscurité... dans une obscurité douloureuse. Il tira au hasard, et, tandis que la balle s'en allait vers le désert, il murmura : « Manqué le but ! Il n'y a plus de cartouches. Il faut nous dépêcher de rentrer. »

Il porta la main à son front et la retira couverte de sang.

— Vous avez reçu un mauvais coup, mon vieux ! dit Torpenhow. Et c'est un peu pour moi... Merci ! Tenez-vous droit ; il ne faut pas vous évanouir ici !...

Dick tomba raide sur l'épaule de Torpenhow en prononçant quelques mots incompréhensibles, comme : « Vise bas et à gauche... » Puis il s'affaissa sur le sol et perdit tout à fait connaissance. Torpenhow le prit sous les bras et le traîna près d'un chirurgien ; après quoi, il s'assit pour rédiger le compte rendu de ce qu'il lui plut d'appeler « une bataille sanglante, dans laquelle notre armée a montré une fois de plus, etc., etc. ».

Toute la nuit, pendant que les troupes campaient dans le voisinage des canonnières, une grande figure noire dansa sur le sable, criant que Khartoum la maudite était morte, morte, morte ; que deux steamers anglais avaient été empalés sur des écueils aux portes de la ville, que les hommes d'équipage avaient été massacrés jusqu'au dernier... et que Khartoum était morte, morte, morte !... Et tant que dura la clarté brillante de la lune, on put voir du camp danser la grande figure noire, sur le sable.

Mais Torpenhow n'y prenait pas garde. Il veillait

Dick, qui ne cessait de réclamer à voix haute au Nil indifférent : « Maisie », toujours « Maisie ».

— Regardez-moi ce phénomène ! disait Torpenhow en bordant de son mieux la couverture, ça a l'air d'un homme et ça ne parle que d'une femme ! Il est vrai que ce n'est pas le premier chez qui je vois cet effet du délire... Tiens, Dick, bois !

Dick buvait, et répondait :

— Merci, Maisie !

III

Depuis quelques mois, la campagne du Soudan était finie et la tête cassée de Dick était raccommodée. Le Syndicat central de la Presse avait payé une certaine somme à son dessinateur occasionnel, non sans lui faire remarquer, pour justifier la modicité du prix, qu'on n'était pas absolument satisfait de son travail. Dick escompta le chèque au Caire, jeta la lettre dans le Nil, et prit congé de Torpenhow. qui retournait en Angleterre, en lui serrant chaleureusement la main.

— Je compte m'accorder un peu de repos, lui dit le correspondant. Je ne sais encore où je descendrai à Londres ; mais, si nous devons nous retrouver, la Providence y pourvoira. Et vous ? Allez-vous rester ici ?... Vous savez qu'il n'y aura plus de bagarre jusqu'à ce que nos troupes réoccupent le Bas-Soudan ! Allons, adieu ! Portez-vous bien... Revenez quand vous n'aurez plus d'argent, et tâchez de me faire savoir votre adresse.

Dick flâna au Caire, à Alexandrie, à Port-Saïd, à Port-Saïd surtout. On rencontre l'iniquité dans beaucoup de pays du monde, et le vice partout ; mais l'essence concentrée de tous les vices et de toutes les iniquités des continents se trouve dans cette ville-là. Au sein de cette géhenne aux rives de sable, où le mirage palpite sans trêve dans l'atmosphère des lacs salés, vous avez chance de voir passer devant vous, avec un peu de patience, la plupart des hommes et des femmes dont les noms, à quelque titre que ce soit, furent affichés. Dick prit ses quartiers dans une maison plus bruyante que respectable. Il passait les après-midi sur les quais, montant à bord des vaisseaux, saluant de nombreux amis, de gracieuses Anglaises avec lesquelles il avait échangé des propos peu sages, sur la terrasse du Shepherd's-Hotel, des journalistes affairés, des capitaines de transports militaires, des officiers par douzaines... et aussi d'autres personnes, de profession moins recommandable.

Pour ses études, il avait le choix entre toutes les races d'Orient et d'Occident, avec l'avantage d'observer ses modèles sous l'influence d'une vive excitation qui accentuait leurs types : aux tables de jeu, dans les tabagies et autres mauvais lieux. Pour se distraire, il avait la vue du canal, des sables étincelants, des navires en passage et des blancs hôpitaux de l'armée anglaise. Il transcrivait de son mieux, avec du blanc et du noir, ou bien avec des couleurs, tous les sujets que lui envoyait la Providence et, quand cette ressource lui manquait, il se mettait en quête de nouveaux documents. C'était un métier agréable, mais où sa bourse s'épuisait. Il avait touché d'avance les quartiers de sa rente de cent vingt livres. « Il s'agit maintenant de travailler pour de bon, se dit-il, si je ne veux pas mourir de faim. »

Juste à ce moment, il reçut d'Angleterre un télégramme de Torpenhow :

Revenez vite ! Vous avez pris, ici. Je vous attends.

Un franc sourire illumina ses traits.

— Allons ! C'est de bon augure, se dit-il. Je vais faire une orgie, ce soir. Mais, ma foi, il était temps !...

Il déposa aussitôt la moitié de l'argent qui lui restait entre les mains de gens de sa connaissance, M. et Mme Binat, dont nous aurons suffisamment défini la profession en disant qu'il leur commanda en même temps, pour lui seul, une séance de danseuses zanzibarites, « tout ce qu'il y avait de mieux ».

M. Binat était ivre-mort, à son ordinaire. Quant à Mme Binat, elle répondit avec un sourire obséquieux :

— Monsieur désire une chaise pour lui, sans doute ? Et Monsieur fera des dessins, n'est-ce pas ? Monsieur a une drôle de manière de s'amuser !

Binat, étendu sur un lit de camp dans l'arrière-boutique, leva un instant la tête, en montrant son visage d'une pâleur effrayante.

— Je comprends ! balbutia-t-il, On connaît Monsieur... il est artiste, comme je l'ai été... Monsieur finira par descendre vivant en enfer, lui aussi.

Et il riait d'un rire hébété.

— Vous viendrez voir les danseuses avec nous, père Binat, répliqua le jeune peintre. J'aurai besoin de vous.

— Pour ma figure, n'est-ce pas ?... Pour ma figure et pour mon affreuse dégradation ?... Oh ! mon Dieu, je ne veux pas. Qu'on l'emmène ! C'est le diable ! Ou, du moins, toi, ma chère Céleste, demande-lui davantage, alors !

Et l'excellent Binat se mit à gémir en gesticulant.

— Tout est à vendre à Port-Saïd, dit sa femme. Si mon mari est de la fête, ce sera... voyons... Un demi-souverain de plus. Cela va-t-il ?

Dick paya le « pourboire », et la danse folle eut lieu le soir même, dans un terrain clos, derrière la maison des deux époux. La digne matrone, en robe de soie mauve foncé qui semblait toujours près de glisser de ses épaules jaunies, s'était mise au piano, et les filles nues de Zanzibar se trémoussèrent sauvagement, aux sons d'une musique de guinguette européenne, sous la lumière des quinquets à pétrole. Binat, échoué sur une chaise, regarda fixement, sans rien voir, jusqu'à ce que l'excitation de l'étrange musique et les évolutions tourbillonnantes des ballerines eussent mis le feu à l'alcool qui lui tenait lieu de sang. Alors sa face parut s'allumer d'une convoitise infâme ; Dick le saisit brutalement par le menton, lui tourna la tête vers la lumière et se mit à dessiner, debout, appuyé contre le mur. Mme Binat le regardait travailler et souriait de toutes ses dents.

Au bout d'une heure, les lampes commencèrent à « sentir », à devenir fumeuses ; les danseuses, une à une, se jetèrent épuisées sur le sol battu. Dick referma l'album, non sans avoir permis à son modèle d'y jeter un coup d'œil de connaisseur, et il s'éloigna, tandis que Binat gémissait :

— C'est moi, cela !... Allez-vous le montrer et dire que c'est moi ?...

— Monsieur a payé, répliquait sa femme. Monsieur est bien libre !... Au plaisir de revoir Monsieur.

La porte de l'enclos se referma. Dick traversa le chemin de sable pour se rendre au tripot le plus voisin.

— Si la chance m'est fidèle, se disait-il, bonne affaire ! Si elle tourne, il faudra que je reste ici.

Elle ne tourna pas. Après avoir disposé ses mises d'une façon pittoresque sur la table, et avoir laissé passer trois coups sans oser regarder les numéros il se trouva plus riche de vingt livres. Il ramassa son gain, descendit sur le port et s'entendit sans retard avec le capitaine d'un navire marchand en assez mauvais état.

Quelques jours après, il était à Londres, — un peu léger d'argent, à la vérité, pour son goût !...

IV

Un épais brouillard gris enveloppait la ville et il faisait très froid dans les rues, — car c'était l'été en Angleterre. En quittant les Docks pour gagner les quartiers de l'ouest, Dick se disait :

— Quelle désolation réconfortante ! Rien n'est changé, ici... Qu'est-ce que je vais faire, maintenant ?

Les maisons, pressées les unes contre les autres, ne lui répondant pas, il les contempla un instant, et son regard enfila les longues rues obscures, pleines d'un bruyant trafic.

— O vous, leur dit-il, loges à lapins de mon pays, savez-vous ce que vous réserve un prochain avenir ? Eh bien, vous aurez à me pourvoir de serviteurs et de jolies servantes ; vous aurez à me donner une part du trésor des rois... En attendant, il me faut des vêtements et des chaussures, pour que je puisse fouler décemment aux pieds toutes choses.

Il fit un pas en avant avec un peu trop de brusquerie et s'aperçut qu'un de ses souliers était gravement troué sur le côté. Comme il se baissait pour examiner l'avarie, un passant le poussa au bas du trottoir.

— Très bien ! fit-il, encore un compte à régler

avec les autres ! C'est moi qui vous bousculerai plus tard... »

Il en coûte assez cher d'acheter des vêtements sortables et des chaussures un peu fines. Dick acheva sa tournée de magasins avec la conviction d'être convenablement habillé pour quelque temps, mais de n'avoir plus dans sa poche que cinquante shillings. Il retourna dans le quartier des Docks, arrêta une chambre dont le lit avait des draps marqués d'une façon ostensible et ineffaçable, — utile précaution contre les voleurs. — Ces draps, au surplus, ne semblaient pas avoir jamais servi. Quand ses emplettes lui eurent été livrées, il se rendit au siège du Syndicat de la Presse pour s'enquérir de l'adresse de Torpenhow. On la lui donna sans difficulté. En même temps il apprit qu'il avait un solde d'honoraires à toucher.

— Combien ? demanda-t-il de l'air d'un homme habitué à manier des millions.

— Entre trente et quarante livres, répondit l'employé. Si vous le désirez, nous pouvons vous les remettre tout de suite, quoique l'usage de la maison soit de régler les comptes à la fin du mois.

« Si je laisse voir que j'ai besoin d'argent, pensa Dick, je suis perdu ! Je leur revaudrai cela plus tard. »

Puis tout haut :

— Cela n'en vaut vraiment pas la peine ! D'ailleurs, je vais sans doute aller passer un mois à la campagne. A mon retour, nous terminerons cette petite affaire.

— Mais nous espérons, monsieur Heldar, que vous n'avez pas l'intention de cesser votre collaboration ?...

L'étude des physionomies faisait partie du métier de Dick ; il scruta rapidement celle de son interlocuteur.

— Cet homme-là, se dit-il, a une arrière-pensée. Je ne veux rien conclure avant d'avoir vu Torpenhow. Il doit y avoir moyen de faire une bonne affaire.

Il partit, sans vouloir rien promettre et rentra dans sa petite chambre, là-bas, près des Docks.

On était au septième jour du mois, et ce mois — il en fit le compte avec une effrayante précision — avait trente et un jours !

Grave problème pour un homme qui n'est pas tout à fait un sauvage et qui est pourvu d'un bon appétit, de vivre vingt-quatre jours avec cinquante shillings ! Le problème devient presque insoluble pour un voyageur perdu sans appui dans la solitude de Londres. Dick devait compter sept shillings par semaine pour sa chambre, ce qui lui laissait un peu moins d'un shilling par jour pour se nourrir. Il commença naturellement par acheter les outils nécessaires à son travail ; il en avait été privé si longtemps ! Tout compte fait, après des recherches et des calculs qui lui prirent une demi-journée, il en vint à cette conclusion que les saucisses et les pommes de terre bouillies, à quatre sous la portion, constituaient la nourriture par excellence. Or, les saucisses, une ou deux fois par semaine à déjeuner, ne sont pas intolérables ; au lunch, même avec des

pommes de terre bouillies, elles deviennent mono-
tones ; à dîner, elles semblent impertinentes. Au
bout de trois jours, Dick exécrait les saucisses ;
quarante-huit heures plus tard, il mettait sa montre
en gage pour se régaler de tête de mouton, plat
beaucoup moins économique assurément qu'on ne
le croirait, à cause des os et de la sauce. Puis il
revint aux saucisses et aux pommes de terre. Il
essaya de se limiter ensuite aux pommes de terre
seules et souffrit de crampes d'estomac. Alors il
mit en gage son gilet et sa cravate, et songea douloureusement aux sommes folles gaspillées en d'au
tres temps.

Dans ses rares promenades, — il tenait peu à
l'exercice, qui excitait en lui des désirs irréalisables, — il fut amené à partager l'humanité en
deux classes : les gens qui, à en juger par la mine,
auraient pu lui donner quelque chose à manger,
et ceux qui en auraient été incapables. « Je ne
savais pas qu'il me restât autant d'observations à
faire sur le visage de l'homme ! pensait-il mélanco-
liquement. »

En récompense de son humilité, la Providence
permit, un jour, qu'un cocher de fiacre oubliât un
gros croûton de pain sur la table de la crèmerie
où il mangeait sa saucisse du soir. Il s'en empara,
prêt à défendre, s'il le fallait, sa conquête contre
le monde entier, et cette aumône du hasard le
réconforta.

Le mois s'acheva, pourtant. Dick, bondissant
d'impatience, alla toucher son argent ; puis il cou-

rut chez Torpenhow. En montant au dernier étage de l'hôtel garni où logeait son ami, il humait tout le long de l'escalier l'odeur des repas qu'on apprêtait. Il se précipita enfin dans une chambre où deux bras vigoureux le saisirent et faillirent lui briser les côtes... Torpenhow l'entraînait affectueusement vers la fenêtre, en lui parlant de vingt sujets à la fois !...

— Mais vous avez l'air vanné, mon pauvre Dick ! s'écria tout à coup le journaliste.

— Avez-vous quelque chose à manger ? répondit-il en explorant des yeux tous les coins de la chambre.

— Oui, j'allais justement déjeuner. Aimez-vous les saucisses ?

— Ah ! non, par exemple ? Tout, excepté des saucisses !...

— Quelle est cette nouvelle lubie ?

Dick raconta avec volubilité son histoire des trois dernières semaines ; puis il entr'ouvrit son veston ; il n'avait plus de gilet.

— J'ai tenu bon ; j'ai tenu jusqu'au bout ; mais je l'ai échappée belle !...

— Eh bien, à la bonne heure ! Vous n'avez peut-être pas beaucoup de bon sens ; mais vous avez du nerf, au moins !... Allez, mangez ! Nous causerons plus tard.

Dick tomba sur les œufs au lard et s'en gorgea jusqu'à ce qu'il lui fût impossible d'avaler. Torpenhow lui offrit ensuite une pipe bien bourrée, et il fuma silencieusement, de l'air béat d'un homme qui, pendant trois semaines, a été privé de bon tabac.

— Ouf ! dit-il enfin. C'est exquis. Et alors ?... Nous disons ?...

— Pourquoi diable ! ne vous êtes-vous pas adressé à moi ?

— Je ne pouvais pas : je vous dois déjà trop, mon vieux. D'ailleurs, j'avais comme la superstition que cette misère provisoire, — et je vous réponds que cela fait mal d'avoir faim ! — me porterait bonheur plus tard. Enfin ! c'est passé, et personne au Syndicat ne se doute à quel point j'ai été malheureux. Allez-y, maintenant ! Dites-moi quel est exactement l'état de mes affaires ?

— Vous avez reçu mon télégramme, n'est-ce pas ? Eh bien, vous avez pris ici. On aime énormément ce que vous faites. Je ne sais pas pourquoi, mais c'est ainsi. Vos admirateurs, nos bons bourgeois anglais, trouvent que vous avez de la fraîcheur et une manière originale... Ils parlent même de votre pénétration. Bref, une demi-douzaine de journaux vous recherchent comme collaborateur, et des éditeurs veulent vous demander d'illustrer des livres.

Dick grogna son dédain.

— On voudrait aussi vous voir achever ici les esquisses envoyées de là-bas, afin d'en faire une vente. On a l'air de trouver que l'argent placé sur vous n'est pas à fonds perdus... Qui pourra nous expliquer, Seigneur, l'insondable jobarderie du public !

— Je trouve, moi, que ce public est décidément d'une remarquable intelligence.

— C'est-à-dire qu'il est toujours prêt à s'engouer de quelqu'un ou de quelque chose, sous prétexte d'art et vous avez la chance d'être l'objet de son dernier accès. Pour le moment, vous êtes à la mode, il n'y a pas à dire !... Il paraît que je suis le seul à Londres qui vous connaisse un peu ; j'ai montré à des gens bien placés quelques-unes des études que vous m'aviez données ; venant après vos dessins envoyés au Syndicat pendant la campagne, elles ont encore prolongé votre succès. Oh ! la chance est pour vous...

— Heu ! La chance ! La chance, pour un homme qui a trimé comme un chien, à travers le monde, en attendant la réussite. Je leur en donnerai de la chance, moi !... D'abord, il me faut un atelier.

— Je l'ai bien pensé, dit Torpenhow en l'emmenant de l'autre côté du palier et en poussant une porte. La chambre que vous voyez n'est en réalité qu'une grande mansarde ; mais je crois qu'elle fera votre affaire. Voici votre « abat-jour », ou votre lucarne, ou votre vitrage au nord, comme vous voudrez l'appeler. Vous aurez de l'espace pour vous promener et une pièce contiguë pour y coucher. Cela vous va-t-il ?

Dick passa rapidement l'inspection de cette grande salle, qui occupait le tiers de l'étage supérieur de l'hôtel. En bas, sous ses yeux, coulait la Tamise. Un pâle soleil jaune, glissant à travers la lucarne, éclairait la saleté du logis.

— Oui, c'est bien, fit-il.

Trois marches conduisaient de la porte au palier ; trois autres remontaient à la chambre de Torpenhow, en face. La cage de l'escalier s'enfonçait dans une ombre piquée de petits jets de gaz, et l'on entendait des éclats de voix masculines, des bruits de portes battues, monter des sept étages inférieurs, dans l'obscurité moite.

— Est-ce qu'on est libre, ici ? demanda prudemment Dick, en véritable enfant du désert qui connaît le prix de l'indépendance.

— Absolument ! Vous aurez votre passe-partout et toutes les licences. Ce n'est peut-être pas tout à fait la maison que je recommanderais à un membre de l'Union de la Jeunesse chrétienne ; mais, pour vous, cela peut aller. J'avais retenu ces deux chambres en même temps que je vous télégraphiais.

— Vous êtes mille fois trop bon, mon vieux !

— Est-ce que vous vous imaginiez que nous allions nous lâcher, par hasard !...

Torpenhow passa son bras sur l'épaule de Dick, et ils se promenèrent ainsi à travers la mansarde baptisée désormais l'atelier, dans une douce et silencieuse communion d'idées.

Tout à coup, ils entendirent frapper chez Torpenhow.

— Quelque raseur, sans doute, qui vient me demander à boire ! s'écria gaiement le brave garçon.

Mais le raseur fit son entrée... C'était un majestueux personnage d'âge mur, couvert d'une redingote à revers de satin. Il avait des lèvres pâles péniblement entr'ouvertes, et sous ses yeux pendaient des bouffissures gonflées comme des poches.

— Oh ! oh ! faiblesse du cœur, pensa aussitôt Dick, en observant ces signes infaillibles, tandis que le nouveau venu, se présentant comme le directeur du Syndicat de la Presse, lui serrait la main avec affectation, — faiblesse très grande, même ; son pouls lui fait trembler les doigts !

— Je suis l'un de vos plus ardents admirateurs, monsieur Heldar, disait cet homme, et je tiens à vous déclarer, au nom du Syndicat, que nous vous avons les plus grandes obligations. De votre côté, vous vous souviendrez, je l'espère, que, les premiers, nous avons eu le plaisir de vous faire connaître au public...

Sur cette phrase, il fit une pause, pour souffler, à cause des sept étages.

Dick jeta un rapide coup d'œil du côté de Torpenhow, comme pour le consulter ; il vit la paupière gauche du correspondant s'abaisser lentement et demeurer un instant immobile sur sa joue.

Ainsi prévenu, il se mit aussitôt sur la défensive.

— Je me le rappellerai certainement, répondit-il. D'ailleurs, vous m'avez si largement rémunéré que je ne saurai l'oublier. Mais, dites-moi, quand je serai tout à fait installé ici, je voudrais bien faire reprendre mes croquis. Vous devez en avoir à peu près cent cinquante...

— Eh !... voilà justement de quoi je voulais vous entretenir, monsieur Heldar ! Mais je crains que nous ne nous comprenions pas... En l'absence de toute convention particulière, le Syndicat pense que les dessins sont sa propriété.

— Ah ! alors, vous prétendez les garder ?

— Dame !... Et nous avons compté sur vous, moyennant un petit dédommagement, bien entendu ! pour nous aider à en faire une exposition qui, grâce à notre nom et à notre crédit dans la presse, vous serait d'une incontestable utilité. Des dessins comme les vôtres...

— Des dessins comme les miens m'appartiennent, monsieur ! Vous m'avez engagé par télégramme, en me fixant le prix le plus bas possible... Vous ne pouvez avoir en outre la prétention de conserver les originaux ! Bonté divine ! Mais c'est tout ce que je possède au monde...

Torpenhow, qui surveillait la scène, se mit à siffloter.

Dick arpentait l'atelier, paraissant réfléchir. Il voyait tout son petit stock de marchandises, ce qui constituait les premières pièces de son équipement confisqué, dès le début de sa campagne artistique, par un monsieur d'âge mûr, dont il n'avait pas bien saisi le nom, mais qui disait représenter un « syndicat », chose pour laquelle il ne se sentait pas, lui, Dick, le moindre respect. Ce n'était pas que l'injustice du procédé l'étonnât outre mesure : il avait vu trop souvent, en d'autres pays, s'imposer le droit du plus fort pour chicaner sur la valeur morale des choses, sur le bien et sur le mal ; mais il lui sembla tout à coup qu'il aurait un plaisir infini à étrangler ce personnage en redingote, et quand il éleva de nouveau la voix, ce fut avec une douceur feinte où Torpenhow reconnut sans peine le signe précurseur de la bataille.

— Pardon, monsieur, disait Dick avec une extrême politesse, voudriez-vous bien me désigner un homme plus jeune que vous avec qui je puisse convenablement vider cette question-là ?

— Mais je parle au nom du Syndicat tout entier, et je ne vois vraiment pas pourquoi une tierce personne...

— Eh bien, vous allez voir tout de suite pourquoi !... Voulez-vous avoir la bonté de me rendre mes dessins, s'il vous plaît ?

Le directeur regarda Dick, puis Torpenhow, qui demeurait immobile, le dos appuyé au mur. C'était la première fois qu'il entendait d'anciens employés lui ordonner « d'avoir la bonté » de faire telle ou telle chose.

— Oui, c'est plutôt un vol prémédité, lui dit tranquillement Torpenhow ; mais vous avez peut-être compté, cette fois, sans votre hôte.

Puis se retournant vers Dick, qui paraissait avoir peine à se contenir :

— Faites attention ! nous ne sommes pas au Soudan, ici !

— Vous devriez considérer, reprit le directeur, que notre Syndicat vous a fait connaître...

C'était une observation malheureuse ; elle rappela brusquement au jeune homme certaines années de vagabondage, de solitude, de luttes, d'espérances déçues... et ce souvenir formait un fâcheux contraste avec l'apparence de prospérité insolente de l'individu qui se proposait de lui escamoter le fruit de son travail...

— Qu'est-ce que je vais faire de vous ? répondit-il en regardant fixement le directeur. Je devrais vous rosser d'importance, comme un voleur que vous êtes ; mais vous seriez capable d'en mourir, et je ne désire pas votre mort, au moins dans cet atelier : cela me porterait malheur, le jour de mon emménagement... Oh ! restez donc tranquille, s'il vous plaît ! vous allez vous faire du mal...

Il retint d'une main le bras de son adversaire et se mit de l'autre à lui palper la graisse, sur tout le corps.

— Bon Dieu ! dit-il à Torpenhow, regardez-moi, je vous prie, ce lourdaud à cheveux gris qui se mêle de voler ! J'ai vu jadis un chamelier d'Esneh dont on arrachait le cuir noir à coups de lanières parce qu'il avait dérobé une livre de dattes fraîches... Il était sec et dur comme de la corde à fouet ; mais ça, c'est mou de tous les côtés ! On dirait de la chair de femme !

Rien n'est plus humiliant que d'être ainsi manié et malmené par un homme qui dédaigne de vous frapper. Le directeur du Syndicat suffoquait, positivement. Dick tournait autour de lui, le palpant du bout des doigts, comme un chat pétrit la laine épaisse d'un tapis. Son index se promena même un instant sur la face exsangue de sa victime en soulignant les boursouflures plombées des paupières.

— Et c'est vous, qui vous proposez de me prendre mon bien ? Vous ? Avec ces yeux-là ! Mais vous ne savez donc pas que vous pouvez mourir d'un moment à l'autre ? Allons ! faites-moi le plaisir d'envoyer tout de suite un mot à votre bureau, et puisque vous êtes le chef, donnez l'ordre qu'on remette mes dessins à Torpenhow !... Et qu'il n'en manque pas un, hein !... Non... Attendez un peu : votre main tremble... Là ! c'est bien. Allez, maintenant !

Il lui tendit un carnet. L'homme écrivit l'ordre. Torpenhow le prit et partit sans dire un mot, pendant que Dick, tournant autour de son prisonnier qui demeurait muet, paralysé, comme enchaîné par une force magnétique, lui donnait tranquillement les meilleurs conseils pour le salut de son âme.

Torpenhow revient bientôt chargé d'un énorme portefeuille. Au moment où il rentrait, il entendit ces mots, prononcés par Dick d'une voix conciliante :

— J'espère que la leçon vous servira. En tous cas, rappelez-vous que, si vous vouliez porter plainte et m'accuser de violence, je saurais vous retrouver, et je vous corrigerais alors si vertement que vous pourriez bien en mourir pour de bon. Cela ne ferait d'ailleurs que vous avancer un peu, car de toute les manières nous n'en avez pas pour longtemps. Allons, maintenant, filez !

L'homme obéit et s'en alla en trébuchant..

— En voilà une bande de voleurs ! s'écria Dick lorsqu'il fut parti. Vous imaginez-vous rien de plus infâme que cet individu qui complote tranquillement de dépouiller un pauvre diable de tout ce qu'il possède ?... Le compte des dessins y est-il, Thorp ?

— Oui : cent quarante-sept. Ah ! Je suis forcé d'avouer que vous débutez bien, pour votre retour !...

— Pourquoi se met-on en travers de ma route ?... Ce qu'on voulait me prendre n'était qu'une affaire de quelques livres, pour ces gens-là ; pour moi, c'était tout... Est-ce que vous croyez qu'il portera plainte ?... Oh ! non, je lui ai donné, sur l'état de sa santé, une petite consultation gratuite qui le fera réfléchir ! Maintenant je vais passer mes œuvres en revue...

Deux minutes plus tard, Dick, étendu par terre, à plat ventre, se plongeait dans le contenu du porte-feuille, examinait un à un tous ses croquis et s'esclaffait en pensant au prix dérisoire qu'on avait prétendu en donner.

Torpenhow l'avait laissé à sa contemplation ; quand il revint, assez tard dans l'après-midi, il aperçut de la porte Dick dansant de joie devant la lucarne.

— J'ai fait encore une meilleure affaire que je ne croyais, Thorp ! s'écria-t-il tout en gambadant ; mes dessins sont décidément bons, très bons ! Ils se vendront comme du pain. Je vais en faire une exposition pour mon propre compte. Et cela fera enrager ceux qui voulaient me les voler...

— Allons, répondit Torpenhow toujours calme; allez prendre un peu l'air et priez le ciel de vous guérir du péché d'orgueil, si c'est possible !... Et puis occupez-vous donc de faire apporter vos effets du bouge où vous logiez, afin que nous tâchions d'arranger un peu cette cambuse !...

V

Quelques semaines plus tard, Torpenhow, rentrant à Londres après un séjour à la campagne, trouva Dick assis, la mine joyeuse, devant son chevalet.

— Eh bien, cela va toujours, ce succès ? lui demanda-t-il.

— Toujours, mon vieux Thorp. Et j'en veux encore, j'en veux sans cesse. Les vaches maigres sont mortes ; vivent les vaches grasses !

— Prenez garde, mon cher ! Quand on ne cherche que le profit, on risque de ne faire que de mauvaise besogne.

Il s'allongea sur un divan, où le petit fox-terrier qui le suivait sauta tout de suite pour se pelotonner et s'endormir sur sa poitrine. Dick préparait sa toile. Devant lui, une table à modèles gardait les traces boueuses des chaussures du soldat qui sans doute venait de la quitter. Un mannequin se dressait immobile, tout auprès, au milieu d'objets hétéroclites, de fourreaux de sabres, de gourdes, de ceinturons, de plaques d'uniformes et de paquets de tuniques. Une panoplie d'armes exotiques s'adossait au mur. Le soleil d'automne s'abaissait sur l'horizon, noyant tout cela dans une vapeur dorée. Des ombres estompaient déjà les coins de l'atelier.

— Oui ! s'écria Dick d'un ton délibéré ; oui j'aime le succès, j'aime les compliments, j'aime le plaisir et, par-dessus tout, j'aime l'argent, — ce qui fait que j'apprécie les gens qui me procurent tout cela. Je conviens, par exemple, que ce sont de drôles de corps tout de même !

— Ne dites donc pas de mal d'eux, puisque vous profitez de leurs travers ! J'imagine que cette sensationnelle exposition de vos œuvres a dû vous rapporter gros, hein ? Avez-vous su que les journaux l'ont appelée une « Parade sauvage » ?

— Que m'importe ! J'ai vendu tout ce que j'ai voulu, tout, jusqu'au dernier pouce de toile. Je crois, ma parole, que messieurs les connaisseurs me prennent pour un artiste qui s'est fait tout seul, pour une espèce de barbouilleur du trottoir ! L'autre jour, un de ces bonshommes étonnants m'a soutenu que les ombres sur le sable blanc ne peuvent être bleues... bleu d'outre-mer comme je les ai peintes et comme elles sont ! Il est vrai que cet observateur, je m'en suis assuré bien vite, n'a jamais vu d'autre plage que celle de Brighton. Ça ne l'empêchait pas de disserter sur l'art. Il m'a fait un cours, s'il vous plaît, et m'a engagé fermement à étudier la technique. Ah ! si le vieux Kami l'avait entendu !

— Ah ! ça, vous avez donc travaillé chez Kami, vous ? Quand ?

— A Paris, pendant deux ans. Il enseignait

comme par suggestion, sans jamais rien indiquer par des mots. La seule explication qu'il donnât, c'était : « Continuez, mes enfants ! » A vous de vous débrouiller, après cela, comme vous pourviez ! Par exemple, il avait un coup de pinceau divin, et en voilà un qui comprenait la couleur. Il la rêvait ; il la voyait...

— A propos de couleurs, interrompit Torpenhow, vous rappelez-vous les effets étonnants que nous avons vus au Soudan ?

— Taisez-vous ! fit Dick tout remué par l'évocation de ce souvenir. Vous me donneriez l'envie d'y retourner tout de suite. Quels tons, là-bas ! De l'opale et de la terre d'ombre, de l'ambre et du rubis, et du rouge brique, et du soufre... du beau jaune soufre, comme la crête d'un cacatoès ! Et puis, à côté de cela, des fonds bruns, avec des rochers presque noirs, tranchant sur le tout, — et une frise décorative de chameaux, dessinant un feston, sur un ciel pâle et pur de turquoise !

Il se leva et se mit à marcher dans l'atelier.

— ...Eh bien, si j'essayais de rendre cela, tel que Dieu l'a fait, et de le traduire aux yeux, avec tout le talent possible...

— Charmante modestie !... Continuez.

— ...Une demi-douzaine de nigauds des deux sexes prétendraient que cela n'existe pas, et qu'en tous cas, ce n'est pas de l'art.

— Au lieu de vous occuper de toutes ces balivernes, en mon absence, Dick, vous auriez mieux fait d'aller au café et de vous griser.

— Vous avez raison, c'eût été plus sage... Mais au moins, les discours de ces amateurs improvisés m'ont appris quelque chose.

— Ah ! bah ! Et quoi donc... Ils vous ont enseigné ce que c'est que l'art ?

— Oui ! donner au public ce qu'il est capable de comprendre, et quand vous le lui avez une fois donné... recommencer. Ainsi, tenez !... (il retourna une toile qui se dissimulait contre la muraille) voici un échantillon d'art véritable. On va le reproduire en *fac-simile* pour la première page d'une revue hebdomadaire. Je l'ai intitulé : *La Dernière balle*... Vous vous rappelez la petite aquarelle que j'avais faite aux portes d'El-Maghrib ? C'est le même sujet, plus poussé. Voici comment je m'y suis pris : j'ai attiré ici, en lui offrant à boire, mon modèle, un magnifique carabinier ; je l'ai grisé, abominablement grisé, au point d'en faire un être sauvage, effrayant, un énergumène. Je lui ai planté sur la nuque un casque colonial, j'ai fait exprimer à son visage l'angoisse tragique de la mort ; j'ai fait jaillir le sang de sa blessure... Ce n'était peut-être pas « joli », ni léché ; mais je vous jure bien que c'était un soldat qui se bat, un homme qui meurt.

— Toujours modeste ! dit Torpenhow.

Dick se mit à rire.

— Bah ! je parle pour vous... Non, vraiment, je l'avais fait de mon mieux, en tenant compte du brillant de la peinture à l'huile. Eh bien, croiriez-vous que le directeur de cette misérable revue a eu le front de me dire que ma composition choquerait ses abonnés !... qu'elle était trop brutale, trop grossière, trop violente ! L'homme est naturellement doux comme un mouton, n'est-ce pas, quand il défend sa vie ! Il fallait à ce directeur quelque chose de plus tranquille, avec des couleurs plus claires... Ah ! tout ce que j'aurais pu répondre ! Mais autant vaudrait essayer de persuader une buse qu'un directeur de revue d'art. Je repris ma *Dernière balle*, — et voici le résultat de mon nouveau travail. J'ai habillé mon combattant d'un magnifique habit rouge, sans une tache : c'est de l'art ! J'ai ciré scrupuleusement ses souliers ; — voyez-vous ce petit reflet, correctement placé sur l'orteil ? — c'est de l'art ! J'ai nettoyé sa carabine avec le plus grand soin, car tout le monde sait que les carabines sont toujours propres quand on s'en est servi : c'est de l'art ! J'ai astiqué son casque : on emploie toujours la pâte à polir, en campagne, car sans elle, pas d'art ; J'ai rasé mon bonhomme, je lui ai lavé les mains ! J'ai donné à ses traits une expression de paix sereine et de plénitude heureuse. Résultat : une enseigne de tailleur militaire. Prix : grâce au ciel, le double de ce que j'aurais obtenu pour ma première ébauche, qui n'était cependant pas trop mal !...

— Et alors, vous vous imaginez faire passer cela pour votre œuvre personnelle ?

— Pourquoi pas ? C'est bien moi qui l'ai faite, moi tout seul, pour la plus grande gloire de l'art national et sacro-saint et en l'honneur de *Dickenson's Weekly*.

Torpenhow tira sans rien dire quelques bouffées de sa pipe, puis il rendit son verdict, au sein d'un nuage de fumée bleue :

— Si vous n'étiez qu'une outre gonflée de vanité idiote, monsieur Dick, je hausserais les épaules et je vous laisserais aller au diable, à califourchon sur votre appuie-main ; mais quand je songe à mon amitié pour vous, quand je constate que vous joignez à votre infernal amour-propre la susceptibilité ridicule d'une petite fille de douze ans, je crois nécessaire de me déranger pour votre bien. Voyez plutôt !...

Et du bout de sa bottine, Torpenhow creva la toile, tandis que le fox-terrier, réveillé, croyant entendre un rat, sautait à terre.

— ...Mettez-vous en colère, maintenant, si vous voulez ! continua-t-il. Non ?... Vous vous taisez ?... Alors, je poursuis : aucun homme né de la femme, aucun, entendez-vous, n'est assez fort pour mépriser le public et pour se jouer de lui, ce public fût-il... tout ce que vous dites...

— Mais il ne sait rien ! Il ne voit rien ! Et d'ailleurs que peut-on attendre d'êtres nés et élevés dans cette lumière ? — Dick montrait d'un geste le brouillard jaune, qui essayait d'éclairer la fenêtre. — S'il leur faut de la pommade, donnons-leur de la pommade, puisqu'ils paient ! Après tout ce sont des hommes et des femmes ; ce ne sont pas des dieux.

— Tout cela est bel et bon ; mais vous n'avez pas le droit de vous moquer d'eux. Si vous n'y prenez garde, vous tomberez bien vite sous l'envoûtement du livre de chèques, ce qui est pis que la mort. Vous vous griserez de l'argent facilement acquis, vous voilà déjà à moitié ivre. Pour l'amour de cet argent, vous avouez être prêt à faire délibérément de mauvais ouvrage, comme s'il ne devait pas vous arriver d'en faire bien assez sans le vouloir et sans le savoir !... Eh bien, moi qui vous aime, Dickie, et qui sais que vous m'aimez, je ne veux pas que vous vous coupiez le nez pour faire une niche à votre visage, et pour tout l'or de l'Angleterre vous ne le ferez pas. Est-ce entendu ?... Jurez !

— Impossible ! répliqua Dick. Je devrais même me fâcher, car vous avez crevé ma toile, et j'aurai une scène chez Dickenson, pour sûr !... Mais le moyen de vous en vouloir ? Vous êtes si abominablement raisonnable !

— Eh ! par Dickenson, pourquoi travaillez-vous pour les magazines, maintenant ? Cela s'appelle galvauder son talent.

— Cela me rapporte de très désirables dollars, riposta Dick, les mains dans ses poches.

Torpenhow le contempla un instant avec un profond dédain.

— Je vous prenais pour un homme ; vous n'êtes qu'un enfant.

— Ce n'est pas vrai ! s'écria Dick avec une émotion subite. Vous n'avez aucune idée de ce que représente la possession d'un peu d'argent pour un pauvre diable qui en a toujours manqué. Ah ! si vous saviez quelles privations j'ai à oublier, quelles joies à conquérir ! Puisque j'ai la vogue, je veux en profiter aussi longtemps que cela durera. Que le public paie, puisqu'il n'y comprend goutte !...

— Et quels sont, s'il vous plaît, les ambitions de Votre Majesté ? Vous ne pouvez fumer davantage ; vous ne buvez pas ; vous n'êtes pas gourmet, et vous devez vous habiller dans l'obscurité, si j'en juge par votre tenue. L'autre jour, vous n'avez pas voulu acheter un cheval, quand je vous l'ai proposé, alléguant qu'il pourrait tomber boiteux, et vous n'avez pas besoin de prendre des fiacres, j'imagine, pout traverser la rue. Si fou que vous soyez, enfin, vous ne l'êtes pas encore assez pour supposer que les théâtres à promenoirs et les articles vivants qu'on y achète soient indispensables à la vie... Alors, pourquoi, diable ! avez-vous besoin d'argent ?

— Pour l'avoir là, près de moi, et pour me sentir réchauffé par son reflet ! La Providence veut bien m'envoyer des noix pendant que j'ai des dents pour les casser : je n'ai pas encore trouvé celle que je désire ouvrir ; mais je tiens mes dents prêtes !... Et puis, qui sait, peut-être, vous et moi, grâce à cette bonne aubaine qui m'arrive, pourrons-nous faire bientôt le tour de ce vaste monde...

— Avec rien à faire ? Sans personne pour nous ennuyer ? Sans ennemis à combattre et sans concurrents à devancer ? Merci ! Au bout d'une semaine, on ne pourrait plus vous parler. D'ailleurs je n'irais pas, car je ne voudrais pas profiter du prix de votre âme !... Allons, Dick, il n'y a plus à discuter : vous êtes un serin !

— Je ne trouve pas, moi ! Quand j'étais à bord de ce bateau à porcs chinois...

— Au diable les souvenirs de votre très obscur passé ! Des cochons ne sont pas le public anglais, la considération en pleine mer n'est pas la considération ici, et le respect de soi-même est le respect de soi-même partout. Allez vous promener, car vous ne tenez plus en place, et tâchez de rapporter un peu de bon sens, si vous pouvez. Moi, je vais attendre notre camarade « l'Antilope », qui doit venir. Puis-je lui montrer votre taudis ?

— Cela va sans dire. Vous me demanderez bientôt si vous devez frapper à ma porte !...

Et Dick sortit pour prendre conseil de lui-même, dans l'épais brouillard de Londres.

Bientôt Torpenhow vit arriver, se hissant péniblement pour atteindre le septième étage, le confrère dont il avait annoncé la visite. C'était le plus ancien, le plus puissant et le plus énorme des correspondants militaires de la presse britannique, — d'où ce gracieux surnom de « l'Antilope ». Ses débuts remontaient à l'invention du fusil à aiguille, et depuis lors il avait assisté à toutes les campagnes intéressantes du monde entier. Il ne manquait jamais d'annoncer, au début de ses conversations, des troubles dans les Balkans pour le printemps prochain, et il jugeait de haut toutes choses. Au demeurant, le meilleur homme du monde.

Torpenhow le mit au courant des succès de Dick

et de son enivrement. Il lui montra la toile déchirée, devant laquelle l'Antilope s'écria :

— Mais c'est un chromo, un odieux chromo à la margarine !... C'est égal, Dick a joliment attrapé le genre préféré de ce bêta de public, qui pense avec ses bottes et lit avec ses coudes. La froide insolence de cette toile l'excuse presque. Mais enfin, nous ne devons pas laisser l'enfant s'engager dans cette voie-là. On l'a trop encensé... Bientôt on le traitera de second Detaille et de sous-Meissonier. La mode le perdra si nous n'y mettons bon ordre. Je vais le faire bêcher dans quelques feuilles, et je l'éreinterai moi-même dans *le Cataclysme* pour lui rabattre le caquet et le forcer à travailler...

Et les deux hommes continuèrent à s'entretenir de leur jeune pupille.

Cependant Dick s'était instinctivement dirigé du côté de l'eau courante, pour chercher une inspiration. Accoudé au parapet de l'Embankment, il regardait couler la Tamise sous les arches du pont de Westminster. Il commença par penser aux conseils de Torpenhow, puis, suivant la pente naturelle de son esprit, il finit par s'absorber dans l'observation des physionomies de la foule. Il s'étonnait que certaines gens pussent rire, avec la mort lisiblement inscrite sur leurs traits. D'autres visages, vulgaires et grossiers parfois, irradiaient d'amour. D'autres encore apparaissaient, uniquement ridés et flétris par le travail. Chacun d'eux, en son genre, pouvait lui être utile : la souffrance des pauvres servirait à son instruction, et la fortune des riches paierait les frais de ses études. Ainsi son crédit dans le monde et à la Banque se verrait augmenté.

N'avait-il pas assez souffert ? Il pouvait bien maintenant prélever un péage sur la misère, ou sur la sottise des autres !...

Le brouillard se dissipa un peu, et le soleil brilla sur l'eau, comme un large pain à cacheter d'un rouge sanglant... Dick demeura immobile, appuyé au parapet, pour écouter la voix du fleuve mourir contre les piliers, semblable au murmure lointain de la mer, à la marée basse...

Une bouffée de vent se glissant à travers les déchirures de la brume, chassa au visage du jeune homme la fumée noire d'un steamer qui faisait son évitage au bas du quai... Il en fut un instant aveuglé... Alors il tourna instinctivement sur lui-même, et se trouva face à face avec... Maisie !

Impossible de se méprendre. Les années écoulées avaient fait une femme de l'enfant ; mais elles n'avaient pu changer ni les yeux d'un gris foncé, ni les lèvres de pourpre, ni cette bouche expressive, ni ce menton d'un ferme modelé. Pour que tout fût comme autrefois, elle portait une robe grise, étroitement ajustée.

L'âme humaine étant sans pouvoir et sans contrôle sur ses propres mouvements, Dick s'avança et dit : « Tiens ! Maisie ! » à la manière des collégiens qui retrouvent un camarade.

Et Maisie, de son côté, disait : « Oh ! Dick, est-ce vous ?... »

Puis, contre la volonté de Dick et avant que son cerveau, à peine dégagé des idées d'avenir qui venaient de l'occuper, eût eu le temps de commander à ses nerfs, il sentit le sang battre furieusement dans chaque artère de son corps, et sa bouche se dessécha. Le brouillard s'épaissit de nouveau, et le visage de Maisie lui apparut d'un blanc de perle, à travers ce voile aérien. Ils ne se dirent pas un mot ; mais Dick se mit à marcher auprès d'elle, et ils longèrent le quai, côte à côte, du même pas sans plus se devancer ni s'attarder loin l'un de l'autre que dans leurs excursions de l'après-midi, autrefois, sur la plage boueuse. Tout à coup Dick demanda, d'une voix un peu enrouée :

— Qu'est devenue Ammoma ?

— Elle est morte... Oh ! pas des cartouches, non, d'une autre indigestion. Elle a toujours été si gloutonne !... C'est drôle, n'est-ce pas ?

— Qu'est-ce qui est drôle ?... Qu'Ammoma soit morte ?

— Non !... Notre rencontre... De quel côté veniez-vous ?

— Par là. — Et il désignait l'est, à travers le brouillard ? — Et vous ?

— Oh ! moi, j'habite au nord, du côté où il fait noir, là-bas, tout au bout du parc. Je travaille beaucoup.

— Qu'est-ce que vous faites ?

— De la peinture. Je ne sais pas faire autre chose.

— Vous avez donc besoin de travailler ?... Que

vous est-il arrivé ? Vous aviez trois cents livres de rente...

— Je les ai toujours... Je fais de la peinture, voilà tout !...

— Et vous vivez seule ?...

— Avec une amie. Ne marchez donc pas si vite, Dick : voilà que vous avez perdu le pas !

— Tiens ! Vous vous en êtes aperçue ?...

— Naturellement !... Vous n'êtes jamais au pas.

— C'est vrai. Je vous demande pardon... Alors vous avez continué à peindre ?...

— Oui. Cela me plaisait. J'ai d'abord travaillé au « Stade » ; puis, à l'atelier Merton, à Saint-John's Wood ; ensuite, j'ai fa'' des copies à la *National Gallery*, et maintenan. je suis élève de Kami.

— Mais Kami est à Paris !...

— Non, il a son atelier d'élèves à Vitry-sur-Marne. Je travaille chez lui tout l'été, et je reviens pendant l'hiver à Londres, où j'ai ma maison.

— Vendez-vous beaucoup ?

— Par-ci, par-là !... Pas souvent. Ah ! voici mon omnibus. Si je le manque, je perds une demi- heure. Adieu, Dick.

— Adieu, Maisie... Ne voulez-vous pas me donner votre adresse ? Il faut que je vous revoie. Je pourrai probablement vous être utile. Je... je fais de la peinture, moi aussi.

— Il se peut que je revienne dans le Parc, demain, si la lumière n'est pas bonne pour travailler. Je pars de Marble-Arch, où je reviens par le grand tour. C'est ma promenade préférée... Certainement que je vous reverrai !

Elle monta dans l'omnibus et fut aussitôt engloutie dans le brouillard.

— Que le diable m'emporte de l'avoir laissée partir ! s'écria Dick en rentrant chez lui.

Torpenhow et l'Antilope le retrouvèrent assis sur les marches de l'atelier, répétant tout bas : « Que le diable m'emporte ! »

— Le diable vous emportera encore bien mieux quand je vous aurai dit votre fait ! gronda l'Antilope, dressant sa masse noire derrière l'épaule de Torpenhow et brandissant une feuille de « copie » où l'encre achevait de sécher. Le bruit court, Dick, que vous êtes atteint d'une enflure de la tête.

— Salut, l'Antilope ! Vous voici de retour ? Comment vont les grands Balkans ? Et les petits Balkans ? Je vous avertis que vous avez un côté de la figure de travers, comme toujours. Vous n'êtes pas « d'ensemble ».

— Laissez donc ma figure tranquille ! Je me propose de vous arranger dans les journaux, moi. Torpenhow s'y refuse, par un scrupule de délicatesse mal placé ; mais je viens d'examiner toutes les croûtes de votre atelier, et elles sont tout simplement infectes...

— Ah ! vous trouvez ?... Eh bien ! essayez donc de les décrire, seulement ; vous en êtes incapable. Il vous faut autant de place pour vous mouvoir sur le papier qu'à un gros navire marchand, sur la mer.

Mais, voyons ! Lisez-moi cela. Et tâchez de faire vite, — j'ai sommeil.

— Hum ! Tenez, voici la conclusion du paragraphe consacré à vos tableaux. « Pour une œuvre faite sans conviction, pour du talent gaspillé en trivialités, pour un travail visant délibérément à gagner les louanges d'un public égaré par la mode...

— Ah ! bien, il s'agit toujours de la *Dernière balle !* Continuez...

— « ...public égaré par la mode, il n'y a qu'un châtiment possible : l'oubli, — l'oubli, frère cadet de l'indulgence et frère aîné du mépris. Quand M. Heldar nous aura fourni la preuve qu'il ne mérite pas ce jugement... »

— Ouah ! ouah ! ouah ! aboya l'incorrigible Dick. Votre conclusion ne vaut rien, et c'est du sale journalisme ; ce qui n'empêche pas que ce soit tout à fait juste. Mais, dites donc, espèce de vieil athlète balafré et débauché, oubliez-vous que vous êtes chargé, au début de chaque guerre, d'étancher la soif de sang du brutal et aveugle public anglais ? On a supprimé de nos jours les combats de l'arène; mais il y a en revanche les articles des correspondants spéciaux. Vous n'êtes qu'un gladiateur obèse ! Vous surgissez d'une trappe et vous racontez les horreurs que vous avez vues... Vous avez tout juste autant d'originalité qu'un « évêque austère », une « actrice aimable » ou un « cyclone dévastateur » !... Et vous prétendez me faire la leçon ?... Antilope, si je ne me retenais, et si vous en valiez la peine, je ferais votre caricature dans quatre journaux !

L'Antilope s'effara. Il n'avait pas prévu cela.

— Aussi, continua Dick, je confisque votre charabia, et tenez voilà ce que j'en fais !

Le manuscrit s'envola, déchiré en petits morceaux, dans la cage obscure de l'escalier.

— Et maintenant, rentrez chez vous, Antilope. Retournez à votre petit lit solitaire, et fichez-moi la paix ! Je vais me coucher jusqu'à demain.

— Mais il n'est pas sept heures ! s'écria Torpenhow stupéfait.

— Il est deux heures du matin, si c'est mon bon plaisir ! riposta Dick, en se dirigeant vers sa chambre. Je suis sur le point de traverser une crise sérieuse, et je me passerai de dîner.

Il s'enferma et verrouilla la porte.

— Il n'y a rien à faire de cet homme-là ! fit l'Antilope consterné.

— Laissons-le ! Il est fou à lier.

A onze heures, quelques ruades retentirent contre la porte de l'atelier.

— L'Antilope est-il encore avec vous ? demanda une voix de l'intérieur. Dites-lui qu'il aurait pu résumer tout son stupide article dans cet épigramme : « Les hommes indépendants sont des esclaves, et les esclaves connaissent seuls l'indépendance... » Dites-lui aussi qu'il est un imbécile, Torp, et que j'en suis un autre.

— Très bien ! Venez-vous souper ? Cela ne vaut rien de fumer l'estomac vide.

Pas de réponse.

VI

Le lendemain matin, Torpenhow trouva Dick désœuvré dans un nuage de fumée.

— Eh bien, fou, comment vous sentez-vous, aujourd'hui ?

— Je ne sais pas : je m'étudie.

— Vous feriez bien mieux de vous mettre à travailler.

— Possible ! mais rien ne presse. J'ai fait une découverte, Torp : je pense trop à moi.

— A la bonne heure ! Cette révélation, est-ce à mes sermons que vous la devez, ou à ceux de l'Antilope ?

— Non ! Elle m'est venue toute seule... Certes ! je m'étudie trop. Allons ! je vais travailler.

Il retourna une demi-douzaine de dessins inachevés, tambourina distraitement sur une toile neuve, nettoya trois pinceaux, fit mordiller par « Binkie », le fox-terrier, les pieds du mannequin, fouilla dans sa collection d'armes et d'accoutrements et finit par sortir brusquement, en déclarant qu'il en avait assez fait pour un jour...

— C'est positivement indécent ! fit Torpenhow. Voici la première fois que Dick perd une matinée de bonne lumière comme celle-ci. Qu'est-ce qui lui a passé par la tête. Cela m'apprendra à le laisser seul pendant quelques semaines !... Peut-être a-t-il pris l'habitude de sortir le soir !... Il faut que j'en aie le cœur net.

Il sonna pour appeler le tenancier de l'hôtel, un vieil homme chauve, que rien ne pouvait plus étonner ni déconcerter.

— Beeton, M. Heldar a-t-il dîné en ville pendant mon absence ?

— Il n'a pas mis son habit une seule fois, Monsieur, de tout le mois. Le plus souvent il dînait ici. Quelquefois il allait passer la soirée au théâtre, et revenait chez lui avec quelques amis qui faisaient bien un peu trop de tapage dans la maison, parce qu'ils descendaient à tour de rôle, en chantant, pour chercher du whisky...

— Voilà qui me rassure, se dit Torpenhow. Les orgies sont salutaires, et d'ailleurs Dick a la tête solide. Ah ! s'il s'agissait d'une femme, cela m'inquiéterait davantage ! Binkie, mon petit chien, ne sois jamais un homme, vois-tu ! Les hommes sont des brutes contrariantes, qui font des choses sans raison...

Dick, cependant, se dirigeait vers le nord d'Hyde Park ; mais en réalité, il lui semblait se promener sur la plage aux bancs de vase, avec Maisie. Il se rappela tout à coup le jour où il avait décoré les cornes d'Ammoma de papillotes à jambon, et cela le fit rire. Quatre années avaient passé depuis lors... Quelles longues années !... Et comme l'image de Maisie s'associait étroitement à tous ses souvenirs !... Maisie en robe grise, sur la grève, écartant de ses yeux ses cheveux mouillés par les embruns et riant de voir les bateaux de pêche fuir et se disperser sous le vent... Un soleil de feu sur la boue, et Maisie, le menton en l'air, reniflant dédaigneusement les effluves salins... Maisie fuyant devant la rafale qui balayait la plage, tandis que le vent lui soufflait aux oreilles un sable dur comme de la grenaille... Maisie, pleine d'une tranquille assurance, débitant à Mme Jennett un audacieux mensonge, que Dick aussitôt confirmait par un mensonge encore plus fort... Maisie choisissant délicatement son chemin, de pierre en pierre, un pistolet à la main, les dents serrées... Maisie, toujours en robe grise, se reposant sur l'herbe, entre la bouche d'un canon du fort Keeling et un pavot de mer qui balançait lentement sa tête jaune...

Ces images défilèrent devant lui une à une. La dernière demeura plus longtemps que les autres devant ses yeux. Il se sentait heureux, parfaitement tranquille, comme il ne l'avait jamais été. Pas une fois l'idée ne lui vint qu'il pourrait mieux employer son temps, ce matin-là, qu'à flâner dans le Park.

— Il fait une jolie lumière pour travailler, se dit-il pourtant avec placidité, en regardant son ombre devant lui. Cela doit faire plaisir à bien des pauvres diables d'artistes... Ah ! voilà Maisie...

Elle s'approchait de lui, venant de Marble Arch, et tout de suite il remarqua que sa démarche était restée la même. C'était bon de la retrouver toujours

« Maisie », toujours semblable à sa compagne d'autrefois...

Ils ne se saluèrent pas en s'abordant, car ils n'en avaient jamais eu l'habitude.

— Que faites-vous hors de votre atelier à cette heure-ci ? demanda-t-il, comme s'il en eût eu le droit.

— Je prends l'air, tout simplement. Je me suis énervée sur un menton que j'ai fini par gratter ; puis je l'ai laissé en un petit tas de râclures sur le couteau, et je suis sortie...

— Je connais cela ! Qu'est-ce qui vous tracassait ?

— Une tête de genre. Ça ne veut pas venir. Je ne connais rien de plus décourageant...

— Moi, je ne me ressers pas volontiers d'une toile grattée, pour peindre de la chair. Le grain devient laineux et reparaît quand la couleur est sèche.

— ... Pas si vous grattez avec soin.

Maisie esquissa de la main le geste voulu. Il y avait une tache de carmin sur sa manchette blanche. Dick se mit à rire.

— Toujours aussi peu soigneuse !

— Je vous conseille de parler ! Regardez donc votre manchette à vous !

— C'est vrai ! elle est plus sale que la vôtre. Je crains, hélas ! que nous n'ayons pas beaucoup changé, tous les deux. Voyons donc, pourtant...

Il se mit à la regarder attentivement. La brume bleu pâle de ce matin d'automne, éparse entre les troncs d'arbres du parc, formait un fond de glacis délicats, sur lequel tranchaient la robe grise de la jeune fille, sa toque de velours sombre posée sur des cheveux noirs et son fin profil résolu.

— Non, rien n'est changé. Quel bonheur !... Vous rappelez-vous le jour où j'ai emprisonné vos cheveux dans le fermoir d'un petit sac ?

Maisie fit un signe affirmatif, et un éclair de souriante malice passa dans ses yeux, puis elle regarda Dick.

— Attendez un peu ! fit-il. Voici que votre bouche s'abaisse aux deux coins. Il y a quelque chose qui ne va pas... Qui est-ce qui vous tourmente, Maisie ?

— Personne que moi-même. Je n'avance pas, et cependant il me semble que je me donne assez de peine ! Kami me disait :

« Continuez, mesdemoiselles ! Continuez toujours, mes enfants ! » N'est-ce pas qu'il vous disait cela ? C'est sa décourageante manière d'encourager...

— Oui, c'est bien cela. Pourtant, il m'a dit, l'été dernier, que je faisais des progrès et qu'il me laisserait exposer, cette année.

— Où cela ? Ici ?

— Oh ! non ; au Salon, à Paris.

— Diable ! vous volez déjà haut !

— Il y a assez longtemps que je bats des ailes. Et vous, Dick, où exposez-vous ?

— Je n'expose pas ; je vends.

— Ah !... Quel est donc votre genre ?

— Comment ! vous ne savez pas ?

Il ouvrit de grands yeux. Était-il possible qu'elle

ignorât son succès ? Comment le lui faire connaître ?

Ils n'étaient pas loin de Marble Arch.

— Remontez Oxfort Street avec moi, voulez-vous ? Je vais vous montrer quelque chose.

Un petit groupe de curieux stationnaient devant un magasin de gravures que Dick connaissait bien.

— Il y a quelques reproductions de mes œuvres dans la vitrine, dit-il avec un orgueil contenu. — Jamais encore il ne lui avait paru si doux d'être admiré. — Voilà le genre que je peins. Cela vous plaît-il ?

Maisie contemplait le furieux galop d'une batterie de campagne, se ruant sous le feu pour prendre position... Derrière elle, dans la foule, deux artilleurs échangeaient leurs impressions sur le tableau.

— Le cheval de gauche est fichu, disait l'un d'eux. Il a reçu une sacrée blessure ! Mais ils tirent bon parti des autres. Le conducteur s'y prend encore mieux que toi, Tom. Regarde donc avec quelle adresse il manie sa bête !...

— A la prochaine secousse, répondit Tom, le « servant numéro trois » va tomber du caisson...

— Oh ! non. Il se cramponne ferme. Il tiendra bon.

Dick surveillait le visage de Maisie et son cœur se gonflait de joie et d'orgueil. Quant à la jeune fille, ce que l'on disait autour d'elle la frappait plus que l'œuvre elle-même.

— Voilà ce que j'ai tant désiré !... se répétait-elle à voix basse.

— Regardez tous ces gens, autour de nous, Maisie. N'est-ce pas qu'ils sont surpris? Ils ne voient plus autre chose que mon tableau. Ils ne savent pas ce qui leur fait écarquiller les yeux et rester bouche bée ; mais je le sais, moi : c'est que j'ai touché juste.

— Oui, oui, je vois... Oh ! que je voudrais qu'il m'arrive un jour une chose pareille !...

— Ah ! dame, c'est que je suis allé la chercher joliment loin ! Elle ne m'est pas venue toute seule... Eh bien, qu'en dites-vous ?

— Je dis que c'est un vrai succès. Racontez-moi donc comment vous vous y êtes pris ?...

Ils rentrèrent dans le parc, et Dick se mit alors à repasser pour elle toutes ses aventures, avec l'exhubérance d'un jeune homme qui veut se faire valoir devant une femme. Les « moi », les « je » défilaient tout le long de son récit, comme les poteaux télégraphiques se succèdent, inévitables et périodiques, aux yeux du voyageur. Maisie écoutait, avec le petit hochement de tête de l'étonnement ou de l'approbation. Les épreuves douloureuses du conteur, ses privations, ses luttes, tout cela ne la troublait pas du tout, ne l'empêchait pas de suivre avec attention le récit. Pour Dick, c'était comme s'il eût récité un poème épique. A la fin de chaque strophe, il concluait : « Et *ceci* me donna la notion de la couleur, et *cela* me fit comprendre les jeux de la lumière, et dans *tel* lieu je m'appropriai *tel* don que je voulais posséder... »

Il lui fit parcourir tout d'une traite la moitié du globe, parlant, parlant encore, comme il n'avait jamais parlé de sa vie. Et dans sa croissante exaltation, il fut tout à coup saisi du désir fou de prendre cette jeune fille, qui l'approuvait d'un léger mouvement de tête en disant : « Je comprends ! Continuez »... de la prendre, de l'emporter, car c'était Maisie, car elle pénétrait enfin sa pensée, car elle était son bien, car elle était adorable et adorée entre toutes les femmes.

Mais il se contint...

— Voilà comment j'ai fait pour apprendre ce que je sais, conclut-il, bouleversé. A vous, maintenant.

Le récit de Maisie fut presque aussi gris que l'étoffe de sa robe. Il disait les années d'un labeur assidu, soutenu par un orgueil farouche. Il montrait la commençante incertaine, mais tenace, ne se laissant rebuter ni par les moqueries grossières des marchands, ni par les brouillards gêneurs du travail, ni par la désespérante dureté de son maître Kami, ni par l'ironique impolitesse des compagnes d'atelier. Quelques points lumineux cependant brillaient sur cette grisaille : par exemple, l'admission d'un ou deux tableaux à des expositions de province ; mais cette plainte revenait sans cesse, comme un refrain :

— Vous voyez, Dick, je n'ai pas encore conquis le succès, moi, et cependant j'ai tant travaillé !

Dick l'écoutait, tout attendri, retrouvant dans la voix de la jeune fille, les intonations entendues autrefois, — n'était-ce pas hier ? — quand elle regrettait de ne pouvoir atteindre le brise-lames, avec le revolver, quelques instants avant leur unique baiser !

— Ne vous chagrinez pas, lui dit-il. Le succès viendra. Et puis, voulez-vous m'écouter et me croire ?... A mes yeux, rien au monde n'existe qui vaille cette grande fleur jaune, que nous vîmes devant nous, un jour, au-dessous du fort Keeling...

Les mots s'arrangeaient tout seuls dans sa tête et lui venaient aux lèvres sans qu'il y tâchât.

Maisie, un peu troublée, lui répondit :

— Sans doute, cela ne vous fait rien à vous !... Le succès, vous l'avez trouvé, en effet ; mais moi...

— Oubliez cela, Maisie, ma chère Maisie, et laissez-moi vous parler. Il est impossible que vous ne me compreniez pas. Il me semble que ces dix ans n'ont pas existé... Me voici de retour, et rien n'est changé en moi. Est-ce que vous ne le voyez pas, dites ? Nous sommes tous les deux seuls au monde, tous les deux libres ; eh bien ! ne vous tourmentez pas, ne vous tourmentez de rien : nous confondrons nos existences et nous n'en ferons qu'une...

Ils étaient assis l'un près de l'autre, sur un banc. Maisie, du bout de son ombrelle, piquait le sol, à travers le gravier.

— Je comprends, je comprends, fit-elle lentement. Mais mon travail, il faut bien que je le fasse.

— Vous le ferez auprès de moi, chère ! Je ne vous gênerai pas, vous verrez !

— Oh ! non, impossible ! C'est mon travail, à

moi, à moi seule. J'ai toujours vécu ainsi, indépendante, et ne veux appartenir jamais qu'à moi-même. Je me rappelle bien... ce dont vous me parlez ; mais c'est fini, tout cela. C'étaient des enfantillages. Nous ne savions rien de la vie, alors ; nous ne pouvions prévoir ce qui nous attendait. Ne soyez pas égoïste, Dick ! J'espère pouvoir obtenir, moi aussi, l'an prochain, un petit succès ; ne m'en privez pas !

— Je vous demande pardon, chère ! J'ai tort ; je suis fou ! Comment, en effet, oserais-je vous demander de renoncer à votre vie sous prétexte que je suis revenu ?... Pardonnez-moi ; je me tiendrai désormais à ma place et ne vous tourmenterai plus.

— Mais non, Dick ! Je ne veux pas du tout que vous disparaissiez de ma vie... maintenant que vous voici de retour !...

— Ah !... Excusez-moi !... Je croyais...

Il dévorait des yeux ce joli visage étonné, troublé. Malgré tout il ne pouvait se défendre d'espérer, de triompher même, par avance : comment aurait-il douté que Maisie, quelque jour, finît par l'aimer, puisqu'il l'aimait !

— C'est mal à moi, je le sais, fit-elle d'une voix plus lente ; c'est mal, c'est égoïste ; mais j'ai été si seule !... Maintenant que je vous ai revu, je tiens à vous garder dans ma vie.

— Naturellement ! répondit-il avec une sincérité parfaite ; puisque nous nous appartenons.

— Non ! non ! Ce n'est pas cela ; mais vous m'avez toujours comprise, Dick, et vous pourriez me guider dans mes études. Vous savez bien des choses, vous ! J'aurais besoin de vos conseils.

— Certainement !... Ainsi, vous désirez que je continue à vous voir, afin de vous aider dans votre travail ?...

— C'est cela. Mais, vous m'entendez bien, Dick ? je veux demeurer libre ! Je suis confuse ; je dois vous paraître égoïste, intéressée ; il faut cependant que cela soit ainsi. Laissons le passé où il est. Voulez-vous me donner tout de même vos avis ?

— Je vous les donnerai... Mais, voyons ! Il faut bien que je voie vos tableaux, que j'examine vos esquisses afin de me rendre compte... N'est-ce pas, Maisie ?

Et dans ses yeux, qui, de nouveau, s'attachaient à ceux de la jeune fille, une flamme révélait l'ardent espoir de la convaincre...

— Vous êtes bon ! Beaucoup trop bon, hélas ! car je crains que vous ne vous berciez d'illusions irréalisables... Je le sais, je le vois, et cependant je ne puis résister à vous garder auprès de moi. Vous ne m'en voudrez pas, plus tard, dites ?

— Ne craignez rien : je suis prévenu. Et puis vous connaissez le proverbe : « La reine ne peut mal faire. » Ce n'est pas votre réserve ni votre défiance qui m'étonnent ; c'est, au contraire, que vous consentiez, me connaissant bien, à m'admettre auprès de vous.

— Pourquoi ? Vous êtes toujours Dick, et vous faites des dessins que vous vendez.

— En effet. Mais vous n'ignorez pas, Maisie,

que je vous aime. Et vous savez aussi, je pense, que ce n'est point d'une tendresse fraternelle ?

Maisie eut cet intraduisible mouvement des paupières qui signifie que l'on se rend bien compte des choses et que l'on ne déplore de ne pouvoir empêcher qu'elles soient, et, tout haut, elle dit :

— Je devrais, peut-être, hélas !... m'éloigner de vous avant de vous donner sujet de m'en vouloir...

Puis, elle parut s'efforcer d'oublier ce qu'elle venait d'entendre, et même ce qu'elle venait de penser. Elle ajouta, presque gaiement :

— Je vis avec une compagne qui a les cheveux rouges et qui fait de la peinture impressionniste... Oh ! nous n'avons pas du tout la même façon de voir.

— C'est comme nous ! répliqua Dick. Mais, baste ! vous verrez qu'avant trois mois nous rirons tous les deux de ce dissentiment d'aujourd'hui.

Maisie secoua la tête d'un air mécontent.

— Je savais que vous ne me comprendriez pas, dit-elle, et c'est tant pis, car il vous en coûtera davantage quand vous me connaîtrez mieux !... Voyons, Dick, regardez-moi bien en face, et dites ce que vous voyez ?

Ils se levèrent et restèrent un instant muets, l'un en face de l'autre, s'étudiant avec attention. Le brouillard s'était épaissi, étouffant la rumeur de Londres, là-bas, de l'autre côté des grilles. Dick regardait de tous ses yeux. Il appelait à son secours cette expérience des physionomies qu'il avait si chèrement acquise dans ses années d'épreuves : il étudiait ces yeux gris, cette bouche mince, ce menton volontaire, tout cet ensemble énergique, si coquettement couronné d'une toque de velours noir :

— C'est bien la même Maisie, dit-il enfin, comme c'est le même moi. Ah ! nous avons l'un et l'autre notre petite volonté, cela est certain, et il faudra que l'une ou l'autre à la fin soit brisée... Nous verrons ! En attendant, il est nécessaire, n'est-ce pas, que j'aille voir votre peinture quelque jour ? Et je la verrai sans doute en présence de l'amie aux cheveux rouges ?

— Le dimanche est le meilleur jour, répondit-elle. Venez un dimanche ? J'ai à vous parler d'un tas de choses... Maintenant, je vais rentrer travailler.

— A dimanche, donc ! D'ici là, tâchez de deviner ce que je pense. Et surtout, n'allez pas croire un mot de ce que je vous ai dit ! Au revoir, chère Maisie. Portez-vous bien !

Elle s'échappa, menue et rapide comme une petite souris grise. Dick la suivit du regard jusqu'à ce qu'elle eût disparu. Mais il n'entendit pas ce qu'elle se disait tout bas, déjà presque rasérénée : « C'est affreusement égoïste et imprudent ce que je fais là ! Mais, après tout, puisque j'ai besoin de Dick !... Il trouvera cela tout naturel. »

Personne encore n'a pu définir exactement ce qui se passe lorsqu'une force irrésistible se heurte tout à coup à un obstacle immuable ; bien des gens ont pourtant étudié ce problème ; dès que Dick se trouva seul, il l'envisagea résolument. D'abord il se flatta que l'effet de sa présence et de ses paroles pourrait amener un changement favorable dans l'état d'esprit de Maisie. Puis il revit avec une netteté singulière les traits de ce jeune visage où se trahissait une détermination invincible.

— Si je sais encore lire sur une physionomie, se dit-il, on trouverait de tout dans celle-ci, avant d'y trouver de l'amour. L'exprimera-t-elle jamais ?... Quelles lignes volontaires, au menton et aux lèvres !... Oh ! elle sait ce qu'elle veut... et le pis est qu'elle est sûre de l'obtenir ! C'est dur tout de même qu'elle me choisisse, moi, entre tous, non pour m'aimer, mais pour lui servir ! Et cependant, c'est Maisie !... C'est elle... Pourquoi lui résister ? C'est tout de même une joie de la revoir ! On dirait qu'elle habite ma pensée comme elle remplit mon cœur, depuis des années !... Elle se servira de moi comme je me suis servi de Binat et de mes autres modèles, à Port-Saïd, ou ailleurs... Elle a bien raison !... J'en souffrirai, c'est vrai ; mais qu'est-ce que cela fait ?... J'irai la voir, chaque dimanche, comme un bon jeune homme bien sage, qui courtise une femme de chambre... Et qui sait ? Elle finira peut-être par céder !... Non ! cette bouche-là n'a pas l'air de devoir jamais se détendre... Quand j'aurai bien envie de l'embrasser, il faudra me résigner à regarder ses tableaux !... Quelle diablesse de peinture peut-elle bien faire ?...

Il s'imagina tout à coup voir un certain Dick Heldar, bien connu de lui, planté froid et contraint devant la jeune fille attentive, et lui expliquant l'art, « l'art de la femme » ! Un frisson lui passa dans la moelle.

— Rentrons ! dit-il. Allons faire « de l'art », mon ami !

Et puis, à mi-chemin de son atelier, il s'arrêta, le cœur serré, parce qu'il lui venait tout à coup une idée affreuse :

— Elle est toute seule à Londres, toute seule avec une impressionniste à cheveux rouges, qui est sans doute munie d'un estomac d'autruche, comme elles sont toutes, dans cette partie-là. Maisie et elle doivent manger quand elles ont le temps, à n'importe quelle heure du jour, et boire du thé à tous les repas. J'ai vu des étudiantes russes et autres, à Paris ; elles se nourrissaient dans le même goût !... Maisie se rendra malade, à ce régime. Comment faire pour l'en empêcher ?... Ah ! si nous étions mariés !...

Torpenhow entra dans l'atelier à la nuit tombante et regarda Dick avec inquiétude. Sainte et austère tendresse, que le sort fait germer entre deux hommes jetés dans une existence commune, exposés aux mêmes orages et liés l'un à l'autre par le joug de l'habitude, par l'intimité du travail et du danger ! C'est une bonne et rude affection que celle-là. Rien ne l'entame, ni la contradiction, ni les reproches, ni la sincérité brutale. Elle résiste à tout : aux apparents oublis, aux négligences ; elle survivrait même à de graves fautes de l'un ou de l'autre !...

Et comme elle est éloquente, même quand elle est silencieuse !

Dick tendit sans mot dire à son ami la pipe garnie du conseil. Sa pensée était loin ; elle était auprès de Maisie et s'inquiétait de la détresse probable de la jeune fille. Comme cela lui semblait nouveau, doux et poignant, tout ensemble, à lui, le hardi voyageur, d'avoir maintenant dans le monde un être à qui s'intéresser, qui ne fût pas Torpenhow !... Après tout, Torpenhow n'avait besoin de personne, lui !... Tandis que Maisie. Ah ! Maisie ! Quel merveilleux emploi Dick ferait pour elle de tout cet argent superflu, qu'il avait si vite gagné ! il allait pouvoir la parer à sa guise, comme une idole. Il la voyait déjà pliant sous les lourds colliers d'or attachés à son cou frêle et charmant. Il voulait des bracelets à ses bras ronds, des bagues de prix à ses mains. Comme elles seraient jolies, ainsi enrichies, ces mains fraîches et prudentes, qu'il avait tenues entre les siennes !... Mais hélas ! Quelle idée folle ! Comment pouvait-il espérer que Maisie se laissât même glisser une seule bague à l'un de ses doigts ?... Ne rirait-elle pas de ce piège d'or ?... Mauvais moyen ! Mieux vaudrait se trouver auprès d'elle, dans la demi-obscurité du soir ils seraient assis l'un contre l'autre ; lui, entourant de son bras la taille souple de Maisie ; elle, abandonnant sa tête sur l'épaule de Dick, ainsi qu'il sied à deux époux...

Les bottines de Torpenhow craquaient ce soir-là plus fort que de coutume, et sa voix avait le don d'agacer prodigieusement les oreilles. Du moins c'était l'avis de son compagnon, qui ne pouvait se défendre d'une irritation profonde, et qui en voulait à l'univers entier de ce que la joie d'un succès si longtemps attendu et les plus radieuses espérances d'avenir se trouvassent brusquement arrêtées, obscurcies, annihilées, par l'indifférence d'une femme !

— Dites donc, mon vieux, fit Torpenhow, après deux ou trois essais infructueux de conversation, je n'ai rien dit récemment qui vous ait froissé, hein ?...

— Vous ? Non. Cela vous serait impossible.

— Bon !... Et vous ne souffrez pas du foie ?...

— L'homme vraiment sain ne sait même pas qu'il a un foie !... Non, vous me voyez un peu absorbé par des réflexions générales... sur l'existence !... Mettez que j'ai mal à l'âme, si vous voulez...

— L'homme vraiment sain, comme vous dites, ne sait même pas qu'il a une âme... Qu'est-ce que vous faites de cet objet de luxe ?...

— Rien !... Je rêve, voilà tout. Rappelez-moi donc le nom de cet auteur qui a comparé les humains à des îles, se créant réciproquement des mirages et des illusions, à travers des océans de malentendus !...

— Je ne sais pas le nom de cet auteur-là ; mais il avait raison... excepté cependant pour les malentendus, car nous nous comprenons fort bien, vous et moi.

La fumée bleue du tabac, après avoir gagné en volutes légères le plafond de l'atelier, redescendait en nuage étalé, plus lentement. Torpenhow reprit d'un ton affectueux, presque timide :

— Dick, est-ce qu'il s'agit d'une femme ?

— Je veux que vous soyez pendu, si je pense le moins du monde à une femme ! D'ailleurs, si vous vous mettez à m'assommer de semblables questions, je vous préviens que je louerai un autre atelier !... Un atelier en briques rouges, avec des ornements peints en blanc et des corbeilles pleines de bégonias, de pétunias et autres fleurs de bon ton ! Et j'aurai des musiciens hongrois en dolmans bleus qui me joueront des czardas sous des palmiers de trois schillings et demi la pièce ! Et mes tableaux auront des cadres de peluche bleu-ciel ! Et j'aurai des visiteuses qui se pâmeront, avec leur catalogue à la main, quand il les aura officiellement averties qu'elles se trouvent en face d'un chef-d'œuvre ! Et c'est vous qui les recevrez, Thorp ; Oui, vous ! Et vous serez vêtu d'un veston d'intérieur en velours marron, avec un pantalon jaune et une cravate rouge..

— Cousue de fil blanc ! Vous allez trop loin, Dick ! Je me mêle évidemment de ce qui ne me regarde pas, et votre mauvaise humeur le prouve... Prenez garde cependant que votre amour-propre fou ne reçoive bientôt un rude châtiment !... D'où cela viendra-t-il ? Je ne le sais guère ; mais vous ne l'aurez vraiment pas volé ; vous avez besoin de recevoir une bonne leçon, mon cher !...

Dick eut un involontaire frisson.

— Soit ! dit-il, en affectant de sourire. Quand mon île sera sur le point de sombrer, je vous appellerai au secours.

— Allons ! fit Thorp. Nous disons des bêtises. Venez plutôt passer une heure au théâtre.

VII

Quelques semaines plus tard, Dick, revenant à travers le Park à son atelier, le dimanche, par un journée brumeuse et triste, se disait :

— Voilà le châtiment que me souhaitait Torp... Il est plus douloureux, certes, que je ne l'aurais cru !... Mais qu'importe ! « La reine ne peut mal faire... » Après tout, elle a quelque idée du dessin.

Il sortait d'une de ses visites dominicales chez Maisie, — visites où il se retrouvait invariablement sous les yeux verts de l'impressionniste aux cheveux roux... — Oh ! comme il la détestait, celle-là !

Semaine après semaine, revêtu de ses meilleurs habits, il avait gagné la petite maison assez mal tenue qui se trouvait là-bas, au nord d'Hyde Park. La première fois, ç'avait été pour voir les tableaux de Maisie... Puis il les avait critiqués en détail, il avait donné des conseils, hélas ! urgents et indispensables.

Semaine après semaine, il avait senti grandir sa tendresse, et en même temps il avait mieux compris la consigne, qui lui était imposée, de chasser son cœur de ses lèvres et de résister au désir fou d'embrasser Maisie, de l'embrasser très fort et très souvent. Semaine après semaine, il s'était convaincu de la nécessité d'entretenir la jeune fille uniquement des secrets de son art, cela seul l'intéressant toujours, et le reste, en vérité, la laissant indifférente.

Alors, dans cet atelier bâti au fond d'un jardin humide, derrière l'humble villa malsaine, il s'était résigné à subir, sans rien dire, sa petite torture hebdomadaire. Sa seule joie consistait à regarder Maisie tourner autour de la table à thé. Il détestait cette tisane ; néanmoins il buvait dévotement la tasse qu'on lui servait, afin de prolonger d'autant ses visites. Il la buvait, et là, près de lui, toujours, il sentait le regard attentif de la surveillante odieuse, de l'impressionniste mal fagotée, assise en paquet sur une chaise et qui le dévisageait silencieusement.

Une fois, une seule fois, elle était sortie de la salle pendant qu'il s'y trouvait. Maisie, en son absence, voulut montrer à Dick un album où elle avait collé quelques découpures de journaux de province, contenant des notes banales et insignifiantes sur ses envois à diverses expositions. Dick s'inclina peu à peu, tandis qu'elle parlait, et baisa tendrement, sur la page ouverte, la petite main qu'elle y avait oubliée.

— Mon amour ! mon amour ! murmura-t-il, ne vous occupez pas de tout cela.

Et, comme elle paraissait surprise qu'il n'attachât aucune importance à ces témoins de bien humbles succès, il crut pouvoir lui offrir dans un élan de dévouement irrésistible, de faire lui-même un tableau qui serait signé par elle et qui lui vaudrait de bien d'autres éloges.

— C'est honteux ! répondit-elle avec indignation. Je ne me serais pas attendue à une telle proposition de votre part. Je ne veux de récompense que pour mon propre travail, entendez-vous, et pou une œuvre qui soit de moi seule.

— Alors, dessinez des médaillons décoratifs pour la maison de quelque riche brasseur, ne put-il s'empêcher de répliquer ; ce sera tout à fait votre genre.

La souffrance le rendait mauvais.

— Je ferai mieux que des médaillons ! lui dit sèchement Maisie.

Cette réponse évoquait d'une manière frappante, au moins par l'accent de la voix, l'image d'un atome de petite fille aux yeux gris qui jadis bravait audacieusement Mme Jennett. Dick fut aussitôt dominé par ce souvenir, et il était sur le point de s'avouer coupable et de demander pardon, quand la rentrée des cheveux rouges le sauva de cette humiliation.

Le dimanche suivant, il déposa aux pieds de Maisie un choix de crayons si parfaits que le marchand les tenait pour capables de dessiner... presque tout seul ; il y joignit des couleurs garanties inaltérables, et il se mit à examiner avec l'application la plus consciencieuse la toile sur le chevalet. La conséquence nécessaire d'un tel effort, c'était qu'il expliquât enfin le fond de sa pensée...

Mais ce fut l'Evangile d'art de Torp, non le sien, qu'il prêcha, et il le fit avec une si persuasive éloquence que son ami lui-même, s'il avait pu entendre la leçon, en aurait eu les cheveux dressés sur la tête.

Un mois auparavant, Dick aurait été tout aussi surpris ; mais, puisque c'était pour Maisie qu'il fallait ainsi parler !... Il cherchait des mots pour exprimer clairement à la jeune fille des principes que, de son côté, il avait toujours ignorés ou dédaignés, mais souvent il lui arrivait de s'arrêter, impuissant à bien préciser sa pensée.

Il regardait un menton qui, malgré les lamentations de Maisie, s'obstinait à ne pas avoir l'air d'être de chair vivante — c'était le même qu'elle avait gratté naguère avec le couteau — et il disait :

— Le pinceau à la main, je vois bien comment je l'arrangerais ; mais je ne sais pas vous expliquer... Vous avez un coloris à la manière hollandaise, très vigoureux, et qui me plaît beaucoup, certes !... Mais peut-être le dessin laisse-t-il à désirer... les raccourcis, surtout... On dirait que vous n'avez pas beaucoup fait le modèle vivant... Et puis, vous avez pris de Kami un mauvais procédé pour traiter les parties d'ombre. Cela n'est pas assez travaillé ! Vous devriez peut-être vous condamner pendant quelque temps à dessiner seulement... Avec le dessin, voyez-vous, pas moyen de tricher ; tandis qu'avec la couleur !... Trois pouces carrés d'un insipide, mais habile barbouillage, suffisent quelquefois, il est vrai, à sauver un mauvais tableau ; mais ce sont là des supercheries indignes. Dessinez à force, croyez-moi ! Nous verrons après...

Maisie protesta énergiquement ; elle n'aimait pas du tout le dessin.

— Je le sais bien ! répondit-il. Vous trouvez plus commode de composer vos têtes de genre en leur appliquant un bouquet de fleurs à la naissance du cou, pour cacher le mauvais modelé...

La jeune fille aux cheveux rouges se mit à rire discrètement.

— Vous aimez mieux composer vos paysages en cachant vos vaches dans l'herbe jusqu'aux genoux, afin de dissimuler les défauts de construction de leurs jambes. Je vous dis que vous entreprenez un travail au delà de vos forces. Vous avez le sentiment de la couleur, oui ; mais il vous manque celui de la forme. Eh bien, le don que vous avez, mettez-le de côté, oubliez-le pour un temps et travaillez pour acquérir le reste ! Avec vos têtes de genre... dont quelques-unes sont très bonnes, je ne le conteste pas, vous resterez toujours au même point. Avec le dessin, vous avancerez, ou du moins vous découvrirez d'où vient votre faiblesse.

— Mais les autres... commença Maisie.

— Ne vous inquiétez pas de ce que font les autres ! Ils ne sont pas bâtis comme vous. On réussit ou l'on échoue par son propre mérite, et c'est perdre son temps dans cette bataille-là que de s'occuper du voisin.

Il s'arrêta. La tendresse contre laquelle il avait résolument lutté se ralluma dans ses yeux. Il regardait Maisie, maintenant, et son regard demandait, sans qu'il eût besoin de rien dire, s'il n'était pas temps enfin de laisser cette toile sécher et d'oublier tant de propos inutiles, pour unir leurs mains dans l'Amour et dans la Vie.

Maisie pensait bien à cela ! Elle finit par consentir de bonne grâce au nouveau programme d'études qui lui était indiqué. Elle ne songea pas à autre chose ; mais c'en fut assez pour que Dick ravi eût toutes les peines du monde à ne pas la prendre dans ses bras afin de l'emporter, tout courant, à la plus prochaine mairie. Et cependant il se sentait déconcerté par cette absolue indifférence à ses désirs inexprimés, jointe à une instinctive confiance en sa parole. Certes, il prenait de l'autorité dans la maison, une autorité qui ne durait à vrai dire qu'une après-midi par semaine, le dimanche, de une heure et demie à sept heures ; mais, pendant ce temps-là, son influence était réelle. Maisie s'habituait à lui demander son avis sur toutes choses ; elle le consultait sur l'emballage d'un tableau, sur l'arrangement d'une cheminée qui fumait... L'impressionniste, elle, ne lui demandait jamais rien ; mais elle ne protestait pas contre ses visites et se contentait de le surveiller.

Il découvrit que les repas des deux jeunes filles étaient irréguliers et insuffisants. C'était bien ce qu'il avait deviné dès le début ; elles se nourrissaient principalement de thé, de cornichons et de biscuits. Elles étaient censées diriger le ménage chacune à son tour pendant une semaine ; mais, en réalité, elles vivaient, avec l'aide insuffisante d'une femme de journée, aussi succinctement que de jeunes corbeaux.

Maisie dépensait la plus grande partie de son revenu en modèles, et sa compagne en ornements pour sa personne, ornements aussi raffinés que sa peinture l'était peu. Fort d'une récente expérience, Dick avertit Maisie que la mauvaise alimentation diminue la puissance de travail, sans compter qu'elle ruine la santé. Elle admit ses conseils et surveilla de plus près sa table... Lorsque Dick se sentait repris par son humeur noire, en semaine, pendant les longs crépuscules d'hiver, il se remémorait cette petite réforme domestique accomplie par lui ; il se rappelait aussi le jour où il avait dû s'armer·d'une brosse pour pratiquer un savant nettoyage dans la cheminée du salon, et ces souvenirs le cinglaient comme des coups de fouet.

Il lui arriva bien pis. Un certain dimanche, l'impressionniste annonça tout à coup qu'elle désirait faire une étude de la tête de leur visiteur. Elle le pria de rester tranquille et (ceci fut ajouté négligemment) de regarder Maisie. Il s'assit, n'osant refuser, et, pendant une demi-heure, il put songer tout à son aise aux gens qu'il avait lui-même condamnés, au nom de l'art, à semblable contrainte. Il se rappela surtout avec une netteté singulière l'infortuné Binat, un artiste autrefois, lui aussi, et qui parlait maintenant tout le premier de sa dégradation !

Cette « étude » achevée présenta la plus rudimentaire ébauche monochrome d'une tête humaine ; mais elle traduisait, en une involontaire caricature, l'attente muette, le désir fou et, par-dessus tout, la soumission désespérée du modèle.

— Je vous l'achète ! s'écria aussitôt Dick. Combien en voulez-vous ?

— Oh ! ce serait trop cher ! répondit-elle. Je crois que vous serez tout aussi satisfait, si je...

Et la feuille encore humide trembla un instant dans la main de la jeune fille, puis elle alla tomber dans les cendres du poêle. Quand elle l'en retira, presque aussitôt, l'esquisse était irréparablement souillée.

— Oh ! quel dommage ! s'écria Maisie. Je ne l'avais pas vue. Etait-ce ressemblant ?

Dick se pencha vers la petite oreille encadrée de cheveux roux et dit tout bas : « Merci !... », puis il s'en alla.

— Comme cet homme me hait, Maisie ! dit-elle quand il fut sorti ; et comme il vous aime !

— Quelle folie ! je sais que Dick a beaucoup d'amitié pour moi ; mais il a son travail, et moi le mien...

— Je sais bien que si un homme avait pour moi les regards que celui-ci a pour vous !... Mais il m'a en horreur...

Dick, cependant, ne pensait guère à elle. Après lui avoir su gré du sacrifice qu'elle avait fait de son œuvre, il l'avait totalement oubliée. En traversant le parc, au milieu du brouillard, il n'éprouvait qu'un sentiment d'humiliation tenace, où elle n'était pour rien.

— Il faudra que j'éclate un jour ou l'autre, se disait-il ; mais, après tout, ce n'est pas la faute de Maisie.. Elle a raison, elle ! Pourquoi la blâmerais-je ?... Voilà trois mois que je la revois... trois mois ! Qu'est-ce que cela ? Il m'a fallu dix ans à moi, pour apprendre ce que je sais !... Et quelles misères !... Il est vrai que je n'avais personne pour m'enfoncer, chaque dimanche, des épingles et des couteaux à palette dans la chair ! Ah ! ma petite Maisie chérie, si jamais je l'emporte sur votre obstination, comme je vous revaudrai toutes les épreuves que vous me faites traverser ! Mais, non, je n'en ferai rien... je serai aussi faible qu'aujourd'hui, allez ! Seulement, le jour de notre mariage, j'empoisonnerai les cheveux rouges. Cette fille-là nous porte malheur !... En attendant, passons notre mauvaise humeur sur Torp.

Torpenhow avait essayé plus d'une fois de le chapitrer sur ses éternelles distractions. Cependant Dick s'était remis furieusement au travail, depuis ses premières visites à l'atelier de Maisie. Il voulait qu'elle pût connaître enfin toute l'étendue de son talent. Par malheur, il lui avait si bien conseillé de ne pas prêter la moindre attention aux œuvres d'autrui qu'elle lui obéissait aveuglément sur ce point : elle acceptait ses avis et ne s'intéressait pas du tout à ses tableaux.

— Votre peinture sent le tabac et le sang, lui avait-elle dit un jour ? Ne savez-vous donc faire que des soldats ?

— Hélas !... répondit-il doucement.

Et tout bas, il se disait : « Je pourrais faire d'elle, si elle voulait, un portrait qui serait un chef-d'œuvre ».

Ce soir-là, il avait contristé l'âme de Torpenhow par de véritables blasphèmes sur l'Art. Puis il se désintéressa peu à peu de son propre travail. A quoi bon essayer de faire de bons tableaux, puisque Maisie ne se souciait pas de les regarder ? Il passa toutes ses semaines à attendre dans l'inaction le dimanche suivant.

Torpenhow n'en revenait pas, et son indignation ne connaissait plus de bornes. Un soir qu'il avait échangé avec Dick, plus découragé que jamais, quelques aigres répliques, il se retira chez lui pour consulter « l'Antilope », amené par quelque complication de politique continentale, dont il voulait l'entretenir.

— Vous me dites qu'il ne fait plus rien ? dit le gros homme ; qu'il est insouciant, irascible ?... Je ne vois pas là de quoi s'inquiéter. Dick est sans doute en train de faire des bêtises pour une femme !...

— Et vous trouvez que ce n'est pas grave ?

— Ma foi, non ! En supposant qu'elle le détourne pour un temps de son travail, qu'elle le tourmente, qu'elle vienne même, un jour ou l'autre, faire une scène dans l'escalier — c'est possible, après tout !

— que nous importe ? Et tant que Dick lui-même ne vous en parlera pas le premier, il vaut mieux avoir l'air de ne rien savoir, croyez-moi ! Il n'est pas toujours d'humeur commode !

— A qui le dites-vous ! C'est l'être le plus agressif, le plus orgueilleux, le plus insolent...

— Ça lui passera, vous verrez ! Il finira par s'apercevoir qu'on ne peut pas toujours promener la foudre à travers le monde en brandissant un assortiment de tubes de couleurs et de pinceaux menaçants. Vous l'aimez, n'est-ce pas ?

— ...Au point que je voudrais pouvoir prendre à mon compte tous les déboires et tous les chagrins qui se préparent pour lui !... Mais, pour ces châtiments-là, on ne peut, hélas, se substituer même à son propre frère !

— En effet, la vie est une guerre où il n'y a pas de remplaçants. Il faudra que Dick en fasse l'expérience comme les autres. Mais, à propos de guerre, vous savez qu'il y aura des soulèvements dans les Balkans au printemps prochain ?...

— ...Ah ? Eh bien, ils auront mis du temps à éclater !... Je me demande si nous réussirions à entraîner Dick là-bas, avec nous, en cas de guerre...

A ce moment, celui dont s'occupaient ainsi les deux amis entra, d'un air ennuyé, dans la chambre. On lui posa aussitôt la question que Torp venait de formuler.

— Non, répondit-il, cela ne me tenterait pas de m'en aller. Je me trouve bien ici.

La bienveillance de l'Antilope ne résista pas à ce blasphème. Il fit honte à Dick de prendre au sérieux les éloges des journaux, lui prédit à brève échéance un revirement du goût du public, lassé de ses œuvres, toujours les mêmes. Il fit briller à ses yeux la perspective d'une campagne vers l'Orient, en compagnie de leurs camarades, Torp, Kenen, Cassavetti et les autres. Il lui décrivit par avance tous les combats où ils assisteraient et qui pourraient fournir tant de sujets de tableaux...

Dick fumait silencieusement sa pipe en l'écoutant :

— ...Vous aimez mieux rester ici, n'est-ce pas ? Vous vous imaginez que le monde entier va continuer à se pâmer devant vos œuvres ? Comme s'il n'avait pas autre chose à faire, le monde ! Comme s'il ne fallait pas sans cesse travailler et se renouveler, pour mériter ses applaudissements, la gloire et la fortune !...

— Laissez-moi donc tranquille ! fit Dick. Je sais tout cela aussi bien que vous. Vous figurez-vous par hasard que je suis un être sans cervelle ?

— Oui, je me le figure ! Et je veux être pendu si vous n'êtes pas la tête la plus vide...

— Eh bien, allez vous faire pendre tout de suite, alors !... Cela ne peut manquer, d'ailleurs, de vous arriver un jour ou l'autre, car je vous prédis que vous serez pris et condamné comme espion par des Turcs en délire !... Et puis tout cela me fatigue et m'assomme... Je suis las ! Bonsoir.

Il se laissa tomber sur une chaise, où il s'endormit presque aussitôt.

— Mauvais signe ! fit l'Antilope à voix basse. Torpenhow prit la pipe encore allumée qui s'était échappée des lèvres de Dick et qui menaçait d'incendier son gilet. Puis il plaça doucement un coussin sous la tête du dormeur.

— Il n'y a rien à faire ! murmura-t-il doucement ;
rien ! Pauvre vieille caboche fêlée ! Je ne puis m'empêcher de l'aimer. Tenez, voici la cicatrice du coup
qu'il a reçu là-bas, au Soudan !

— Ça doit l'avoir rendu un peu fou.

— Non pas !... Je vous le donne pour le fou le
plus clairvoyant en affaires.

Dick se mit à ronfler furieusement.

— Oh ! là, il n'y a pas d'affection qui résiste à
une épreuve pareille. Réveillez-vous, Dick ! Allez
dormir ailleurs, si vous devez continuer cette musique.

Tout bas, l'Antilope marmottait entre ses dents :

— Quand un chat a couru sur les toits toute la
nuit, on a remarqué qu'il dort généralement tout le
jour. C'est de l'histoire naturelle.

Dick, cependant, s'éloignait d'un pas incertain,
en se frottant les yeux et en bâillant...

Il va sans dire qu'il ne dormit pas la nuit suivante, et pendant son insomnie il lui vint une idée
si simple et si lumineuse qu'il fut surpris de ne pas
l'avoir eue plus tôt. Elle lui parut géniale et pleine
d'astuce. Il s'agissait d'aller chercher Maisie, un jour
de semaine, de lui proposer une excursion et de
l'emmener par le train à Fort Keeling, là même où
ils avaient vécu ensemble, dix ans auparavant.

Et le lendemain matin, tout en considérant dans
la glace son image barbouillée de savon, il expliquait à cette effigie étonnée que si, en général, il
est souverainement maladroit de vouloir revivre
les heures écoulées, attendu que, sur les choses

éteintes, il passe un vent froid, plein de tristesse.
— cette règle néanmoins souffre des exceptions...

— En voici bien une ! conclut-il. Je vais parler à Maisie.

Quand il arriva, les cheveux rouges étaient heureusement en courses. Il trouva Maisie seule, vêtue de sa grande blouse tachée de couleurs et se disputant avec ses pinceaux.

Elle parut d'abord peu satisfaite de le voir. Venir dans la semaine, c'était violer leurs conventions. Aussi fallut-il à Dick tout son courage pour formuler son offre...

— Vous travaillez trop ! lui dit-il ensuite avec autorité. Si vous vous surmenez ainsi, vous tomberez malade. Pourquoi n'accepteriez-vous pas ce que je vous propose ?

— Mais, où irions-nous ? demanda Maisie d'un air las.

Debout, devant son chevalet, depuis de longues heures, elle se sentait, en effet, très fatiguée.

— ...Où vous voudrez. Nous prendrons un train, demain matin et nous descendrons quand il s'arrêtera. Nous déjeunerons n'importe où, et je vous ramènerai le soir.

— ...Et alors, si la lumière est bonne demain, j'aurai perdu toute une journée !

Elle hésitait. Elle balançait d'un geste irrésolu sa grande palette blanche.

Dick se contraignit pour ne point laisser échapper l'exclamation violente qu'il avait au bord des lèvres. Il fallait de la patience pour convaincre cette jeune fille, aux yeux de qui le travail passait avant tout.

— Une journée ? fit-il. Vous en perdrez bien davantage, chère, si vous essayez de profiter de toutes les heures de soleil. L'excès de travail a le même résultat que la plus meurtrière paresse... Allons ! c'est dit ! je viendrai vous prendre demain matin, de bonne heure, après votre premier déjeuner...

— Mais, au moins, vous comptez inviter aussi...

— Jamais de la vie ! Je veux *vous* et vous seule. D'ailleurs, *elle* refuserait sans doute. Donc, à demain, sans faute ! Et priez Dieu qu'il fasse beau.

Il s'en alla ravi, — et par conséquent ne travailla pas de tout le jour. Il étouffa son désir fou de commander un train spécial ; mais il fit l'emplette d'un grand manteau de kangouroo gris, garni de martre noire lustrée. Après quoi il rentra en lui-même, et se mit à penser au prochain avenir !

— Je vais passer dehors, avec Dick, toute la journée de demain, annonça Maisie à sa compagne, quand celle-ci revint du marché d'Edgware Road.

Les « cheveux rouges » répondirent :

— Le pauvre garçon le mérite bien ! Je profiterai de votre absence pour nettoyer à fond l'atelier. Le plancher en a bon besoin.

Depuis plusieurs mois, Maisie ne s'était accordé aucune distraction ; aussi, malgré la crainte vague qu'elle ne pouvait ni préciser, ni surmonter, se promettait-elle un vrai plaisir de sa sortie improvisée.

— Il n'y a personne de plus charmant que Dick, quand il est raisonnable, se disait-elle ; mais je suis sûre qu'il va me tourmenter encore de questions auxquelles je ne pourrai rien répondre qui le satisfasse. Ah ! s'il voulait ne plus penser à tout cela, je l'aimerais bien mieux !

Les yeux de Dick brillèrent de joie, le lendemain matin, quand il aperçut Maisie, enveloppée d'un ulster gris et la tête couverte d'une toque de velours noir, debout dans le vestibule de la petite maison. Seulement, il aurait voulu des murailles de marbre et non de sordides imitations de boiseries, pour encadrer dignement cette divinité.

Avant le départ, l'impressionniste fit rentrer Maisie un moment dans l'atelier pour l'embrasser avec effusion. La jeune fille n'avait évidemment pas l'habitude ni le goût de ces démonstrations : ses sourcils remontèrent jusqu'au milieu de son front durant l'accolade.

— Prenez garde à mon chapeau ! fit-elle en se dégageant au plus vite. Et elle courut rejoindre Dick qui l'attendait devant la voiture.

— Avez-vous assez chaud ? lui demanda-t-il en l'installant. Avez-vous suffisamment déjeuné ? Mettez ce manteau sur vos genoux.

— Merci ! Je suis on ne peut mieux. Où allons-nous, Dick !... Oh ! je vous en prie, cessez de siffler. On va nous prendre pour des fous...

— Qu'on nous prenne pour ce qu'on voudra ! Les passants ne nous connaissent pas, et je m'inquiète peu de savoir ce qu'ils sont !... Vrai, Maisie, vous êtes adorable, ainsi !

Maisie fixa aussitôt les yeux droit devant elle, sans répondre. L'air vif de cette claire matinée d'hiver mettait des couleurs à ses joues. Au-dessus des maisons, des flots de fumée d'un jaune crémeux se dissipaient peu à peu dans l'azur pâle du ciel, et d'imprévoyants moineaux s'envolaient un à un des gouttières, croyant acclamer le printemps.

— Il fera un temps superbe à la campagne ! reprit le jeune homme.

— Mais où allons-nous ?

— Vous verrez !

Ils s'arrêtèrent à la station de Victoria, et Dick alla prendre les billets. Pendant le quart d'une demi-minute, Maisie, confortablement installée au coin du feu de la salle d'attente, s'avoua tout bas qu'il était infiniment plus agréable d'avoir un compagnon se chargeant de ces petites corvées que de s'exposer soi-même aux bousculades de la foule. Dick la fit monter dans un wagon Pullmann sous prétexte que ce serait mieux chauffé. Elle se soumit à cette extravagance en ouvrant de grands yeux scandalisés.

— C'est égal, dit-elle au moment où le train s'ébranlait, je voudrais bien savoir tout de même où vous m'emmenez !

Vers la fin du trajet, le nom d'une station connue fila tout à coup devant ses yeux, et ce fut un trait de lumière.

— Oh ! Dick, fit-elle, vous êtes un traître !

— Eh bien, je croyais que cela vous ferait plaisir

de revoir ce pays-là !... Vous n'y êtes pas revenue, dites, depuis le temps ?...

— Non ! je ne me souciais guère de retrouver Mme Jennett, et je n'y connaissais qu'elle.

— Vous vous trompez ! Regardez mieux. Il y a aussi le moulin à vent, au-dessus du champ de pommes de terre. Est-ce que vous ne le connaissez pas, un peu ?... Heureusement, on n'a pas encore construit de villas, de ce côté-ci !... Vous rappelez-vous quand je vous y ai enfermée ?

— Oui !... Et comme Mme Jennett vous a battu !... Je n'avais cependant pas dit que c'était vous le coupable...

— Elle l'avait deviné !... Vous rappelez-vous ? J'avais fourré un bâton sous la porte, pour l'empêcher de s'ouvrir, et je vous criais que j'allais enterrer Ammoma toute vivante dans le champ de pommes de terre... Vous m'avez cru : vous étiez confiante, en ce temps-là !...

Ils se mirent à rire tous les deux et se penchèrent ensemble à la portière pour découvrir aux alentours les détails du paysage où se rattachaient leurs souvenirs. Dick, cependant, regardait surtout la courbe pure de la joue de Maisie, si proche de la sienne, et ses yeux voyaient l'afflux rose du sang sous la peau fraîche. Il se félicitait de la bonne idée qu'il avait eue de tenter cette épreuve, et comptait que la fin du jour lui apporterait enfin sa récompense.

Arrivés à destination, ils descendirent et s'en allèrent visiter la vieille ville avec leurs yeux nouveaux. D'abord, ils s'arrêtèrent pour contempler — à distance respectueuse — la maison de Mme Jennett.

— Si elle sortait tout à coup de chez elle ! fit Dick simulant la frayeur. Qu'est-ce que vous feriez ?

— Je lui ferais la grimace.

— Montrez un peu, pour voir ?

Maisie fit la plus drôle de moue en plissant son nez, dans la direction de la sordide petite villa, et Dick éclata de rire.

Elle dit alors, d'un air revêche, en imitant les intonations de leur geôlière d'autrefois :

— C'est honteux, mademoiselle ! Rentrez à l'instant. Vous apprendrez pour les prochains offices la *Collecte*, *l'Epitre* et *l'Evangile !* Après tout ce que je vous ai dit, vous conduire ainsi !... Vous serez privée de votre troisième plat, dimanche ! C'est encore ce garnement, n'est-ce pas, qui vous a poussée au mal !... Quant à vous, monsieur Dick, si vous n'êtes pas un gentleman, tâchez au moins...

Maisie s'arrêta net. Elle se rappelait tout à coup en quelle circonstance cette phrase consacrée avait servi pour la dernière fois.

— ...Tâchez au moins d'en avoir les manières ! compléta Dick. C'est tout à fait cela ! Et maintenant, allons déjeuner. Ensuite nous irons au fort Keeling. Voulez-vous marcher, ou prendre une voiture ?...

— Oh ! marcher, marcher, comme autrefois !... Combien peu tout cela est changé !

Ils prirent, pour se diriger vers la mer, des rues demeurées toutes semblables à elles-mêmes, et l'influence des choses de jadis s'empara doucement de leurs âmes. Leur promenade les conduisit devant une boutique de confiseur, qui avait fait leurs délices, au temps où leur argent de poche, mis en commun, atteignait la somme d'un shilling par semaine.

— Dick, avez-vous des sous ? demanda Maisie à mi-voix, répétant les mots enfantins qui lui remontaient aux lèvres.

— Je n'en ai que trois, et, si vous croyez que je vais vous les donner pour acheter des pastilles à la menthe !... Ah ! non, alors !... D'abord *elle* dit que la menthe n'est pas « comme il faut ».

Nouveaux rires et nouvelles teintes rosées aux joues de Maisie, et, dans le cœur de Dick, nouveaux battements de joie.

Après un bon déjeuner, ils descendirent sur la plage et prirent le chemin du fort Keeling, à travers une contrée isolée, balayée par le vent et qui n'avait encore tenté aucun constructeur de bâtisses pour villas. La bise d'hiver, venant du large, leur sifflait aux oreilles.

— Maisie, vous avez le bout du nez bleu de Prusse. Je vous défie à la course, aussi loin que vous voudrez et pour l'enjeu qu'il vous plaira.

Elle jeta un regard prudent à l'entour ; puis, avec un petit rire, elle partit aussi vite que son vêtement le lui permettait et courut à perdre haleine.

— Nous faisions des milles et des milles autrefois, dit-elle bientôt en s'arrêtant haletante. C'est absurde de ne plus pouvoir courir !

— La vieillesse, ma chère !... Voilà ce que c'est que d'engraisser et de s'alourdir dans les villes !... Quand je voulais vous tirer les cheveux, j'avais beau vous poursuivre, vous filiez bien loin devant moi, en hurlant à gorge déployée. J'ai de bonnes raisons pour m'en souvenir, car vos cris avaient pour effet inévitable d'attirer Mme Jennett... et son bâton !

— Oh ! Dick ! vous ne pouvez pas dire que je vous aie jamais fait battre volontairement !

— Non, c'est vrai... Ah ! voici la mer.

— Tiens ! elle est toujours la même, fit Maisie.

Cependant, Torpenhow avait appris de M. Beeton que Dick, convenablement vêtu et soigneusement rasé, portant de plus une couverture de voyage sur le bras, était sorti à huit heures et demie du matin. Il résuma son jugement sur un fait aussi insolite en disant à l'Antilope, qui arrivait chez lui vers midi pour faire une partie d'échecs et un bout de conversation :

— C'est encore pis que je n'avais imaginé !...

— Quoi donc ? fit l'autre. Il s'agit toujours de Dick ? Vous vous faites autant de mauvais sang pour lui qu'une poule pour son poussin ! Laissez-le courir, ce garçon, puisque ça l'amuse ! Ce n'est pas un jeune chien pour qu'on lui donne le fouet.

— ...Je vous dis, reprit Torpenhow, qu'il ne s'agit pas de femmes, mais d'*une* femme !

— Qu'est-ce que vous en savez ?

— Il s'est levé avant le jour ; dès huit heures il était parti... Lui ! quitter son lit quand il fait encore nuit ! Jamais je n'ai vu rien de pareil, excepté en campagne. Et encore !... Vous rappelez-vous qu'il a fallu le secouer pour le réveiller avant la bataille d'El Maghrib ? C'est indigne !...

— C'est singulier, tout au plus. Mettez qu'il soit sorti pour acheter un cheval... Vous savez bien que c'est sa marotte.

— Non ! Nous l'aurions su... Je vous dis qu'il s'agit d'une jeune fille.

— Une jeune fille ! Une jeune fille !... Pourquoi pas une femme mariée ?

— Dick ne se lèverait pas avant l'aube pour faire visite à la femme d'un autre. C'est une jeune fille !

— Eh bien, va pour une jeune fille ! Au fond, qu'est-ce que cela nous fait ? Elle lui enseignera ce qu'il ignore, à savoir que le monde entier ne se résume pas en lui, en sa précieuse et incomparable personne...

— Elle lui gâtera la main. Elle lui fera gaspiller son temps. Dick l'épousera et perdra tout talent. Il deviendra un mari respectable, un homme rangé, casanier... Adieu les voyages au long cours...

— Possible ! Mais ça n'empêchera pas la terre de continuer à tourner dans le même sens !... Hé ! hé ! je donnerais quelque chose pour voir Dick faire sa cour ! Cela doit être original. Ne vous tracassez donc pas, allez ? Ce qui doit arriver arrive. Où est l'échiquier ?...

Le même matin, la jeune fille aux cheveux rouges, couchée dans sa chambre, contemplait le plafond. A quoi rêvait-elle ? D'où venait le bruit continu qu'elle entendait vaguement ? Etaient-ce les pas ininterrompus de tous les piétons de la rue, qui se perdaient dans l'éloignement et se renouvelaient sans cesse devant sa fenêtre pour s'affaiblir encore ? Etait-ce l'écho de baisers souvent répétés... jusqu'à ne plus être qu'un long baiser ? Ses mains, qu'elle laissait pendre, s'ouvraient et se fermaient nerveusement, de temps à autre...

La femme de ménage venue pour nettoyer l'atelier frappa tout à coup à la porte :

— Je vous demande pardon, mademoiselle ; mais, pour laver le plancher, faut-il prendre du savon jaune ou du savon marbré ? Au moment de monter mon seau d'eau dans le couloir, je me suis dit que je ferais mieux de demander à mademoiselle ce qu'elle préfère... Est-ce le savon jaune, mademoiselle ?

Qu'y avait-il, dans ces paroles si simples, pour exaspérer une jeune fille aux cheveux rouges dont on réclamait respectueusement les ordres ?... Pourquoi celle-ci bondit-elle hors de son lit, comme emportée par un accès de rage, jusqu'au milieu de la chambre et cria-t-elle de toutes ses forces :

— Qu'est-ce que vous voulez que cela me fasse ! Prenez n'importe quel savon, et allez au diable !...

La femme s'enfuit. La jeune fille, s'apercevant soudain dans la glace, se voila le visage de ses deux mains... Il lui semblait qu'elle venait de crier tout haut un secret honteux.

VIII

...En effet, la mer « n'avait pas changé ». La marée était basse, découvrant des bancs de vase. La bouée de Marazion dansait toujours et se balançait dans le flot mouvant. Sur la plage de sable blanc, des tiges sèches de pavots se froissaient les unes contre les autres et semblaient poursuivre une vieille conversation, jamais finie.

— Je ne vois plus l'ancien brise-lames, dit Maisie.

— C'est vrai ; mais, grâce au ciel, il reste encore debout plus d'un de nos chers souvenirs ! Je ne crois pas qu'on ait mis en batterie là-haut aucun nouveau canon, depuis notre départ. Venez voir.

Ils montèrent vers les glacis du fort Keeling et s'assirent dans un coin abrité du vent au-dessous d'une grosse pièce de quarante tonnes dont la bouche était bâillonnée par une bâche de toile goudronnée.

— Pauvre Ammoma ! dit Maisie...

Pendant assez longtemps, ils restèrent silencieux ; puis Dick prit la main de la jeune fille et l'appela doucement par son nom.

Elle secoua la tête et regarda vers la mer.

— Maisie chérie, reprit-il, tout cela ne vous rappelle-t-il pas...

— Non, répondit-elle entre ses dents serrées... Non, si cela était, je vous le dirais... Sûrement je vous le dirais... Mais, non, il n'en est rien... Oh! Dick, je vous en prie, soyez raisonnable !

— Et pensez-vous qu'un jour vous pourrez ?...

— Non. Je crois que non.

— Pourquoi ?

Maisie, le menton appuyé sur sa main et sans quitter des yeux la mer lointaine, répondit à mots précipités et comme martelés :

— Je devine ce que vous désirez, mais je ne puis y consentir, Dick. Ce n'est pas ma faute, je vous le jure... Si je sentais pouvoir aimer quelqu'un... mais non, je suis incapable d'aimer... C'est un sentiment que je ne comprends pas, voilà tout...

— Cela est-il bien la vérité, chérie ?

— Vous avez été très bon pour moi, Dick ; le seul moyen que j'aie de le reconnaître, c'est de ne point vous tromper, de vous parler franchement... Pourquoi vous mentirais-je ? Je me méprise déjà bien assez ! ..

— Vous !... Pourquoi ?

— Parce que... parce que je prends tout de vous, sans rien vous donner en échange. Je sens que ma conduite est égoïste et basse ; et, chaque fois que j'y songe, cela m'attriste, m'humilie...

— Comprenez donc une fois pour toutes que cela ne regarde que moi et que, s'il me plaît de m'occuper

de vous, je puis le faire sans que vous ayez rien à
vous reprocher. Vous n'avez pas le plus petit tort
à mes yeux, chérie !

— Si fait ! j'en ai beaucoup, et, tenez ! plus j'en
parle, mieux je les sens.

— Alors, n'en parlez pas.

— Comment le pourrais-je ? Dès que nous nous
trouvons seuls une minute, c'est vous qui commencez !... Et, quand vous n'en dites rien, vous
avez toujours l'air d'y penser. Non, vous ne sau-
rez jamais à quel point, par moment, je m'en
veux !...

— Bonté divine ! s'écria Dick, incapable de se
contenir davantage et se relevant d'un bond. Dites
la vérité, Maisie, dites-la-moi tout entière, une
bonne fois ! Voyons : est-ce que... est-ce que ma
tendresse vous ennuie ?

— Non, certes !

— Si elle vous ennuyait, vous me le diriez, n'est-ce
pas ?...

— ...Oui... Je crois que je vous le laisserais
voir...

— Merci ! Agir autrement, voyez-vous, ce serait
affreux et terrible.. Mais... puisque ma tendresse
ne vous est pas trop à charge, ne pourrez-vous
finir par vous accoutumer à la sentir, silencieuse
et protectrice, auprès de vous ?... C'est être bien
exigeant, n'est-ce pas ? C'est un supplice que je
vous inflige, quand je vous parle de mon rêve ?... Ce
supplice-là, le connaissiez-vous, déjà ?... Est-ce que
d'autres...

Comme si elle eût pensé que cette question ne méritait pas de réponse, Maisie se taisait. Dick reprit :

— D'autres jeunes hommes vous ont-ils parlé comme je vous parle, Maisie ?...

— Naturellement !... Ils choisissaient toujours le moment où j'étais en plein travail pour venir me harceler et me supplier de les écouter.

— Et vous les écoutiez ?...

— Oui, je les écoutais tranquillement, et ils étaient fort surpris de me voir si peu troublée. Ils vantaient ma peinture, et je les croyais sincères. J'étais si fière de leurs éloges que je les répétais à Kami ; mais un jour, jamais je n'oublierai cela, Kami se moqua de moi.

— Vous n'aimez pas qu'on se moque de vous, Maisie, n'est-il pas vrai ?

— J'ai cela en horreur !... Mais vous, Dick, voyons, dites-moi franchement ce que vous pensez de ma peinture, d'après tout ce que je vous ai montré ?

— « Honnête, honnête, et plus qu'honnête ! » déclama Dick, citant une vieille réclame commerciale. Et Kami, qu'est-ce qu'il vous en dit, lui ?

Maisie hésita :

— Il dit... Il dit qu'il y a du « sentiment ».

— Pourquoi essayez-vous de me tromper, chérie ? Vous oubliez que j'ai travaillé deux ans avec lui, je sais comment il s'exprime.

— Mais, je vous assure...

— Je vais vous dire ce que vous ne voulez pas

m'avouer. Kami penche la tête de côté, en regardant votre toile... comme ceci, tenez ! puis il grogne en roulant les *r* : « Il y a du sentiment, mais il n'y a pas de parti pris. »

— Oui, c'est bien cela, et je commence à croire qu'il a raison.

— Soyez-en certaine.

Dick ne connaissait au monde que deux personnes qui fussent incapables de se tromper ou de mal agir. Kami était l'une des deux.

— Alors, fit Maisie, sincèrement émue, vous êtes aussi de son avis ? Vrai, c'est très décourageant !

— J'en suis désolé ; mais vous me demandez ce que je pense, et je vous aime trop pour vous tromper sur votre travail. Il révèle de la volonté, de la patience... Quelquefois... pas toujours ! et de loin en loin de la puissance... Mais il n'y a, en vérité, aucune raison spéciale pour que vous fassiez de la peinture... Du moins, c'est mon sentiment.

— Mais il n'y a aucune raison spéciale, comme vous dites, pour faire quoi que ce soit au monde, vous le savez aussi bien que moi, et l'on peut néanmoins réussir, avoir du succès...

— Vous ne prenez pas le bon chemin pour y parvenir, Kami ne vous l'a-t-il pas dit ?

— Ne citez donc pas toujours Kami ! Je voudrais savoir ce que vous pensez, vous ! Allons, ma peinture ne vaut rien, n'est-ce pas ?

— Je n'ai dit et je ne pense rien de pareil.

— C'est de la peinture d'amateur ?

— Pour cela, non ! Vous êtes une travailleuse, ma chérie, une travailleuse acharnée, et votre labeur mérite l'estime et le respect !

— Bien vrai ? Vous ne vous moquez pas de moi, derrière mon dos ?

— Non, chérie ! Comprenez donc que vous êtes pour moi plus que tout au monde... Mettez ce manteau sur vos épaules... je ne veux pas que vous preniez froid.

Maisie s'enveloppa de la martre soyeuse, tournant à l'extérieur la doublure grise de kangouroo.

— C'est délicieux, dit-elle, tout en caressant son menton, d'un air pensif, le long de la fourrure. Eh bien, pourquoi aurais-je tort d'essayer d'obtenir un peu de succès ?...

— C'est précisément parce que vous *essayez* que vous avez tort. Comprenez-moi bien, ma chérie : nous ne sommes pas les artisans de notre propre succès, nous autres ; nous sommes faits pour traduire ce que l'inspiration, l'observation ou nos dons particuliers nous révèlent. Pour cela, il nous faut avant tout apprendre notre métier afin de manier sûrement nos matériaux et de leur commander, au lieu de leur obéir. Ensuite nous pouvons marcher hardiment, sans rien craindre.

— Je comprends cela.

— Tout le reste nous vient du dehors. Si nous développons patiemment notre sujet, nous ferons de bonne ou de mauvaise besogne, suivant notre adresse plus ou moins grande à nous servir des briques et du mortier de notre profession. Mais, à partir du moment où nous nous mettons à penser aux applaudissements attendus, et à jouer notre rôle en regardant la galerie du coin de l'œil, nous perdons toute valeur, toute force et toute habileté Au lieu de vous appliquer tranquillement à votre tâche, vous vous préoccupez sans cesse des impressions d'autrui, impressions qu'il n'est en votre pouvoir ni de créer, ni de modifier. Me comprenez-vous bien ?...

— Il vous est facile, à vous, de parler ainsi ! On goûte vos œuvres. Et cependant, est-ce que vous ne pensez jamais à la galerie ?

— Si fait, beaucoup trop souvent ; mais quand cela m'arrive, je suis immédiatement puni par où j'ai péché !... Dès que nous traitons légèrement notre art, en le faisant servir à nos propres fins, il nous trahit à son tour, et nous ne pouvons plus rien sans lui... A quoi bon, d'ailleurs, vouloir étonner le monde ? Il est si grand ! Il n'y en a que la millionnième partie qui, parfois, nous connaisse, et comme elle nous oublie vite !... Venez avec moi, Maisie ; je vous ferai découvrir un peu de son immensité. Je connais de petits paradis terrestres que je vous montrerai, si vous voulez. Ce sont des îles cachées sous l'équateur ; on les aperçoit après des semaines de navigation sur des eaux que leur profondeur fait paraître noires comme le marbre des tombeaux... Tandis qu'on vogue vers elles, on assiste, de l'avant du navire, durant des jours et des jours, au lever du soleil, presque effrayé de voir l'Océan si désert.

— Qui est-ce qui est effrayé ?... Vous, ou le soleil ?

— Le soleil, naturellement !... Et puis, il y a des bruits dans les profondeurs de la mer et des sons mystérieux dans l'air, sous un ciel léger. Quand vous parvenez à votre île, vous la trouvez peuplée de molles et chaudes orchidées, de fleurs étranges et merveilleuses, qui entr'ouvrent leurs corolles comme des lèvres de femmes ; mais il leur manque la parole ! Il y a une chute d'eau de trois cents pieds de hauteur, et c'est comme un colossal morceau de jade vert brodé d'argent. Des milliers d'abeilles sauvages vivent parmi les rochers, et l'on entend parfois les noix de coco ventrues tomber des arbres. On ordonne à un domestique vêtu de blanc de suspendre un long hamac jaune où se balancent des glands épais et lourds comme des épis de maïs ; on se couche la tête et les pieds élevés, et l'on écoute le bourdonnement des abeilles dans l'air subtil et la chute de l'eau, dont l'écume est d'argent, jusqu'à ce que le sommeil s'ensuive.

— Peut-on travailler, là-bas ?

— Certainement ! Il faut toujours s'occuper. vous accrochez votre toile à un palmier, et les perroquets font leurs critiques. Lorsqu'ils vous ennuient, vous n'avez qu'à leur jeter une mangue mûre qui s'écrasera comme un paquet de crème en tombant sur le sol... Il y a des centaines d'endroits pareils, Maisie. Venez les voir !

— Je n'aime pas beaucoup celui dont vous parlez. On doit y être paresseux. Dites-m'en un autre.

— Que penseriez-vous d'une grande ville morte bâtie en grès rouge, avec des aloès poussant entre les pierres descellées. Cette métropole abandonnée s'étend sur des sables couleur de miel. Il y a quarante rois qui reposent, dans ses hypogées, et chacun d'eux, Maisie, dort dans un tombeau plus splendide que ses prédécesseurs. Quand on voit ces palais, ces rues, ces maisons, ces réservoirs, on cherche des yeux les habitants ; on se demande quels sont les hommes qui vivent au milieu de tant de merveilles, et l'on finit par apercevoir un être vivant, un seul : un tout petit écureuil gris, se frottant le nez avec sa patte au milieu de la place du marché. Parfois aussi on rencontre un paon ocellé, droit sur la pierre sculptée d'un porche, et laissant traîner sa vaste queue étalée, contre un écran de marbre aussi finement ajouré qu'une dentelle. Ou bien c'est un singe, un minuscule singe noir, qui traverse la place principale pour aller boire dans une citerne profonde de cent pieds. Il dégringole jusqu'à la surface de l'eau, en s'aidant des plantes grimpantes qui tapissent les murailles, et tandis qu'il se désaltère, un camarade le retient par la queue, pour l'empêcher de tomber.

— Est-ce vrai, tout cela ?

— Je l'ai vu. J'ai vu aussi le soir venir dans la cité morte et la lumière changer. On finit par se trouver au cœur d'une opale. Un peu avant le coucher du soleil, et aussi ponctuel qu'une horloge, un gros sanglier suivi de toute sa famille s'engage en trottant sous la porte de la ville. Il a les soies hérissées, et ses défenses sont blanches d'écume. On grimpe alors sur l'épaule noircie d'une statue de pierre, qui est l'effigie d'un dieu aveugle, et l'on suit du regard l'animal immonde, qui, s'étant choisi un palais pour la nuit, y pénètre comme dans sa bauge, en faisant frétiller sa queue.

Puis, le vent du désert se lève ; les sables se meuvent en glissant ; on entend leurs voix chanter au pied des murailles, elles disent : « Maintenant, nous nous courbons pour dormir », et tout demeure sombre jusqu'au lever de la lune...

Maisie chérie, venez avec moi voir ce qu'est le monde. Il est tour à tour très beau et très affreux ; mais je ne vous laisserai rien apercevoir d'affreux... Il ne s'occupe, hélas ! ni de votre peinture ni de la mienne ; son unique souci et son unique tâche, c'est de vivre et d'aimer. Je vous apprendrai à préparer des boissons orientales, à suspendre un hamac... Je vous enseignerai mille autres choses encore. Vous verrez par vos yeux ce que signifie la couleur, et nous trouverons ensemble ce que c'est que l'amour. Peut-être alors, pourrons-nous créer quelque belle œuvre. Venez !

— Pourquoi ? dit Maisie.

— Pourquoi ?... Mais parce que l'on ne peut faire quoi que ce soit avant d'avoir ouvert les yeux sur ce qui existe et de l'avoir contemplé... Et puis, je vous aime, chérie ! Venez avec moi. Vous n'avez rien qui vous retienne ici ; vous n'appartenez pas à ce pays ; vous êtes, sachez-le, de la race des gypsies, votre figure vous trahit !... Et moi, l'odeur seule de la mer m'agite et m'emporte !... Traversons l'Océan, Maisie, et soyons heureux.

Il s'était levé et, debout, dans l'ombre du canon, regardait la jeune fille. Le crépuscule était venu sans qu'ils s'en fussent aperçus ; la brève journée d'hiver avait passé. La lune brillait sur la mer unie ; les longues raies d'argent ourlaient chaque petite vague de la marée montante, au moment où elles venaient s'étaler sur les bancs de vase. Le vent était tombé. Dans le calme absolu d'alentour, ils entendaient le bruit que faisait un âne en broutant l'herbe durcie à quelques pas d'eux. Des coups sourds, précipités et régulièrement espacés semblaient sortir du halo de la lune comme d'un tambour voilé.

— Qu'est-ce que cela ? demanda aussitôt Maisie. On dirait les battements d'un cœur. Où est-ce ?

Dick fut si désappointé de cette réponse imprévue à ses supplications qu'il ne put prendre sur lui de parler tout de suite, et dans le silence, il perçut à son tour l'étrange bruit. Maisie, toujours assise à la même place, le regardait avec une certaine anxiété. Elle aurait tant désiré qu'il fût raisonnable et qu'il cessât de la tourmenter avec ses rêves d'outre-mer, à la fois séduisants et incompréhensibles pour elle !

Elle fut étonnée de la véritable transfiguration qui se fit en lui tandis qu'il écoutait.

— C'est un steamer, dit-il, un steamer à double hélice, à en juger par le bruit. Je ne le vois pas, mais je suis sûr qu'il se trouve tout près de la côte... Ah !...

Une fusée venait de tracer son rouge sillon dans le brouillard.

— ...C'est cela : il fait des signaux d'approche avant de quitter les eaux de la Manche.

— Est-ce que c'est un naufrage ? demanda Maisie pour qui ce langage était de l'hébreu.

Les yeux de Dick ne quittaient pas la mer.

— Un naufrage ? quelle folie ! il se signale, tout simplement. Une fusée rouge à l'avant ; maintenant, voici un feu vert à l'arrière et deux rouges sur la passerelle...

— Qu'est-ce que cela signifie ?

— C'est le signal de la Ligne des Cross Keys, qui fait le service d'Australie. Par exemple, je me demande quel est le bâtiment ?...

Ce n'était plus le même son de voix : on eût dit qu'il parlait pour lui seul, au point que Maisie en était un peu choquée. Mais un rayon de lune entr'ouvrit un instant les voiles gris tendus sur la mer, et ce rayon dénonça le flanc noir du navire qui descendait la Manche.

— Quatre mâts, trois cheminées... et chargé jusqu'à la flottaison : ce doit être le *Barralong* ou la *Bhutia*. Non ! l'avant de la *Bhutia* ressemble à la proue d'un voilier, elle est taillée en clipper Non : c'est le *Barralong*, qui part pour l'Australie... Dans une semaine, il verra sortir de l'eau la Croix du Sud. Quelle chance il a, ce vieux sabot !

Ses yeux scrutaient passionnément l'obscurité ; il grimpa sur les glacis du fort, pour mieux voir au loin ; mais la brume de mer s'épaississait devant lui, et la pulsation des hélices devenait à chaque instant plus faible. Maisie le rappela, d'une voix que l'impatience rendait un peu aigre. Il se retourna de son côté, les yeux toujours dirigés vers le large,

— Avez-vous jamais vu la Croix du Sud illuminer le ciel au-dessous de votre tête ? demanda-t-il. C'est un spectacle admirable !

— Non, répondit-elle sèchement, et je n'en ai pas envie... Mais, puisque c'est si beau, qui vous empêche d'y aller voir vous-même.

En parlant ainsi, elle levait la tête, et son visage se dégageait de la soyeuse fourrure sombre qui l'encadrait, et ses yeux brillaient dans la nuit comme des diamants. La doublure grise s'argentait au clair de lune, comme sous une gelée blanche.

— Par Jupiter, Maisie, vous avez l'air d'une petite idole païenne sur son socle !

Les yeux de la jeune fille n'indiquèrent pas qu'elle goûtât le compliment outre mesure.

— J'en suis fâché, poursuivit-il ; mais la Croix du Sud elle-même ne mérite pas un regard, si l'on n'a pas auprès de soi quelqu'un pour vous aider à l'admirer... Je n'entends plus le navire.

— Dick, fit-elle tranquillement, supposons que je vienne à vous, maintenant, comme vous le désirez... Oh ! restez calme, je vous en prie !... Supposez que je vienne, telle que je suis, sans vous aimer... plus que je vous aime.

— Sans m'aimer comme un frère, cependant ! Vous vous souvenez de ce que je vous ai dit dans le Park ?...

— Je ne sais pas : je n'ai jamais eu de frère... Voyons ! si je vous disais : « Emmenez-moi là-bas, et peut-être qu'avec le temps je pourrai vraiment vous aimer... » Que feriez-vous ?

— Je vous renverrais tout droit chez vous, dans un bon fiacre ! Pas même en voiture : je vous laisserais vous en retourner à pied ! Mais non, allez ! je n'en ferais rien : je serais trop puni ! Vous méritez qu'on vous attende jusqu'à ce qu'il vous plaise de vous donner, sans réserve...

— Vraiment, vous croyez que je mérite cela ?

— Oui, je le crois !... Il me semble même que j'en suis tout à fait persuadé... Ne vous en êtes-vous jamais aperçue ?

— Hélas ! j'ai tant de remords à ce sujet !

— En avez-vous aujourd'hui plus que les autres jours ?...

— Je suis ingrate envers vous !... Ah ! si je savais, en vous sacrifiant ma liberté, pourvoir atteindre à ce que je désire !...

— Ma pauvre petite, je donnerais dix ans de ma vie pour vous y aider ; mais toute ma tendresse n'y peut rien. Tenez ! un jour, au Soudan, j'ai traversé une plaine broussailleuse où l'on s'était battu pendant plus de soixante heures. Il y avait sur le sol douze cents cadavres, que nous n'avions pas eu le temps d'enterrer.

— C'est horrible !

— Je venais d'achever un grand croquis, et je me demandais quel effet il produirait au pays, s'il plairait au public. La vue de ce champ de carnage me fut très instructive. Cela ressemblait à une couche de hideux champignons vénéneux de toutes les couleurs. Je n'avais encore jamais embrassé d'un seul coup d'œil une telle masse d'êtres humains revenus au néant... Je compris lors que nous sommes tous, hommes et femmes, des matériaux ou des outils... rien de plus... Or, savez-vous, Maisie, combien il y a de personnes au monde qui connaissent la peinture ? Douze cents, tout au plus ! les autres peuvent prétendre qu'elles la comprennent, mais elles n'y entendent rien. Douze cents ! Autant que j'ai vu de corps inertes rangés comme des champignons, sur la terre, là-bas ! Ont-ils manqué à l'humanité, ces morts africains ? Et les vivants en nombre égal dont le suffrage peut faire notre succès, manquent-ils au vrai mérite, quand ils se taisent ? Non ! Pour chaque homme qui passe sur le chemin, il n'y a, en définitive, qu'une chose qui compte : s'unir avec sa « Maisie ».

— Pauvre Maisie !

— Pauvre Dick, plutôt !... Enfin, laissez-moi vous aider, chérie ! Nous pourrons vivre unis et nous essayerons de marcher ensemble. Nous ferons peut-être quelques faux pas ; mais cela vaudra mieux que de trébucher séparément. Ne voulez-vous pas entendre raison ?

— Je ne crois pas que nous puissions nous accorder. Vous savez : « Quand on est deux du même métier... »

— Au diable l'homme qui a inventé cet absurde dicton ! Il devait vivre dans une grotte et se nourrir de viande d'ours, sans la faire cuire...

— Vous avez tort : je ne serais qu'une moitié de femme. Je me tourmenterais pour ma peinture, comme à présent : quatre jours sur sept, je suis insupportable.

— Vous croyez donc que personne avant vous n'a touché un pinceau ? Vous imaginez-vous que je ne connaisse pas ces heures de lassitude, d'énervement, d'impuissance ?... Vous avez de la chance de n'éprouver tout cela que quatre jours sur sept !

— Oh ! alors, si vous êtes de la même humeur...

— Eh bien, je respecterai mieux la vôtre, puisque je saurai d'où elle vient et ce qu'elle signifie. Un autre en serait incapable... Mais cette discussion est bien inutile, en vérité ! Si telles sont vos idées, c'est en effet que vous ne m'aimez pas encore...

Le flux avait presque entièrement recouvert les bancs de vase, et vingt petites vagues se brisèrent sur la grève avant que Maisie répondît.

— Dick, fit-elle lentement, je crois que vous êtes meilleur que moi.

— Ce n'est pas la question ! Pourquoi dites-vous cela ?

— Je ne saurais l'expliquer... Vous vous montrez si patient, vous que je sais d'ordinaire emporté ! Vous vous donnez tant de peine pour m'expliquer l'art et la vie !... Oh ! je vois bien que je ne vous vaux pas.

Dick demeura un moment immobile, comme interdit. Il revoyait toutes les phases de son existence aventureuse ; il scrutait le passé ; il cherchait à retrouver le sentiment de sa force et l'orgueil de son œuvre... Sans répondre d'abord, il se baissa, prit doucement le bord du manteau de fourrure dont la jeune fille était enveloppée et le porta jusqu'à ses lèvres.

— C'est pour vous, c'est pour vous seulement que j'ai de la clairvoyance et de la raison, dit-il ensuite. Quand vous êtes auprès de moi, tout s'illumine. Mais hélas ! je ne mets pas en pratique, quand vous n'y êtes plus, ce que j'ai prêché... Vous m'y aideriez, si nous étions unis. Il n'y a que nous deux au monde, allez ! et vous m'avez dit que vous aimiez à me sentir auprès de vous.

— C'est vrai ! Si vous saviez comme je suis seule ! Il y a deux ans, quand j'ai loué ma petite maison, je me promenais d'un bout à l'autre du jardin en essayant de pleurer... Je ne peux jamais pleurer, Dick ! Et vous ?

— Oh ! moi, il y a longtemps que je n'ai essayé. Mais pourquoi étiez-vous triste ? Qu'est-ce qui n'allait pas ? Vous vous surmeniez, sans doute ?

— Je ne sais. Je rêvais la nuit que j'étais malade, que j'étais ruinée, que je mourais de faim à Londres. J'y pensais ensuite tout le jour, et cela me faisait peur... Oh ! comme cela me faisait peur !

— Je connais cette angoisse. C'est la pire de toutes. Elle me réveille encore quelquefois dans la nuit. Mais vous devriez l'ignorer, vous !...

— Hélas !

— Vos sept mille cinq cents francs de rentes sont-ils sûrement placés ?

— Dans les « Consolidés ».

— Bien ! Si quelqu'un vous conseillait un meilleur placement, ne l'écoutez pas, Maisie, fût-ce moi-même ! Ne déplacez pas votre argent, et n'en prêtez jamais un sou, pas même aux « cheveux rouges » !...

— Soyez tranquille ! Je ne suis pas si sotte !

— Le monde est plein de gens qui vendraient leur âme pour trois cents livres par an. Il y a des femmes bavardes et larmoyantes qui vous empruntent un billet de cinq livres par-ci, de dix livres par-là... et les femmes n'ont pas de conscience pour les dettes d'argent. Gardez le vôtre, ma chérie, car il n'y a rien de plus horrible que la misère à Londres. Cette perspective m'a épouvanté. Oui, elle m'a fait connaître la terreur, à moi, qui me vantais de ne rien croire au monde !

Chacun de nous a sa peur particulière, la peur invincible, insurmontable, qui peut l'entraîner jusqu'à l'abdication de toute dignité. L'expérience faite naguère par Dick de la misère sordide et du dénûment le plus absolu l'avait impressionné au point qu'il se sentait glacé jusqu'aux moelles en y songeant. Ce souvenir salutaire l'accompagnait toujours, et c'était sa sauvegarde en toute occasion où il avait à discuter ses intérêts. Il redoutait la pauvreté, dont auparavant il avait tâté presque en se jouant.

Maisie observait son visage à la lueur de la lune.

— Vous avez beaucoup d'argent, maintenant, lui dit-elle d'un ton consolant.

— Je n'en aurai jamais assez, répondit-il avec emphase.

Puis, se mettant à rire :

— Il me manquera toujours trois pence pour boucler mes comptes.

— Pourquoi trois pence ?

— J'ai porté un jour la valise d'un voyageur de la gare de Liverpool-street au pont de Blackfriars. C'était une course de six pence. Vous n'avez pas besoin de rire : cela les valait, et j'avais un besoin désespéré de ce salaire !... Mon client ne me donna que trois sous et n'eut même pas la pudeur de me payer en monnaie d'argent... Quelque fortune que je réalise, je n'arriverai jamais à reprendre au monde ces trois pence qui me manquent.

C'était un langage étrange de la part de ce même Dick qui venait de prêcher la sainteté du travail sans profit. Tel fut du moins l'avis de Maisie, dont toute l'ambition était de conquérir non des gros sous, mais des applaudissements. Elle prit sa petite bourse et en tira gravement une pièce de trois pence.

— Eh bien, dit-elle, je veux vous payer, moi, Dick ! N'ayez plus jamais ce souci. Votre compte y est-il, maintenant ?

— Oui, répondit-il soudain, très ému. Oui, je suis payé un millier de fois. Je porterai cette piécette à ma chaîne de montre. Vous êtes un ange, Maisie !

— Je suis tout engourdie, répondit-elle en se levant et j'ai un peu l'onglée. Oh ! regardez donc : le manteau est tout blanc ; votre moustache aussi ! Je ne me serais jamais douté qu'il fît si froid.

Un givre léger brillait sur l'épaule du pardessus de Dick. Lui aussi avait tout oublié... Ils se mirent à rire, et ce fut fini de leurs graves propos.

Ils coururent à travers la grève pour se réchauffer, puis se retournèrent pour contempler la gloire de la marée haute, sous la clarté froide, et l'épaisse ombre noire des buissons de genêts. Ce fut une joie de plus pour Dick que Maisie pût voir les couleurs comme il les voyait lui-même, qu'elle distinguât le bleu dans le blanc du brouillard, le violet dans les palissades grises, toutes les choses enfin autrement qu'elles paraissent aux yeux non prévenus.

Quant à elle, habituellement si réservée, il semblait qu'un rayon de lune eût réveillé sa fantaisie première. Elle se mit à babiller gentiment, à parler de tout et de tous, et de Kami, le plus sage des maîtres, et de ses compagnes d'atelier : des Polonaises qu'il faut empêcher de se tuer de travail ; des Françaises qui parlent avec grâce et volubilité de choses qu'elles ne feront jamais ; des Anglaises mal fagotées qui s'obstinent sans espoir et ne peuvent arriver à comprendre que l'inclination ne remplace pas le talent ; des Américaines qui font des repas indigestes et dont les voix criardes et aiguës, dans le silence laborieux des chauds après-midi, exaspère les nerfs trop tendus ; des orageuses Russes, que rien n'arrête, que nul ne dompte et qui racontent à

leurs amies des histoires de revenants à les faire
crier ; des lourdes Allemandes, qui, venues pour
apprendre une certaine chose et l'ayant apprise,
s'en retournent pesamment copier des tableaux, à
jamais. Dick écoutait, ravi, parce que c'était Maisie
qui parlait. Il connaissait tout le personnel des
ateliers cosmopolites de Paris et d'ailleurs.

— Cela n'a pas beaucoup changé, dit-il. Est-ce
qu'on vole toujours des couleurs pendant le déjeuner ?

— On ne vole pas, répondit Maisie, on chipe.
Dame ! c'est l'usage. Moi, je suis discrète : je n'ai
jamais chipé que du bleu d'outre-mer. Quand
on pense qu'il y a des élèves qui prennent du
blanc !...

— J'en ai pris, moi !... Mais aussi comment résister, quand les palettes sont accrochées ? Toute couleur qui coule devient naturellement propriété commune : on la sauve en la recueillant... Même si on y
a mis une goutte d'huile pour l'aider à glisser. Cela
d'ailleurs apprend aux gens à ne pas gaspiller leurs
tubes.

— Ah ! si je pouvais vous chiper quelques-unes
de vos couleurs, Dick ! Peut-être que du même coup
je vous prendrais un peu de votre succès...

— Que me donnerez-vous si je vous indique un
sûr moyen d'y parvenir, sans souci, sans énervement... et sans larçin ? Voulez-vous promettre de
m'écouter ?

— Allez, j'écoute.

— D'abord, il ne faut jamais oublier de manger,

sous prétexte de ne pas interrompre votre travail. Ainsi, ajouta-t-il au hasard, sachant bien à qui il parlait, vous avez omis deux fois de déjeuner, la semaine dernière.

— Non ! Non !... Une seule fois...

— Eh bien, c'est déjà trop. En outre, il ne faut pas vous contenter d'un biscuit trempé dans une tasse de thé en guise de dîner, pour éviter de vous déranger.

— Dick, vous vous moquez !

— Je n'ai jamais été plus sérieux de ma vie ! O mon amour, mon amour, vous n'avez donc pas encore compris ce que vous êtes pour moi ? Comment ! Toute la terre pourrait conspirer pour vous donner un rhume, pour vous accabler de chaleur, pour vous mouiller jusqu'aux os, pour vous voler votre argent, pour vous laisser mourir de fatigue et d'inanition, et je n'aurais pas, moi, le simple droit de veiller sur vous ?... Est-ce que je sais seulement si vous avez assez de sens commun pour vous habiller chaudement quand il fait froid ?...

— Dick, vous êtes vraiment l'être le plus agaçant que je connaisse ! Comment faisais-je donc, s'il vous plaît, quand vous n'étiez pas là ?

— Je n'y étais pas, et je ne savais pas. Maintenant que j'y suis, je donnerais tout ce que je possède pour avoir le droit de vous dire de rentrer quand il pleut.

— Vous donneriez même votre succès ?

— Eh ! Qu'est-ce que vous voulez que cela me fasse, que des milliers ou même des millions de

gens entonnent des hymnes en mon honneur, si je
vous sais en train de courir les magasins d'Edgware
Road par un temps pluvieux, sans parapluie ?...
Allons, ma chérie, rentrons : il est l'heure.

Ils retournèrent gaiement à Londres. L'entrée en
gare interrompit Dick au milieu d'une éloquente
tirade sur la beauté des exercices physiques et sur
l'utilité des sports. Il voulait à toute force offrir un
cheval à Maisie... un cheval comme on n'en avait
jamais vu. Il le mettrait en pension avec le sien
à quelque vingt milles de Londres, et Maisie, pour
sa santé, monterait deux ou trois fois par semaine
avec lui.

— C'est absurde ! dit-elle. Ce ne serait pas conve-
nable.

— Voulez-vous essayer de découvrir ce soir, dans
Londres, l'individu qui s'intéressera assez à nos
deux personnes pour nous demander compte de ce
qu'il nous plairait de faire ? Voulez-vous me montrer
celui qui l'oserait ?...

Maisie regarda les réverbères, le brouillard, le
hideux grouillement de la rue. Dick avait raison.
Mais le cheval ne remplacerait pas l'art...

— Vous êtes quelquefois très charmant, lui
répondit-elle, mais plus souvent encore très déraisonnable. Je ne vous autorise pas du tout à me
donner des chevaux, ni à vous détourner de votre
chemin, ce soir, pour me reconduire. Je rentrerai
seule... Ah ! promettez-moi une chose : vous ne
penserez plus jamais à ce fameux déficit de trois
pence. Vous avez votre compte, maintenant. Donc,

plus de dépit : travaillez sans préoccupation. Vous pouvez être si grand qu'il ne faut pas vous arrêter à de telles petitesses.

C'était gentiment retourner ses paroles contre lui. Dick la fit monter en voiture.

— Adieu, lui dit-elle simplement. Vous viendrez dimanche. J'ai passé une délicieuse journée, Dick. Pourquoi ne peut-il toujours en être ainsi ?...

— Parce que l'amour est comme le dessin : il faut avancer ou reculer. On ne peut demeurer au même point. Adieu, Maisie, et pour l'amour de moi... ou de qui vous voudrez, prenez soin de vous-même.

Il rentra chez lui à pied, tout en songeant. Cette journée ne lui avait apporté rien de ce qu'il espérait ; mais, malgré tout, elle en valait plusieurs autres : il se sentait maintenant un peu plus rapproché de Maisie. La fin n'était plus qu'une question de temps, et la récompense méritait qu'on l'attendît. Une fois de plus, instinctivement, il se dirigea vers la Tamise.

— Elle a compris tout de suite, se dit-il en regardant l'eau. Elle a découvert mon péché favori et m'en a convaincu !... Et cependant elle a dit que je vaux mieux qu'elle ! — Il se mit à rire, tant il trouvait cette idée absurde. — Mieux qu'elle !... Je me demande si les jeunes filles devinent la moitié de ce qu'il y a dans la vie d'un homme. C'est impossible : elles ne nous épouseraient pas !...

Il tira de sa poche la petite pièce donnée par Maisie et la contempla pieusement, comme s'il eût tenu dans le creux de sa main l'œuvre la plus pré-

cieuse et la plus rare, le gage merveilleux du bonheur
à venir...

— En attendant, se disait-il, la pauvre enfant
est seule à Londres, sans personne pour la protéger
contre tous les dangers dont foisonne l'immense
ville !

A la manière d'un païen, il adressa mentalement
une prière au destin. Il élevait entre ses doigts la
petite pièce d'argent au-dessus du fleuve, en demandant que, si quelque malheur devait menacer leur
vie, tout le poids en retombât sur lui, sur lui seul,
et que Maisie fût toujours préservée. Cette humble
monnaie blanche, qu'il n'eût point troquée contre
un sac d'or, il l'offrait en sacrifice pour attendrir
les dieux. La Tamise la garderait comme le don le
plus magnifique offert en holocauste...

La pièce tomba sans bruit. Dick, libéré momen-
tanément de toute crainte, regagna sa maison en
sifflant. Il avait envie de fumer et de causer entre
hommes, après cette journée passée tout entière
auprès d'une femme.

Un autre désir traversa son esprit et lui étreignit
le cœur, lorsque se leva devant ses yeux la vision
du *Barralong*, faisant route en pleine mer vers la
Croix du Sud.

IX

Torpenhow achevait de numéroter les dernières pages d'un manuscrit. L'Antilope, venu pour faire son éternelle partie d'échecs, parcourait l'article avec force commentaires dédaigneux.

— Il y a du pittoresque, et cela fait tableau, disait-il ; mais, comme exposé de l'état des affaires dans l'Europe orientale, c'est assez médiocre.

— En tous cas, j'en suis débarrassé !... Trente-sept... trente-huit... trente-neuf feuillets : cela doit faire onze ou douze pages de renseignements de première main... et de seconde vue... Ouf !

Il rassemblait sa copie en fredonnant, lorsque Dick, la mine un peu contrainte, mais en somme de bonne humeur, entra chez lui.

— Enfin de retour ! fit Torpenhow.

— Oui, ou à peu près. Qu'avez-vous fait, vous autres ?

— Nous avons travaillé, nous ! Dickie, vous vous conduisez comme si vous aviez votre caisse à la Banque d'Angleterre. Voilà trois jours écoulés : dimanche, lundi, et mardi, sans que vous ayez touché un pinceau. C'est scandaleux !

— L'inspiration va et vient, mes enfants !... Elle est en hausse ou en baisse... tout à fait comme notre tabac, repartit Dick en bourrant sa pipe.

Il se penchait pour jeter son allumette dans la cheminée, quand il fut éventé par le puissant soufflet de forge dont Torpenhow se servait d'ordinaire pour son foyer et que l'Antilope dirigeait de son côté.

— Que le diable vous emporte, avec vos grossières plaisanteries ! fit-il en se retournant. Si vous n'étiez pas si grand et si gros, je...   •

Il cherchait des yeux autour de lui de quoi châtier le plaisant, quand Torpenhow s'écria :

— Allons, pas de pugilat chez moi, s'il vous plaît ! La dernière fois, vous avez démoli la moitié de mes meubles en vous jetant des coussins à la tête. Quant à vous, Dick, il me semble que vous pourriez dire bonjour à M. Binkie ! Vous ne l'avez même pas regardé.

Le fox-terrier avait sauté du sofa et se frottait contre la jambe de Dick, en grattant le plancher autour de ses bottines. Il le prit et l'embrassa sur la tache noire qui soulignait son œil droit.

— Eh bien, petit, lui fit-il, ce gros vilain homme t'a donc chassé du sofa ? Mords-le !...

Il le jeta sur le ventre de son adversaire, au moment où celui-ci s'installait confortablement et Binkie, en humeur de jouer, se mit à mordiller pouce à pouce toute la large surface offerte à ses crocs.

L'Antilope le repoussa en riant et lui lança un coussin, sous lequel le petit chien demeura immobile, haletant, et tira la langue à la compagnie. Dick reprit :

— Ce pauvre petit Binkie a fait sa promenade du matin avant que vous fussiez levé, Torp. Je l'ai vu faire les yeux doux au boucher du coin au moment où cet homme terrible ôtait les volets de sa boutique. Vous ne nourrissez donc pas votre chien ?

— Est-ce vrai, Binko ? demanda Torpenhow d'un ton sévère.

Binkie se retira sous le coussin et fit volte-face en montrant à ses maîtres sa croupe blanche et ronde. Il se désintéressait visiblement de la dicsussion.

— Il y a d'autres chiens rôdeurs qui se sont levés tôt, ce matin, dit l'Antilope en goguenardant... Torp a cru que vous vouliez acheter un cheval.

— ...Non. Je me sentais maussade : j'ai été voir la mer et les jolis navires qui passent.

— Ah ! où êtes-vous allé ?

— Quelque part sur le détroit : à Progly ou à Snigly, ou à quelque autre station balnéaire... Les navires frôlaient la côte.

— En avez-vous reconnu un ?...

— Oui : le *Barralong*, faisant route pour l'Australie, et un vaisseau à blé d'Odessa. Il y avait du brouillard ; mais la mer sentait bon.

— Et c'est pour aller voir le *Barralong* que vous avez mis votre meilleur pantalon ? demanda Torpenhow.

— J'ai mis celui-là parce que je n'en avais pas d'autre, si ce n'est mon pantalon d'atelier. D'ailleurs, il faut faire honneur à la mer.

— Et la mer vous a probablement un peu énervé ?.. insinua l'Antilope.

— Ne m'en parlez pas !... Elle m'a affolé. Je regrette d'y être allé.

Les deux correspondants échangèrent un coup d'œil, pendant que Dick se baissait pour faire un choix parmi les chaussures de son ami.

— Voilà qui fera mon affaire, dit-il enfin. Je n'admire guère votre goût en matière de pantoufles ; mais c'est ma pointure.

Il glissa ses pieds dans une paire de mules de peau, chercha une chaise confortable et s'y étendit.

— J'allais justement les mettre, dit Torpenhow, ce sont celles que je préfère.

— Toujours votre affreux égoïsme ! Vous ne pouvez me voir heureux un instant sans éprouver le besoin de me déranger...

— C'est une chance pour vous que Dick ne puisse porter vos habits, Torp, dit l'Antilope. Pour le reste, vous vivez comme des partageux.

— Oui, seulement il n'a rien qui m'aille, lui ! Il n'est bon que pour prendre.

— Et vous ! s'écria Dick. Depuis quand n'allez-vous plus fouiller dans mes cachettes ? J'avais mis hier une guinée dans le pot à tabac. Elle n'y est plus. Comment voulez-vous que je tienne mes comptes ?

Torpenhow se mit à rire :

— ...Cacher une guinée ? hier ? Voilà un beau comptable ! Vous m'avez prêté un billet de cinq livres il y a un mois. Est-ce que vous vous le rappelez ?

— Oui, eh bien !

— Eh bien, je vous l'ai rendu dix jours après, et c'est lui que vous avez serré dans le pot à tabac !

— Tiens ! Je croyais l'avoir mis dans ma vieille boîte à couleurs !

— Ah !... Vous croyiez ?... La semaine dernière, je suis allé dans votre atelier pour bourrer ma pipe et j'ai retrouvé la banknote.

— Qu'est-ce que vous en avez fait ?

— J'ai conduit l'Antilope au théâtre, et je l'ai nourri.

— Ce n'est pas vrai ! Vous n'auriez pu nourrir l'Antilope pour ce prix-là ! Pas même pour le double, fût-ce avec de la viande à soldats...

— Vous êtes superbe, vous ! dit l'Antilope en riant au souvenir du festin. Nous avions bien travaillé, Torp et moi, et nous avons dépensé notre superflu immérité. Voilà ce que c'est que d'être un fainéant !

— Je ne suis cependant pas chargé de vous nourrir !... Regardez-le : il éclate de mes victuailles... Quant à moi, je retrouverai à dîner un de ces jours, n'est-ce pas ?... Eh bien, si nous allions au théâtre ?

L'Antilope fit, d'un ton paresseux :

— Oh ! se chausser ?... se laver ?... s'habiller ?...

— Soit ! Je retire ma proposition.

Torpenhow regarda Dick et insinua doucement :

— Faisons mieux ! Pour changer, pour inventer quelque chose de tout nouveau, d'inédit et d'excitant, si nous allions chercher *notre* fusain et *notre* toile, et si nous nous mettions à travailler ?

Dick demeura impassible, en se bornant à tourner ses pieds dans ses pantoufles.

— Vous radotez, Torp !... Si j'avais une figure commencée, je n'aurais pas mon modèle ; si j'avais mon modèle, je n'aurais pas d'estompe... D'ailleurs je ne laisse jamais de fusain, le soir, sans le fixer... Et puis, enfin, si j'avais mon estompe et vingt photographies pour les fonds, je ne pourrais encore rien faire aujourd'hui : je ne me sens pas en train, là !...

— N'est-ce pas, dit l'Antilope, n'est-ce pas, petit chien Binkie, que voilà un fier paresseux ?...

— Ah ! c'est comme cela ! s'écria Dick en se levant. Eh bien, je vais travailler, puisque vous l'exigez ! Je cours chercher le livre de *Nungapunga*, et nous allons ajouter un nouveau tableau à la légende de l'Antilope.

Lorsqu'il eut quitté la chambre, le gros homme demanda à Torp, d'un ton subitement radouci :

— Ne le tourmentez-vous pas un peu trop ?

— C'est possible ; mais je sais de quoi il serait capable, s'il le voulait bien. Cela m'enrage de n'entendre jamais louer que ses œuvres passées, quand il pourrait en produire tant d'autres meilleures encore... Vous et moi, parbleu ! nous avons donné notre mesure ; notre vie est faite. Celle de Dick serait si belle ; il devrait être si grand, avec du travail. C'est ce qui me chiffonne.

— Oui ! Et quand vous vous serez fait bien du mauvais sang pour lui, il vous mettra de côté avant longtemps peut-être, pour une jeune fille !...

— Je serais curieux de voir ça !... Vraiment, où croyez-vous qu'il soit allé aujourd'hui ?

— A la mer, cela n'est pas douteux ! Avez-vous remarqué ses yeux quand il nous en parlait ? Il semblait tout agité, tout ému, comme une hirondelle à l'automne.

— Oui. Mais y a-t-il été seul ?

— Ah ! voilà... En tout cas, il offre les symptômes de la fièvre des voyages à son début. Pas moyen de s'y tromper. Il a besoin de mouvement. Il est attiré au loin...

— Ce serait peut-être son salut, dit Torpenhow.

— Peut-être ; mais à la condition que vous y aidiez un peu. Quant à moi, j'aime mieux ne pas m'en mêler.

Dick revint avec un grand album à fermoir que l'Antilope connaissait bien et qu'il n'aimait guère. Dans ce recueil, l'artiste avait croqué au vol, pour son plaisir, toutes sortes d'incidents dont ses camarades et lui-même avaient été les héros aux quatre coins du monde ; mais c'étaient les exploits de l'Antilope et les larges proportions du colossal reporter qui avaient le plus souvent excité sa verve.

A court d'actualités, il se rabattait sur les inventions les plus échevelées en parsemant la carrière de son héros favori d'épisodes inconvenants. On voyait tour à tour les mariages de l'Antilope avec plusieurs princesses africaines ; sa honteuse trahison imaginaire, livrant un corps d'armée tout entier pour l'amour d'une femme arabe ; son tatouage opéré par d'habiles artistes dans le Birman ; sa

terrifiante entrevue avec le bourreau jaune à Canton,
sur une place rougie par le sang des exécutions, et
enfin les migrations successives de son esprit dans
des corps de baleines, d'éléphants, de toucans.

Torpenhow, de temps en temps, ajoutait aux
dessins une légende rimée. Cet album était en son
genre une curieuse pièce d'art. Dick ayant décidé
que le nom du livre signifierait, en hindou, la nu-
dité, l'Antilope n'y portait aucune espèce de
vêtement, dans aucune circonstance. Ainsi, le dernier croquis — où l'on voyait ce souffre-douleur
allant au ministère de la guerre pour faire valoir
ses droits à la médaille |d'Egypte — était à peine
décent.

Dick s'installa commodément à la table de Torpenhow et se mit à tourner les pages.

— Quelle fortune vous auriez été pour Blake !
dit-il. Il y a dans quelques-uns de ces dessins une
teinte de rose succulent répandu sur diverses parties de votre personne... C'est mieux que la vie
elle-même ! Ainsi, tenez : « L'Antilope cerné par
les Mahdistes pendant son bain. » Est-ce pris sur
le vif, hein !

— Irrévencieux barbouilleur ! Ç'a failli être mon
dernier *tub* !... Et dites-moi : Binkie a-t-il déjà sa
place dans la galerie ?

— Non : l'enfant Binkie n'a encore rien fait pour
l'histoire. Toute sa vie s'est passée à tuer des rats...
Regardez : vous voici en saint de vitrail, dans une
église. Quelles lignes décoratives dans votre anatomie ! Vous devriez m'être reconnaissant, de vous

faire ainsi passer à la postérité... Dans cinquante ans, vous existerez en rares et curieux *fac-simile*, à dix guinées la pièce... Voyons, qu'est-ce que je vais faire de vous aujourd'hui ? « La vie privée de l'Antilope ? »

— Il n'en a pas.

— Alors, « la vie publique de l'Antilope » ?... C'est cela !... « Meeting en masse de ses femmes à Trafalgar Square. » J'ai mon affaire. Toutes ses épouses sont accourues des extrémités de la terre pour assister à son mariage avec une Anglaise. Je vais faire mon dessin à la sépia. C'est un délicieux procédé.

— Encore une scandaleuse perte de temps, dit Torpenhow.

— Vous, laissez-moi tranquille !... Cela entretient la main, surtout quand on commence sans crayon.

Il se mit aussitôt à l'ouvrage.

— Voici la colonne de Nelson. Tout à l'heure, l'Antilope va y grimper.

— Au moins, habillez-le, cette fois !

— Certainement que je l'habillerai ! Je lui mettrai un voile et une couronne de fleurs d'oranger, puisque c'est un homme marié.

— Sapristi ! voilà qui est enlevé ! s'écria Torpenhow, qui regardait par-dessus l'épaule de Dick.

Celui-ci, en trois coups de pinceau, venait d'esquisser un dos gras et une épaule péniblement pressée contre la pierre.

— Dites donc, continua Dick tout en travaillant, si nous pouvions publier quelques-uns de ces croquis-là, chaque fois que l'Antilope me fait bêcher dans la presse par un camarade qui sait écrire !

— Je vous en avertis toujours, protesta l'Antilope, et c'est pour votre bien que j'ai demandé au jeune Maclagan...

— Bon ! bon ! Une seconde, s'il vous plaît, mon vieux !... Plaquez votre main contre le mur, et continuez à bafouiller tant que vous voudrez... Votre épaule gauche est incorrecte : il faut absolument que je la voile... Où est mon canif ?... Vous disiez donc que Maclagan ?...

— Je lui ai simplement recommandé de vous éreinter, en thèse générale, parce que vous ne produisiez rien qui fût destiné à durer...

— Et là-dessus, ce jeune fou, — Dick rejeta la tête en arrière, en fermant un œil et en déplaçant la page sous sa main, — ce jeune fou, laissé seul avec son encrier, et ce qu'il considérait comme ses idées personnelles, s'est mis à répandre le tout sur moi, dans les journaux !... Vous auriez pu engager un homme fait, au lieu d'un gamin, pour cette besogne-là, Antilope !... Regardez, Torp... à présent trouvez-vous que le voile nuptial ait bon air ?

Torpenhow était stupéfait. Les procédés de Dick lui semblaient toujours nouveaux par la hardiesse et la précision.

— Comment, diable ! vous y prenez-vous, lui dit-il, pour faire tenir ainsi l'étoffe éloignée du corps, avec trois traits et deux barbouillages ?

— Il n'y a qu'à placer cela juste où il faut. Si Maclagan savait son métier aussi bien que je sais le mien, il aurait écrit un meilleur article.

— Tâchez donc d'en faire autant pour une œuvre qui dure ! bougonna l'Antilope.

Le pauvre homme avait pris une peine considérable pour le bien de Dick, — il en était convaincu, — en lui faisant adresser des remontrances autorisées par un jeune critique connu pour ses dissertations savantes sur « l'art un et indivisible ».

— Vous, répartit Dick, attendez un peu que j'arrange comme il faut ma procession d'épouses ?... Sans reproche, vous me paraissez avoir abondamment pratiqué le mariage. Tout ce que je puis faire, c'est d'indiquer les silhouettes de vos femmes, tant il y en a !... Des Mèdes, des Parthes, des Edomites... Et maintenant, sachez que cela m'est parfaitement égal de créer, comme vous dites, œuvre qui dure. C'est là le rêve d'un cerveau obtus. Je me contente très bien d'avoir fait de mon mieux jusqu'à ce jour, et je ne produirai rien d'aussi bien de plusieurs semaines au moins ; probablement même de quelques années ; plus probablement encore, jamais !...

— Eh quoi ? s'écria Torpenhow. Votre stock de croûtes, ce serait là vos chefs-d'œuvre ?...

— Les toiles que vous avez vendues ? demanda l'Antilope.

— Oh ! non. Ce que j'ai fait de mieux n'est pas ici et n'a pas été vendu. Personne au monde ne sait où cela se trouve, et moi-même je l'ignore... Allons ! fourrons-lui des femmes et encore des femmes, à ce débauché ! Remarquez-vous, Torp, la vertueuse indignation des lions qui entourent le monument ?

— Expliquez-nous donc ce que vous venez de dire, répondit Torpenhow, cela vaudra mieux.

— C'est la mer qui m'a rappelé cela aujourd'hui, répliqua Dick en relevant lentement la tête. C'est un souvenir très curieux et pesant... Il faut que je m'en délivre. J'allais de Lima à Auckland, sur un vieux paquebot, très grand, très avarié, qui appartenait à une compagnie italienne de second ordre. Une drôle de boîte que ce bateau ! Nous étions rationnés à quinze tonnes de charbon par jour, et l'on s'estimait heureux de filer de temps en temps dix nœuds à l'heure. Après quoi, il fallait stopper pour une raison ou pour une autre.

— Quelle était votre profession, à ce moment-là ? Maître d'hôtel, ou marchand ?

— J'étais en fonds ; donc, j'étais passager. Sans cela, j'aurais été maître d'hôtel, j'imagine, fit Dick avec une parfaite gravité en se remettant à sa procession de femmes jalouses. J'étais l'un des deux seuls passagers de Lima. Le navire était à moitié vide ; mais il avait toute une population de rats, de blattes et de scorpions.

— En quoi tout cela concerne-t-il votre peinture ?

— Attendez ! Ce navire, qui avait transporté des coolies chinois, était divisé à l'entrepont en compartiments pouvant contenir en tout deux mille « queues ». Toutes les couchettes ayant été supprimées, le bâtiment restait vide jusqu'au nez, et la lumière entrait par les sabords... une lumière très mauvaise pour le travail, tant qu'on n'y était pas habitué. Depuis plusieurs semaines, je n'avais rien à faire. Nos cartes marines étaient en mauvais état, et notre capitaine, de peur des orages, n'osait s'avancer vers le sud. Aussi prit-il à tâche de repêcher une à une toutes les îles de la Société. Alors je descendis dans l'entrepont et je fis mon tableau. Je le fis à bâbord et aussi profondément que je le pus dans l'intérieur du compartiment. Je n'avais à ma disposition que de la couleur brune et de la couleur verte, telles qu'on les emploie pour peindre les navires. De plus un peu de vernis noir destiné aux bastingages. Ce furent là tous mes matériaux.

— Les passagers ont dû vous prendre pour un fou.

— Il n'y en avait qu'un : une femme. Et c'est elle qui me fournit mon modèle.

— A quoi ressemblait-elle ? demanda Torpenhow.

— C'était une sorte de négresse juive de Cuba, d'une moralité assortie... Elle ne savait ni lire ni écrire, et cela lui était bien égal. Elle descendait pour me regarder peindre, ce qui déplaisait au patron, car il payait son voyage, et sa place à lui était sur le pont, au moins de temps en temps...

— Je comprends ! Ça devait être drôle !...

— Jamais je ne me suis tant amusé ! Quand la mer était un peu houleuse, on pouvait craindre de sombrer d'un moment à l'autre ; mais par un temps calme, c'était le paradis ! Cette femme me mélangeait mes couleurs en écorchant quelques mots d'anglais, et le capitaine descendait toutes les cinq minutes, pour voir, disait-il, si nous ne mettions pas le feu... Nous risquions à chaque instant d'être surpris, et j'avais un sujet splendide à traiter en trois tons.

— Quel sujet ?

— Deux lignes d'Edgar Poe :

Ni les anges, dans le ciel, ni les démons, là-bas sous la mer,

Ne pourront jamais séparer mon âme de l'âme de la belle Annabel Lee.

« C'était, je pense, un sujet de circonstance !... Je peignis cette lutte, livrée dans l'eau, entre les bons et les mauvais génies, pour la possession d'une âme à l'agonie. La femme servit de modèle pour les anges, et puis pour les démons. L'âme, à demi noyée, flottait entre eux... Cela ne dit pas grand' chose, ainsi expliqué ; mais avec la bonne lumière de l'entrepont, je vous assure que ça avait un rude mouvement. L'ensemble mesurait sept pieds sur quatorze, le tout dans la pénombre, parce que je n'avais pas de quoi peindre la lumière.

— Et alors, fit Torpenhow, cette femme vous inspirait beaucoup ?

— Elle et la mer, énormément ! Ma fresque était assez mal dessinée ; mais je n'ai jamais fait mieux. Hélas ! je suppose que maintenant le navire est démoli, ou naufragé. Ah ! c'était une belle vie que celle-là !

— Et après, qu'est-ce qui est arrivé ?

— Rien. Quand je quittai le navire, on le chargeait de ballots de laine ; mais jusqu'au dernier moment les stewards eux-mêmes évitèrent de cacher la peinture. Je crois qu'ils avaient peur des yeux des démons.

— Et la femme ?

— La femme ? Elle n'était pas rassurée non plus. Elle se signait chaque fois qu'elle descendait dans l'entrepont. Ah ! Dieu, quel attrait ! Trois couleurs en tout et pour tout, l'impossibilité d'en avoir d'autres, la mer battant la cloison, l'amour sans frein, la peur de la mort planant sur nous à chaque instant...

Il ne regardait plus son dessin. Ses yeux dirigés à travers la chambre semblaient suivre une vision lointaine.

— Pourquoi, suggéra l'Antilope, n'essayez-vous pas de refaire quelque chose dans ce genre ?

— Parce que ces choses-là ne viennent pas toutes seules. Quand je retrouverai un vaisseau marchand, une juive cubaine, un entrepont vide, la même inspiration et la même atmosphère, alors, peut-être...

— Ce n'est pas ici que vous rencontrerez tout cela.

— Non !...

Dick referma son album d'un coup sec.

— Il fait chaud comme dans un four !... Si on ouvrait la fenêtre ?

Il se pencha dans la nuit, regardant les ténèbres profondes des rues de Londres, au-dessous de lui. L'appartement, beaucoup plus élevé que le toit des maisons voisines, dominait une centaine de cheminées, des tuyaux tordus qui avaient l'air de chats assis et tournant sur eux-mêmes, d'autres formes mystérieuses et baroques de briques ou de zinc, supportées par des étançons de fer ou reliées par des crampons en forme d'S. Au nord, les lumières de

Piccadilly Circus et de Leicester Square jetaient leur reflet fauve sur les toits noirs, et au sud s'alignaient les réverbères des quais de la Tamise. Un train roula sur un pont de chemin de fer, noyant dans son fracas fumeux l'indistincte rumeur de la rue. L'Antilope consulta sa montre et dit simplement :

— L'express de nuit pour Paris. Vous pouvez prendre votre billet direct pour Saint-Pétersbourg, si vous voulez.

Dick passa la tête et les épaules hors de la fenêtre et regarda au delà du fleuve. Torpenhow vint le rejoindre, tandis que l'Antilope se mettait tranquillement au piano. Binkie, se faisant aussi gros que possible, s'étendit sur le sofa, de l'air de quelqu'un qui est parfaitement décidé à ne plus se laisser déranger.

— Eh bien, cria l'Antilope aux deux paires d'épaules, c'est donc la première fois que vous voyez cette ville ?

Sur le fleuve, un remorqueur siffla en tirant ses péniches le long du quai. Puis il se tut, et les bruits de la rue, seuls, recommencèrent à s'engouffrer dans la chambre. Torpenhow poussa Dick du coude :

— Bon endroit pour gagner de l'argent ; mais fichue localité pour vivre, hein, Dick !

Celui-ci, le menton dans sa main et fixant toujours la nuit, reproduisit pour toute réponse le mot d'un général célèbre :

— Quelle belle ville à piller !

Binkie, dont l'air nocturne chatouillait les moustaches, se mit à éternuer plaintivement.

— Nous allons enrhumer l'enfant, dit Torpenhow. Rentrons.

Il referma la fenêtre et Dick vint s'étendre sur le sofa en demandant au petit chien la permission d'allonger les jambes à son aise. Puis il se mit à bâiller au point de se décrocher la mâchoire, tout en caressant les oreilles de velours de Binkie.

— Allons ! Chantez-nous quelque chose, Antilope, fit Torpenhow, quoique cette vieille boîte à musique soit sans doute hors de ton : personne que vous n'y touche jamais. Hurlez, pour que Dick vous entende.

Dick se mit à réciter une des légendes inscrites dans le « livre de Nungopunga » :

La vie de l'Antilope n'est que fraude et massacre,
Ses écrits sont du Dickens délayé dans de l'eau ;
Mais la voix de l'Antilope dans les notes hautes
Rend la mort bienvenue aux madhistes eux-mêmes.

L'Antilope daigna sourire. Le chant était son talent de société, bien connu de ses confrères de la presse et de ses camarades, les correspondants à l'étranger.

— Que faut-il chanter ? demanda-t-il en se tournant sur le tabouret.

— Chantez-nous le *Pilote du Gange*. Vous rappelez-vous l'avoir entonné avant dans le carré d'El-Maghrib ? Et à ce propos, Torp, je me demande combien il y a encore de vivants parmi ceux qui reprenaient en chœur le refrain.

Torpenhow réfléchit un instant.

— Hélas ! je crois qu'il n'y a plus que vous deux et moi. Raynow, Vickery, Deenes, tous tués. Vincent a pris la petite vérole au Caire, l'a rapportée ici et en est mort... Oui, plus que vous, l'Antilope et moi !...

— Allons ? commencez, fit Dick.

Et l'Antilope commença.

La chanson débutait ainsi :

J'ai filé mon câble, camarades, je descends à la dérive.
J'ai reçu mes ordres de route, pendant que vous demeurez
[à l'ancre,
Et jamais, par un beau matin de juin, je ne suis parti
[en mer
Avec la conscience plus nette, un espoir meilleur, le cœur
[plus léger.

Et, tandis que les paroles se déroulaient, évoquant des images de combat, de massacre et de rapt, Dick, chantant avec ses camarades — car ils chantaient tous, maintenant, — croyait entendre le vent de la pleine mer mugir à ses oreilles, et le clapotement des vagues, et le bruit terrible des batailles.

Secoué de la tête aux pieds par ce ressouvenir, il prit Binkie et l'éleva jusqu'à son visage, en lui demandant :

— Qu'y a-t-il donc dans toutes ces bêtises pour agiter ainsi le cœur d'un homme ?

— Cela dépend de l'homme, dit Torpenhow.

— De l'homme qui a été à la mer aujourd'hui, ajouta l'Antilope.

— Je ne savais pas qu'elle me bouleverserait ainsi.

— C'est ce que disent les gens qui vont prendre congé d'une femme.

— Mais une femme peut... commença Dick étourdiment.

Torpenhow acheva :

— ...Une femme peut faire partie de la vie d'un homme ?... Non, cela ne se peut pas ! — Et tout assombri, il continua : — Elle prétendra vouloir s'unir complètement à lui, l'aider de son travail, alléger son fardeau... et puis elle lui écrira cinq ou six lettres par jour pour se plaindre qu'il n'aille pas perdre son temps auprès d'elle...

— Je n'aurais pas dû aller à la mer ! fit Dick désireux de couper court à la conversation. C'est une vieille maîtresse tenace, et je regrette de l'avoir tant aimée...

— Oyez ! Oyez ! Il renie son premier amour ! cria l'Antilope.

Et puis, d'une voix de stentor qui fit trembler les vitres, il entonna les *Hommes de la mer*, une vieille chanson qui commence, ainsi que chacun sait, par ces mots :

La mer est une méchante femme,

et qui, après huit lignes pleines d'images saisissantes, se termine par un refrain lent comme le grincement d'un cabestan, alors que le bateau remonte de mauvaise grâce le long des pieux, sur les galets, où

les matelots, tout en sueur, péniblement, le halent
en piétinant :

> « *Oh ! toi qui nous enfantas,*
> *Laisse-nous vivre !...*
> *La mer est meilleure que tout :*
> *Elle parle à nos cœurs*
> *Et les fait vibrer d'enthousiasme. »*
> *Ainsi chantaient les hommes de la mer,*

L'Antilope répéta deux fois ce refrain, à l'intention de Dick ; mais celui-ci attendait les adieux des
marins à leurs femmes :

> « *Et vous qui nous aimez,*
> *Mères, filles et femmes,*
> *Pourquoi vous émouvoir ?*
> *Elle nous est plus chère que vous,*
> *Vous n'en dormirez que mieux, sans nous... »*
> *Ainsi chantaient les hommes de la mer.*

...Ces brutales et viriles paroles résonnaient
comme autrefois les vagues sur les flancs délabrés
du navire parti de Lima... Dick se croyait revenu
au temps où il broyait des couleurs, dans la demi-
obscurité, à travers d'aventureuses amours... Il se
rappelait les démons et les anges peints au hasard,
dans l'ombre, et la menace constante du couteau du
capitaine italien, prêt à s'enfoncer entre ses deux
épaules... Et la fièvre incoercible du voyage, plus
réelle et plus incurable que tant de maladies classées
par les médecins, s'éveillait de nouveau, brûlait son

sang, l'affolait... Lui qui aimait Maisie plus que tout au monde, il aspirait à se retremper dans cette vie ardente, hasardeuse, à se battre, à jurer, à jouer, surtout à revoir la mer, et par elle à engendrer des œuvres... Il reparlerait au lamentable Binat dans les sables de Port-Saïd, pendant qu'une servante jaune lui préparerait à boire ; il entendrait de nouveau le bruit des carabines anglaises et des mousquets barbares ; il verrait la fumée se dérouler, tantôt épaisse et tantôt légère, sur un fond de visages noirs, dans ces enfers des batailles où chacun est seul à répondre de sa tête et frappe d'un bras déchaîné... C'était impossible, hélas ! Et cependant :

> « *O nos pères, dans le cimetière,*
> *La mer est plus vieille que vous,*
> *Et chez elle nos tombes seront plus vertes !* »
> *Ainsi chantaient les hommes de la mer.*

Le silence avait suivi. Torpenhow demanda tout à coup :

— Qu'est-ce qui nous retiendrait ?

— Vous m'avez signifié, il n'y a pas longtemps, que vous ne voudriez pas faire le tour du monde avec moi.

— C'était il y a des mois, et je n'admettais pas de vous voir chercher à gagner de l'argent pour payer nos frais de voyage... Mais s'il s'agit de partir pour travailler, pour voir, pour vivre enfin, c'est différent !...

— Vous vous engraissez ici à ne rien faire, dit l'Antilope en saisissant Dick par le milieu du corps. Vous voici tendre comme un poulet gavé.

— Vous êtes plus gros que moi, vous ! La prochaine fois que vous ferez campagne, vous mourrez d'apoplexie !...

— Tant pis pour moi ! Mais, vous, partez ! Allez à Lima, au Brésil, n'importe où. Il y a toujours des troubles dans l'Amérique du Sud. Allez les voir.

— Non. Je reste ici.

— Vous êtes fou ! intervint Torpenhow. Auriez-vous des commandes, par hasard ? Alors, payez votre dédit et filez. Vous avez assez d'argent pour voyager comme un prince, si vous voulez.

— Vous avez la plus hideuse conception de l'existence, Torp ! Me voyez-vous passager de première classe dans un hôtel flottant de six mille tonnes ? Me voyez-vous demandant au troisième ingénieur ce qui fait marcher les machines et si l'on n'a pas très chaud dans la chambre de chauffe ?... Ah ! grands dieux ! voyager en vagabond, plutôt, si je devais partir !... Ce qui n'est pas. Tenez, je ferai un compromis : j'essaierai d'une excursion pour commencer.

— C'est déjà quelque chose, dit Torpenhow. Où irez-vous ? Cela vous ferait un bien énorme, mon vieux.

— En premier lieu, j'irai chez Rathray, louer un cheval, que je conduirai très prudemment jusqu'à Richmond-Hill. Puis je le ramènerai, par la bride, de peur de le surmener et de fâcher Rathray. Je vais faire cela dès demain, pour m'entraîner, pour prendre de l'air et de l'exercice.

— Ah ! c'est comme cela ?...

Dick eut à peine le temps de lever le bras pour se garantir du coussin que Torpenhow exaspéré lui lançait à la tête.

— Ah ! il lui faut de l'air et de l'exercice ? s'écria l'Antilope à son tour. Eh bien, nous allons lui en donner ! Le soufflet, Torp.

Alors, la conversation dégénéra en tumulte. Dick fut couché sur le tapis où l'Antilope le maintint de tout son poids. On lui introduisit de force le soufflet entre les dents, et on lui gonfla les joues, en lui pinçant le nez, jusqu'à ce que l'air s'échappant avec fracas des lèvres mal closes désarmât les assaillants pris de fou rire. Dick en profita pour les assommer à son tour avec un coussin mou dont l'étoffe se déchira, laissant de toutes parts s'échapper et s'envoler le duvet. Binkie ayant voulu intervenir dans l'intérêt de Torpenhow, on le fourra dans l'enveloppe encore à moitié pleine de plumes, avec défense d'en sortir. Il en sortit cependant, après quelques minutes d'un voyage agité, en boule verte, sur le sol, et quand il reparut enfin, décidé à demander réparation, il aperçut les trois arbitres de sa destinée, les piliers de son monde, occupés à secouer les plumes de leurs cheveux.

— C'est assommant ! fit Dick. Ce duvet ne veut jamais s'en aller de mes vêtements.

— Cela vous apprendra, jeune homme ! Rien ne vaut, disiez-vous, l'air et l'exercice ? Eh bien, en voilà.

Puis Torpenhow s'attendrit :

— C'est la vérité, mon vieux, et je ne dis que ce que je pense. Pourquoi plaisantez-vous toujours ?

— Devant Dieu, vous vous trompez, répondit sérieusement Dick. Vous me connaissez bien mal, si vous me jugez ainsi. Comment des gens comme nous, qui savent ce que signifient la vie et la mort, oseraient-ils se moquer de quoi que ce soit ? Nous faisons semblant, quelquefois, par esprit de contradiction.

Est-ce que je ne vois pas bien, mon ami, à quel point vous vous inquiétez toujours de moi ?... Je sais, allez, je sais que vous me donnez tous les bons conseils que vous pouvez, pour me pousser au travail. J'y pense, moi-même, bien souvent, je vous assure ! Mais vous n'y pouvez rien, voyez-vous ? Non, vous-même, vous n'y pouvez rien. Je dois marcher tout seul, à ma fantaisie, à mes risques et périls, — tout seul !...

— Il a raison, interrompit l'Antilope ; laissez-le à ses propres forces.

— Il se peut que j'aie tort, tout à fait tort !... Eh bien, je le découvrirai moi-même, comme il faut que je pense moi-même, sans me régler sur le voisin. Certes, il m'en coûte beaucoup plus que vous ne sauriez le croire de ne pouvoir m'en aller... mais je ne le puis pas... voilà tout ! Il me faut accomplir mon œuvre et faire ma vie à ma manière, car c'est moi seul, après tout, qui en suis responsable, vous le savez bien ! Ne m'accusez pas de légèreté, mon vieux Torp, je vous en prie. J'ai mes allumettes et mon soufre : j'allumerai tout seul, hélas ! le feu de mon enfer...

Il y eut un long moment de silence, que l'Antilope essaya de faire cesser par une plaisanterie ; mais Dick l'interrompit aussitôt :

— J'ai libéré mon esprit, fit-il gravement. — Puis, redevenant soudain gai et souriant, il empoigna le fox-terrier toujours indigné et le secoua tendrement. — Oh ! cher petit Binkie, dont la bouche est pleine de plumes, on t'attache dans un sac et l'on te fait courir à l'aveuglette, Binkie mignon, et cela froisse ton petit amour-propre. C'est sans importance, vois-tu ? *Hoc volo, sic jubeo, sit pro ratione voluntas*, et ne m'éternue pas à la figure, ignorant, parce que je te parle latin !... Bonne nuit, tous !

Il quitta la chambre.

— Ce qu'il vient de dire s'adressait à vous, fit remarquer l'Antilope dès que Dick fut sorti... Vous voyez ce que je vous disais !... Ne vous mêlez donc pas de ses affaires, allez !

— Baste ! Il ne m'a pas dit de sottises ; donc, il n'est pas fâché. Il est partagé entre l'envie et la crainte du départ... Pourvu qu'il ne soit pas obligé, quelque jour, de partir, malgré lui !...

Quant à Dick, une fois rentré chez lui, un seul problème occupa son esprit : il se demandait si le monde entier, la gloire, la fortune et l'honneur équivalaient à une simple petite pièce de trois pence, comme celle qui gisait maintenant au fond de la Tamise... Mais, alors, sa pensée déviait :

— Voilà ce que c'est, se disait-il, d'être allé voir la mer !... Je me sens vraiment troublé...

Et puis une gracieuse image se retraçait devant ses yeux, et tout bas, il ajoutait :

— ...Après tout, Maisie et moi, nous y retournerons, à la mer ? Nous nous embarquerons ensemble ; nous passerons à bord notre lune de miel...

Mais son doute renaissait :

— Oui ! cela serait exquis !... Mais quelle influence étrange a gardée sur moi l'immensité de l'Océan ! Il me semble que je sentais moins son pouvoir, quand Maisie était là. Ce sont ces maudites chansons qui m'ont ainsi énervé !... Allons ! les voilà qui recommencent !

Non ! Ce n'était que le *Nocturne* de Julia de Herrick, fredonné par l'Antilope, et, avant la fin du morceau, Dick reparaissait sur le seuil de Torpenhow. Il était plutôt sommairement vêtu, comme pour la nuit, mais son esprit était rasséréné, son humeur tranquille.

Et ainsi ses désirs avaient leur flux et leur reflux, comme la mer elle-même, au pied des glacis du fort Keeling.

X

Il ne put rien faire jusqu'à la fin de la semaine. Puis vint un nouveau dimanche. C'était à la fois son désir et sa crainte que le retour de cette journée-là ; mais, depuis que les « cheveux rouges » avaient fait son portrait, la crainte l'emportait, décidément.

Maisie, une fois de plus, avait absolument dédaigné ses conseils. Moins que jamais, elle s'était condamnée à dessiner. Revenant à sa marotte, elle avait résolu de s'attaquer à une « tête de genre ». Dick eut peine à se contenir :

— C'était bien la peine de me demander mon avis !...

— Oh ! cette fois, vous verrez ! Ce sera un tableau, un vrai tableau ! Je suis sûre que Kami me permettra de l'envoyer au Salon. Serez-vous content, alors ?...

— Sans doute ! Mais vous n'aurez jamais le temps d'avoir terminé pour le Salon.

Maisie eut un instant d'hésitation. Elle semblait mal à l'aise.

— Nous partirons pour la France, un mois plus tôt, dit-elle enfin. J'ébaucherai ma toile ici, et je l'achèverai chez Kami.

Il sembla tout à coup à Dick que son cœur cessait de battre, et pour ne point perdre tout sang-froid, il dut se répéter mentalement que « la reine

no pouvait mal faire ». Mais son irritation ne cédait
pas : « Juste au moment où je croyais avoir fait
quelques progrès dans son cœur, se disait-il, la
voilà qui s'en retourne à la chasse aux papillons !
C'est à devenir fou ! »

Impossible, cependant, de discuter en présence
des « cheveux rouges » ; Dick se borna pour le moment à jeter à Maisie un regard d'éloquent reproche.

— Je crois que vous avez tort, dit-il tout haut.
Peut-on savoir quel sera votre sujet !

— Je l'ai pris dans un livre.

— Voilà déjà qui ne vaut rien ! Ce n'est pas dans
les livres qu'on trouve ces choses-là.

— Je vais vous dire, fit tout à coup derrière lui
l'impressionniste. L'autre jour, je lisais à Maisie un
passage de la *Cité de la nuit terrible*. Connaissez-
vous ce poème ?

— Oui, un peu. Je retire ce que j'ai dit. Il y a des
tableaux là-dedans !... Et, qui est-ce qui a séduit sa
fantaisie ?

— La description de la Mélancolie :

Les ailes repliées, comme celles d'un aigle puissant,
Mais trop faibles encore pour soulever le poids
De son orgueil et de sa force, nés de la terre...

Et un peu plus loin... Maisie, voulez-vous
préparer le thé, ma chère ?

Son front chargé de rêves et de pensées funestes,
Le trousseau de clés qu'elle porte, sa robe aux plis droits,

Nombreux, pressés et qui la font rigide,
Comme une cuirasse inflexible de métal bruni,
Ses pieds rudement chaussés, pour fouler toutes les fai-
[blesses...

La jeune fille, en poursuivant sa lecture, ne songeait même pas à dissimuler le mépris qu'exprimait sa voix traînante pour l'audace de Maisie, qui prétendait traduire en peinture le rêve du poète... Dick en fut frappé. Il ne put se retenir de l'interrompre.

— Mais, si je ne m'abuse, dit-il, cela a déjà été fait par un certain artiste... Oh ! bien obscur, qu'on appelait, il me semble, Albert Durer !... C'est comme si vous vouliez réécrire *Hamlet* après Shakespeare ! Vous perdez votre temps.

— Non, fit Maisie en posant brusquement les tasses sur la table, comme pour se donner du courage. Non ! je veux faire ce tableau, et je le ferai ! Ne voyez-vous pas comme cela peut être beau.

— Mais, malheureuse enfant, comment pourrait-on faire quoi que ce soit de bien avant d'avoir rien observé ? Le premier imbécile venu peut avoir une idée ; mais c'est du métier qu'il faut, pour la mettre à exécution... du métier et de la conscience. Il ne suffit pas de s'emballer sur un caprice passager.

Il parlait entre ses dents, avec une irritation à peine contenue.

— Vous n'y entendez rien, répondit tranquillement Maisie. Je suis sûre que je pourrai peindre une *Mélancolie.*

La voix imperturbable et railleuse de l'impressionniste continua derrière lui la citation :

Déçue et rebutée, elle travaille toujours ;
Brisée, l'âme malade, elle s'obstine encore,
Soutenue par son immuable volonté,
Ses mains modèleront des œuvres que son cerveau créera,
Et son chagrin lui-même s'appellera labeur...

— ...Je pense, conclut Dick, que Maisie a l'intention de se représenter elle-même sous cet aspect ?...

— Vous me voyez sans doute assise sur un amas de tableaux refusés, répondit Maisie avec aigreur. Eh bien, vous vous trompez ! C'est le sujet lui-même qui me séduit, c'est l'idée. Oh ! naturellement, cela vous étonne... Vous désapprouvez la peinture de genre, vous ! Et pour une bonne raison : c'est que vous ne sauriez en faire. Du sang, du carnage, des ossements brisés, voilà ce qu'il vous faut !

— Ah !... c'est un défi, cela, Maisie ! Eh bien, si vous êtes capable de faire une *Mélancolie* qui ne soit pas tout simplement une tête de femme pleurnicheuse, je vous déclare, moi, que je puis en faire une meilleure encore, et je la ferai !... D'abord, s'il vous plaît, que savez-vous de la mélancolie ?

Tandis qu'il parlait ainsi, avec une feinte tranquillité, Dick avait conscience qu'il réalisait à lui seul les trois quarts de la souffrance humaine.

— Voici comment je la conçois, répondit nettement la jeune fille : c'est une femme qui a beaucoup pleuré. Elle a subi toutes les tortures imaginables...

Alors, elle s'est mise à rire de tout... C'est cela que je peins et que j'envoie au Salon.

L'impressionniste se leva, en riant d'un rire contraint, et passa dans la pièce voisine.

Dick, abattu, désespéré, regardait maintenant Maisie avec une véritable humilité !

— Peu m'importe ce tableau, après tout, lui dit-il. Mais allez-vous réellement partir un mois plus tôt ?

— Il le faut bien, si je veux avoir le temps d'achever...

— Il n'y a donc au monde que cela qui vous intéresse ?

— Sans doute !... En voilà une question !

— Mais vous ne pourrez jamais exécuter une œuvre pareille !... Vous n'avez que des idées, des velléités, des petites inspirations bien courtes... Je me demande même comment vous avez pu, pendant dix ans, persévérer dans cette voie !... Alors, c'est bien vrai, dites ?... Vous allez partir, partir... un mois avant ?...

— Dame ! Il faut bien que je pense à mon travail !

— Bah ! Votre travail !... Non, pardon ! c'est bien, chérie ! C'est vrai, il faut que vous y pensiez... Allons !... Je crois que je vais vous dire adieu pour aujourd'hui.

— Déjà ! Vous ne restez pas pour prendre le thé ?...

— Non, merci... Permettez-moi de me retirer, Maisie... Vous n'avez pas besoin de moi, n'est-ce pas ?... Il n'y aurait que pour le dessin ; mais le dessin, cela n'a pas d'importance...

— Je voudrais que vous restiez pour me parler de mon tableau. Songez donc : quand une fois on tient un succès, cela rejaillit sur tout ce que l'on a fait auparavant. Je sais bien que j'ai peint de bonnes choses, déjà ; mais il faudrait qu'on les connût !... Je vous assure que vous avez été d'une impertinence bien inutile, tout à l'heure, et bien injuste !...

— J'en suis fâché, Maisie, je vous le jure. Mais il faut que je parte. Nous reparlerons de la *Mélancolie* un autre dimanche, si vous le voulez bien... Il y en a encore quatre, je crois, avant votre départ ?... Oui, un, deux, trois, quatre... Allons... Adieu, Maisie !

La jeune fille demeura toute songeuse, devant la fenêtre de l'atelier, jusqu'au retour des « cheveux rouges ».

L'impressionniste avait les lèvres un peu pâles, quand elle rentra.

— Dick est parti ! lui dit Maisie. Juste au moment où j'allais lui développer mon idée ! Au fond, il est très égoïste.

Sa compagne ouvrit la bouche comme pour répondre ; mais elle ne dit rien, sa figure redevint impénétrable, et elle se remit tranquillement à lire la *Cité de l'horrible nuit.*

Dick, cependant, faisait les cent pas autour d'un arbre, le confident qu'il s'était choisi depuis plusieurs dimanches. Il commença par proférer tous les jurons de sa connaissance ; puis lorsque la pauvreté de la langue anglaise en ce genre eut mis des bornes à son éloquence, il se rabattit sur l'arabe, qui fournit de précieuses ressources aux gens en colère. Voilà donc quelle était la récompense de son zèle, de ses attentions, de sa patience ! Mais aussi avait-il été assez sot !... Ah ! cette fois, il lui fallut quelque temps pour retrouver sa sereine confiance en l'infaillibilité de « la reine » !

— C'est jouer à qui perd gagne ! se disait-il. Dès qu'il lui pousse un caprice quelconque, je n'existe plus. C'est décidément la série noire. Au moins, dans un cas pareil, à Port-Saïd, on doublait l'enjeu, et l'on continuait ! Elle ! faire une *Mélancolie* ?... Elle ne saura ni la composer, ni la dessiner, ni la peindre !... Et elle est convaincue, au fond, qu'elle en sait plus long que moi... Eh bien, je lui prouverai que, même sur ce terrain-là, je puis la battre ! Mais à quoi bon ? Elle ne s'en apercevra même pas. Elle a décidé que je ne sais faire que des scènes de sang et de meurtre... C'est elle qui n'a pas de sang dans les veines !... Et pourtant, je l'aime, et je ne pourrai jamais m'empêcher de l'aimer... Allons ! je vais faire une *Mélancolie*, moi aussi, mais la vraie, celle qui défiera toutes les autres, et que seul je puis concevoir... C'est décidé, je m'y mets sans retard... Hélas ! mon Dieu, que cela me fait mal !...

Il s'aperçut bien vite que son idée première ne se développait pas. Il ne pouvait parvenir à délivrer son esprit de la hantise du départ de Maisie.

Il prit très peu d'intérêt aux ébauches de son tableau qu'elle lui montra la semaine suivante. Les dimanches s'envolaient un à un, et le jour approchait où toutes les cloches de Londres sonneraient en vain pour rappeler l'absente. Une fois ou deux il marmotta quelque plainte devant Binkie, au sujet de l'indifférence de certaines jeunes femmes ; mais le petit chien recevait tant de confidences de lui et de Torpenhow que ses oreilles en tulipe ne prenaient plus la peine d'écouter.

Dick eut la permission d'assister au départ des deux jeunes filles. Elles prenaient à Douvres le bateau de nuit... On était au mois de février, et elles ne comptaient revenir qu'en août. Tout cela, on l'avait expliqué devant lui avec une inconsciente cruauté. Maisie était si occupée à dépouiller la petite maison d'au delà du Park et à emballer ses toiles qu'elle n'avait plus même le temps de penser.

Dick se rendit à Douvres, où il passa toute une journée d'angoisse, formant des rêves fous et agitant en fin de compte une suprême question : « Maisie, au dernier moment, lui permettrait-elle de l'embrasser... rien qu'un peu... du bout des lèvres ?...

Certes, ce baiser-là, il pourrait bien le lui prendre ! Il pourrait la saisir et l'emporter, de son bras robuste, comme il avait vu faire jadis aux hommes du Bas-Soudân !... Mais elle se débattrait ; elle lui résisterait ; elle tournerait vers lui ses yeux gris, en disant : « Oh ! Dick, que vous êtes égoïste ! »...

Et alors, le courage lui manquerait... Non, décidé-ment, il valait mieux mendier cette caresse.

Maisie, quand elle parut, avait l'air plus embrassable que de coutume. Il la vit descendre du train de nuit, sur l'embarcadère balayé par le vent. Elle avait un manteau de pluie en étoffe grise et une petite casquette de voyage en drap de même couleur. L'impressionniste avait moins de charme. Ses yeux verts étaient creusés et ses lèvres sèches.

Dick, les malles hissées à bord, alla s'asseoir auprès de Maisie, dans l'obscurité, sous la passerelle du commandant. Les colis postaux s'engouffraient dans la cale, à grand fracas.

Les « cheveux rouges » regardaient.

— Vous allez avoir une mauvaise traversée, dit le jeune homme. Il fait du vent ce soir... Si je suis bien sage, me sera-t-il permis d'aller vous voir en France ?

— Oh ! non ; j'aurai trop à faire... D'ailleurs, si j'ai besoin de vous, je vous le ferai savoir. Je vous écrirai dès que je serai installée à Vitry-sur-Marne. J'aurai des quantités de choses à vous demander... Vous avez été si bon pour moi, Dick ! Si bon !....

— Merci de me parler ainsi, chère Maisie !... Mais, dites-moi, il n'y a toujours rien de changé, dans votre cœur ?...

— Je ne veux pas mentir... Non !... Rien, au moins comme vous l'entendez. Mais ne me croyez pas ingrate !...

— Au diable la reconnaissance ! fit Dick d'une

voix rauque, en détournant la tête, comme s'il eût voulu s'adresser au tambour de roue.

— A quoi bon vous créer des chimères ? poursuivit Maisie. Au point où nous en sommes, vous savez bien que je ruinerais votre vie, comme vous ruineriez la mienne. Vous rappelez-vous ce que vous me disiez dans le Park, le jour où vous étiez si fort en colère ?... « Il faudra qu'un de nous deux soit brisé. » Eh bien ! attendez jusque-là !...

— Non, mon amour !... je vous veux entière, heureuse, tout à moi.

Maisie baissa la tête :

— Mon pauvre Dick ! que puis-je vous dire ?

— ...Ne me dites plus rien. Donnez-moi seulement un baiser, Maisie, un seul ! Je vous jure que je n'en prendrai pas davantage. Vous pouvez bien faire cela, il me semble... quand ce ne serait que pour m'assurer de cette reconnaissance, dont vous parliez !

Maisie tendit la joue, et Dick prit sa récompense, dans l'obscurité. Ce ne fut qu'un baiser, en effet ; mais nul n'en avait stipulé la durée ; aussi fut-il un peu long... Maisie se dégagea, troublée, mécontente, et Dick resta tout honteux auprès d'elle, et brûlant de la tête aux pieds.

— Adieu, chérie ! dit-il. Je regrette de n'avoir pas été maître de moi : je vous ai fâchée, peut-être ? Adieu, portez-vous bien, et travaillez à force, surtout à la *Mélancolie* !... Je vais en faire une, moi aussi... Rappelez-moi au bon souvenir de Kami, et surtout faites bien attention à ce que vous boirez, là-bas : l'eau est toujours mauvaise, à la campagne ; mais en France, elle est pire. Écrivez-moi si vous avez besoin de quelque chose... Adieu !... Saluez aussi de ma part Mme ***, je ne me rappelle plus son nom... Vous ne voulez pas me permettre, dites, de vous embrasser encore une fois ? Non ? Vous ne voulez pas ? C'est bien, vous avez peut-être raison ! Adieu, Maisie...

Une bourrade l'avertit qu'il encombrait le passage. Il regagna l'embarcadère juste au moment où le bateau se mettait en marche, et il l'accompagna de son cœur.

— Dire que rien au monde ne nous sépare !... songeait-il, une fois seul sur le *pier*. Rien que son entêtement !... Ces bateaux pour Calais sont beaucoup trop petits ; il faudra que je dise à Torp de faire un article là-dessus... Voilà déjà que celui-ci commence à danser !...

Maisie était demeurée à la place où Dick venait de la quitter ; au bout d'un instant, elle entendit une petite toux nerveuse auprès d'elle. Les yeux de la jeune fille aux « cheveux rouges » brillaient d'une flamme mauvaise.

— Il vous a embrassée ! dit-elle. Comment avez-vous pu le lui permettre ? Ce n'est ni votre parent ni votre fiancé ; vous avez eu tort de lui accorder ce baiser ! Oh ! Maisie, descendons dans la cabine, je me sens mal à mon aise, je défaille !

— Nous n'avons pas encore dépassé les jetées... Descendez si vous voulez, chère ; moi, je reste ici. Je n'aime pas l'odeur des machines... Pauvre Dick !

Il méritait bien cet unique baiser... Mais je ne m'attendais pas à ce qu'il me fît si peur !

Dick fut de retour à Londres le lendemain matin juste pour l'heure du déjeuner. Il avait annoncé télégraphiquement son retour et donné ses ordres... Aussi, quelle ne fut pas sa surprise, en rentrant dans son atelier, de trouver le couvert mis, mais les assiettes vides !... Il éleva la voix pour se plaindre, comme l'ours de la fable, et vit entrer Torpenhow, l'ait tout penaud, qui lui dit :

— Chut ! ne faites pas de bruit. C'est moi qui ai pris votre déjeuner. Si vous voulez savoir pourquoi, suivez-moi.

Dick le suivit, tout surpris, et s'arrêta sur le seuil de l'autre chambre : sur le sofa de Torpenhow, une jeune fille dormait d'un profond sommeil. Son petit chapeau marin à bon marché, sa robe bleue et blanche trop légère pour la saison, et dont l'ourlet était souillé de boue, sa jaquette garnie d'une imitation d'astrakan et décousue aux entournures, son parapluie d'un shilling onze pence, et par-dessus tout l'usure lamentable de ses bottines de chevreau en disaient long sur sa condition sociale.

— Eh ! dites donc, mon vieux Torp, fit Dick, à quoi pensez-vous ? Il ne faut pas amener ici de ces filles-là ! Elles volent dans les chambres.

— Qu'est-ce que vous voulez, répondit Torp ; je conviens que celle-ci ne paie pas de mine ; mais, quand je suis rentré, après le déjeuner, elle m'a suivi dans la maison, en vacillant sur ses jambes.

D'abord, j'ai cru qu'elle était ivre ; mais elle tombait d'inanition, tout simplement... Vrai, je ne pouvais l'abandonner dans cet état ; je l'ai apportée ici et je lui ai donné votre déjeuner. Elle s'est endormie dès qu'elle en a mangé.

— Je connais ça !... Elle avait sans doute vécu de saucisses, elle aussi. C'est égal, Torp, vous auriez dû la remettre aux mains d'un policeman, pour lui apprendre à s'évanouir dans les maisons respectables. Pauvre petite diablesse ! Regardez-la, pendant qu'elle dort : il n'y a cependant pas un atome de vice dans ce visage ! De l'inconscience, seulement. Voyez : faiblesse, légèreté, bêtise, mollesse ! Un vrai type, cette tête-là ! Remarquez-vous que l'ossature du visage commence à se dessiner, à travers l'enveloppe des chairs ?

— Quel sang-froid cruel, Dick ! « Ne frappez pas une femme à terre !... » Ne pouvons-nous rien faire pour celle-ci ? Je vous assure qu'elle mourait positivement de faim. Elle est presque tombée dans mes bras, et quand je l'ai eu mise en face de la nourriture, elle s'est jetée dessus comme une bête fauve. Vrai, c'était douloureux !

— Je puis lui donner de l'argent, si vous voulez ; mais elle le dépensera probablement à boire !... Ah ! ça, va-t-elle dormir encore longtemps ?

La jeune fille ouvrit les yeux et dévisagea les deux hommes, avec un mélange de crainte et d'effronterie.

— Vous sentez-vous mieux ? questionna Torpenhow.

— Oui, merci ! Il n'y a pas beaucoup de messieurs aussi bons que vous, allez ! Merci.

— Depuis combien de temps avez-vous quitté votre service ? demanda Dick, qui avait remarqué ses mains rouges et gercées.

— Comment savez-vous que j'ai été en service ? C'est vrai : j'étais bonne à tout faire. Cela ne m'allait pas du tout.

— Et comment cela vous va-t-il d'être votre propre maîtresse ?

— Est-ce que j'ai l'air d'être contente ?

— Guère !... Attendez donc un moment : voulez-vous avoir l'obligeance de tourner la tête du côté de la fenêtre ?

La jeune fille obéit. Dick étudia sa figure avec une attention si aiguë qu'elle fit un mouvement comme pour se mettre sous la protection de Torpenhow.

— Les yeux sont bien, disait le peintre en arpentant la pièce. Ils sont même superbes et feraient mon affaire... Après tout, une tête, cela se résume tout entier dans les yeux. Cette fille me tombe du ciel pour remplacer... ce qui m'a été pris. Maintenant que mes semaines échapperont à ce supplice de l'attente, je pourrai peut-être travailler sérieusement. Evidemment, le modèle que voilà m'a été envoyé par la Providence ! Voulez-vous lever un peu le menton, s'il vous plaît ?

— Eh là ! doucement, mon vieux ! dit Torpenhow, qui voyait trembler la malheureuse ; doucement, vous effrayez la jeune personne !

— Ne le laissez pas me battre ! disait-elle... Oh ! qu'il doit être méchant, celui-là ! ne le laissez pas me battre ! J'ai déjà été frappée rudement, aujourd'hui, parce que je parlais à un homme !... Ne le laissez pas me regarder comme cela : il me semble que je n'ai plus rien sur moi et que ses yeux me déshabillent.

Les nerfs trop tendus de ce corps frêle cédèrent enfin ; elle se mit à pleurer comme un petit enfant, puis à crier... Dick se précipita vivement vers la fenêtre et l'ouvrit, Torpenhow en fit autant pour la porte.

— Voyons, voyons, fit doucement Dick, mon ami que voici peut appeler un agent de police et vous pouvez vous sauver par cette porte si vous voulez. Il n'y a donc pas de danger qu'on vous fasse aucun mal.

La jeune fille sanglota convulsivement pendant quelques instants ; puis elle essaya de rire.

— ...Personne, je vous le promets, ne vous tourmentera, continua Dick. Maintenant, écoutez-moi un peu. Je suis par profession ce qu'on appelle un artiste. Savez-vous ce que font les artistes ?

— Oui. Ils font des dessins à l'encre rouge et noire sur les étiquettes du Mont-de-Piété.

— Je veux vous croire, quoique personnellement je ne sois pas encore arrivé si haut !... Eh bien, donc, si ceux qui sont de l'Académie travaillent pour le Mont-de-Piété, moi, je voudrais dessiner votre tête.

— Pourquoi faire ?

— Parce qu'elle est jolie. Donc, c'est dit, vous viendrez tous les deux jours, à onze heures du matin, chez moi, dans la chambre qui est de l'autre côté du palier, et je vous donnerai trois guinées par semaine pour vous tenir tranquille et vous laisser regarder. Tenez : voici une guinée d'acompte.

— Une guinée pour rien, oh ! là ! là !

La jeune fille tournait la pièce entre ses doigts avec des larmes de joie.

— Et vous n'avez peur, ni l'un ni l'autre, que je vous refusse ?

— Non ! Il n'y a que les vilaines filles qui puissent agir ainsi. N'oubliez pas l'adresse !... Et, à propos, comment vous appelez-vous ?

— Bessie... Vous n'avez pas besoin du reste de mon nom, n'est-ce pas ? Bessie Broke, si vous y tenez... Et vous, quels sont vos noms ? Mais, non, ce n'est pas la peine de me les dire : on ne donne jamais le vrai.

Dick consulta Torpenhow du regard :

— Je m'appelle Heldar ; le nom de mon ami est Torpenhow. Il faut me promettre de revenir. Où demeurez-vous ?

— A South the Water ; une chambre, cinq shillings six pence par semaine. Vous ne vous moquez pas de moi, avec les trois guinées ?

— Vous verrez que non. Et, vous savez, Bessie, quand vous reviendrez ici, inutile de vous maquiller : cela ne vaut rien pour la peau, et, si vous y tenez absolument, j'ai ici toutes les couleurs dont vous pourrez avoir besoin.

Bessie se retira en se frottant les joues avec son mouchoir en loques. Les deux hommes se regardèrent.

— Vous êtes un brave garçon, dit Torpenhow.

— Je crains, au contraire, de n'avoir été qu'un nigaud. Ce n'est point notre affaire de chercher à réformer des Bessie Broke, et une femme de cette espèce ne devrait jamais entrer ici.

— Baste ! Elle ne reviendra peut-être pas !...

— Vous verrez bien ! Quand ce ne serait que pour manger et se chauffer à son aise. Je ne suis que trop certain de la revoir... Malheureusement ! Mais, vous savez, mon vieux, rappelez-vous que ce n'est pas une femme : c'est mon modèle. Soyez prudent.

— Quelle idée !... C'est un vicieux petit animal, une fille du ruisseau, rien de plus.

— Vous croyez cela, vous ! Attendez un peu qu'elle soit rassasiée, qu'elle n'ait plus l'angoisse affreuse de la misère, vous verrez ! C'est un genre de femmes qui se refait très vite, vous ne la reconnaîtrez plus dans dix ou quinze jours, quand cette terreur abjecte aura disparu de ses yeux. Elle ne sera que trop heureuse et trop souriante pour ce que j'en veux faire.

— Mais ce n'est donc pas seulement par bonté d'âme et pour m'obliger que vous la prenez ?

— Je n'ai pas l'habitude de jouer avec le feu pour obliger qui que ce soit. Cette fille, je vous l'ai dit, m'est envoyée pour m'aider à faire ma *Mélancolie*.

— C'est la première fois que j'entends parler de cette dame.

— A quoi bon avoir un ami, s'il faut lui faire signe pour qu'il regarde, et tout lui dire pour qu'il comprenne ?

Dick fit marcher Torpenhow d'un bout à l'autre de l'atelier, sans dire un mot ; puis, lui donnant un coup de coude dans les côtes :

— Ne voyez-vous donc pas ? L'abjecte futilité de Bessie ; la terreur de ses yeux ; puis, un ou deux détails de physionomie que j'ai eu récemment l'occasion de noter en étudiant l'expression de la douleur... Je ferai une étude de tout cela, dans un parti pris orange et noir, avec deux tons de chaque couleur... Mais je ne pourrai m'expliquer clairement l'estomac vide... Vous verrez ! vous verrez !

— Vous n'avez pas le sens commun ! Tenez-vous-en à vos soldats, Dick, au lieu de vous lancer dans vos études de têtes douloureuses et d'yeux terrifiés !

— Vous croyez ?...

Dick pirouetta sur ses talons en chantonnant, puis il s'assit et se mit à épancher son cœur dans une lettre de quatre pages, adressée à Maisie et toute pleine de conseils et d'encouragements.

Il se fit ensuite à lui-même le serment de consacrer tout son temps au travail dès le retour de Bessie.

La jeune fille fut exacte au rendez-vous. Elle arriva, sans fard, ni parure voyante et se montra d'abord timide tour à tour et effrontée. Lorsqu'elle eut compris qu'on ne lui demandait que de rester tranquillement assise, elle s'apprivoisa et se mit à critiquer l'installation de l'atelier, avec une grande liberté d'expressions et non sans à-propos. Elle jouissait de la chaleur, du confort, et tout en elle disait sa joie d'être à l'abri de la souffrance physique. Dick fit de sa tête deux ou trois études monochromes ; mais la véritable inspiration de la mélancolie ne venait pas.

— Dans quel taudis vous vivez ! dit Bessie quelques jours plus tard, quand elle se fut un peu familiarisée. Je suppose que vos habits et votre linge ne sont pas en meilleur état que vos meubles. Les hommes ne savent à quoi servent les boutons et les cordons.

— J'achète mes vêtements pour les porter, et je les porte jusqu'à ce qu'ils me quittent. J'ignore ce que fait Torpenhow.

Bessie se hâta de faire une incursion dans la chambre de ce dernier et en rapporta un paquet de chaussettes trouées.

— Je vais en raccommoder quelques-unes ici, dit-elle, et j'emporterai les autres. Vous savez, chez moi, je reste toute la journée assise à ne rien faire, comme une dame, et je ne voudrais pas plus parler aux autres filles dans la maison que si c'étaient des mouches. Je ne leur en cherche pas querelle ; mais je les remets à leur place, je vous en réponds, quand elles m'adressent la parole. Je verrouille ma porte ; alors elles ne peuvent plus m'injurier que par le trou de la serrure, et moi je puis tranquillement m'occuper à coudre. Je raccommoderai très bien les chaussettes de M. Torpenhow. C'est drôle, il les use par les deux bouts !

Dick écoutait son bavardage, en la considérant entre ses paupières mi-closes. Ainsi qu'il l'avait prédit, la bonne nourriture et le repos avaient déjà transformé la jeune fille. Il se disait :

— Comme elle est bien femme ! Elle a de moi trois souverains par semaine, autant d'égards que je puis lui en accorder, et, en outre, l'avantage de ma société; elle ne me raccommode pas mon linge ! De Torpenhow, elle n'a rien, qu'un signe de tête, de temps à autre, quand il la rencontre sur le palier : elle passerait sa journée à tirer l'aiguille pour lui !..

— Pourquoi me regardez-vous de cette façon ? dit-elle vivement. Cela me déplaît. Vous avez l'air méchant, quand vous faites ces yeux-là !... Je vous fais l'effet d'une pas grand'chose, hein ?

— Cela dépendra de votre conduite.

Bessie ne se conduisait pas mal. Seulement, il était difficile, après les séances de pose, de la renvoyer tout de suite au milieu des brouillards glacés de la rue... Elle préférait de beaucoup s'attarder dans l'atelier, assise sur une chaise, auprès du poêle, avec des chaussettes sur ses genoux pour excuser sa présence. Torpenhow ne tardait guère à rentrer, et elle se mettait alors à conter d'étranges histoires de sa vie passée, à donner quelques détails plus étranges encore sur sa nouvelle et meilleure condition. Elle se levait tout à coup pour faire le thé, comme si c'eût été sa fonction naturelle et son droit. Une fois ou deux, en de telles circonstances, Dick surprit le regard de Torpenhow fixé sur l'alerte petite personne, et, la présence de Bessie l'amenant inévitablement lui-même à souhaiter celle de Maisie, il lisait, comme en un livre ouvert, dans les pensées de son ami. N'avait-il pas remarqué déjà le soin extrême que la jeune fille prenait du linge de son premier protecteur ? Ne savait-il pas bien que, s'ils se parlaient rarement dans l'atelier, il leur arrivait souvent de causer ensemble sur le palier ?

— J'ai été un imbécile et un imprudent, se disait-il. J'aurais dû me souvenir de ce que représentent la lumière et la chaleur d'un foyer, pour le voyageur errant à travers une ville étrangère. Notre vie ici, même aux meilleurs moments, est solitaire, égoïste, quasi monacale... Comment ne céderait-on pas à la tentation de l'animer d'un sourire ?... Hélas ! Maisie n'y a jamais songé, elle !...

« Pourtant, concluait-il, impossible, maintenant, de renvoyer Bessie. Voilà le danger d'entreprendre : on ne sait plus où s'arrêter !

Un soir, après une séance prolongée jusqu'aux dernières limites du crépuscule, Dick fut tiré de l'assoupissement où il s'était abandonné par le son d'une voix suppliante s'élevant dans la chambre de Torpenhow. Il bondit de son siège. Il avait reconnu la voix et compris ce qu'elle disait.

— Que faire ? se demanda-t-il. Je ne puis cependant intervenir, me montrer !... Ce serait ridicule... Ah ! Binkie, sois béni !...

Le petit terrier venait d'ouvrir la porte de Torpenhow avec son nez et il accourait prendre possession de la chaise de Dick. La baie, entr'ouverte par lui, s'élargit insensiblement, et à travers le carré, Dick put distinguer, dans la pénombre, Bessie adressant à Torpenhow son ardente prière. Elle était à ses pieds, embrassant ses genoux et lui disait d'une voix rauque, toute changée :

— Je sais... je sais que c'est mal ce que je fais là ; mais vous avez été si bon, si bon ! Pourquoi ne me regardez-vous plus jamais ! J'ai eu tant de joie à repriser vos affaires !... Est-ce que je songe à vous épouser, moi ?... Vous savez bien que non !... Mais vous pourriez me prendre tout de même... Dites, voulez-vous ? Je serais Mademoiselle de la main gauche, en attendant Mademoiselle de la main droite, voilà tout ! Je voudrais user ma chair jusqu'aux os pour vous ! Et après tout, je ne suis pas trop laide, n'est-ce pas ?... Dites que vous voulez bien, je vous en prie !...

Dick reconnut à peine la voix de Torpenhow, répondant :

— Allons !... Soyez raisonnable, ma chère petite. C'est inutile. Je puis être rappelé d'un moment à l'autre, si une guerre éclate, et je serais forcé de partir.

— Eh bien, qu'est-ce que cela fait !... jusqu'à votre départ, alors !... Ah !... j'espère que je suis raisonnable, hein ? Jusqu'à ce que vous partiez !... Et vous verrez comme je sais bien faire la cuisine !...

Elle lui avait passé son bras autour du cou et attirait sa tête vers elle. Il balbutia :

— Jusque... jusqu'à mon départ...

— Torp ! cria Dick à travers le palier, en affermissant à grand'peine sa voix. Torp, venez donc un instant, mon vieux : il m'arrive un ennui... Pourvu qu'il m'entende ! se disait-il tout bas. Pourvu qu'il m'écoute !

Un cri qui ressemblait fort à un juron sortit des lèvres de Bessie. Dick lui faisait si peur qu'elle dégringola l'escalier, comme emportée par la panique. Il se passa quelques instants avant que Torpenhow entrât dans l'atelier. Quand il parut enfin, il s'approcha de la cheminée, enfouit sa tête entre ses bras et mugit comme un taureau blessé.

— De quoi vous mêlez-vous ? dit-il enfin.

— Je me mêle de quelque chose, moi ?... Votre bon sens ne suffit donc pas pour vous dire qu'il y a des folies qu'on ne fait pas ? Ah ! la tentation a été rude, n'est-ce pas, mon pauvre saint Antoine ! Mais vous voilà sauvé maintenant...

Le bon Torpenhow, tout piteux, répondit avec une sorte de contrition :

— Je n'aurais pas dû la regarder, allant et venant dans ces chambres comme si elle y était chez elle. C'est cela qui m'a bouleversé. Quand on vit seuls, comme nous, on a parfois la nostalgie de ces joies-là, n'est-il pas vrai ?...

— A la bonne heure ! Voilà que vous parlez comme il faut !... Mais, c'est égal, je ne crois pas que vous soyez encore en état de discuter froidement les avantages et désavantages de telles unions... Savez-vous ce que vous allez faire ?...

— Je ne m'en doute pas...

— Vous allez partir, vous distraire par un bon voyage d'agrément qui vous rendra le calme et la force. Allez à Brighton, à Scarborough, à Fraule-Point, voir passer des navires... Allez où vous voudrez, mais partez tout de suite. Est-ce que ce programme-là ne vous tente pas ?... Faites votre valise, je vous dis ! Moi, je me charge de Binkie. Je vous assure qu'il vaut mieux ne pas jouer contre le diable, quand c'est lui qui tient la banque. Il n'y a qu'une chose à faire : se sauver.

— Vous avez peut-être raison ; mais où aller ?

— Vous êtes correspondant spécial, et vous êtes embarrassé ?... Bouclez votre sac, vous verrez après !...

Une heure plus tard, Torpenhow était emmené en fiacre dans la nuit.

— Peut-être découvrirez-vous en route quelque jolie villégiature, lui disait le peintre pendant le trajet. Tenez ! allez d'abord à la gare d'Eustin. Cherchez de ce côté-là. Un bon conseil encore ! Grisez-vous un peu, ce soir !

Rentré chez lui, Dick ralluma plusieurs bougies, car il trouvait que l'atelier était plus noir encore que d'habitude : « Oh ! Jézabel, frivole petite Jézabel, se disait-il en pensant à Bessie, comme vous me haïrez demain !... Binkie, venez ici ».

Binkie aussitôt se roula devant lui, sur la carpette du foyer, et présenta son ventre rose et ses pattes pliées que Dick se mit à effleurer d'un pied distrait.

— ...J'ai dit qu'elle n'était pas immorale, mais seulement inconséquente et folle?... J'ai eu tort. Elle assurait tout à l'heure qu'elle sait faire la cuisine. Donc il y a préméditation... Tu entends, Binkie ?... Si tu es une femme et que tu te vantes, pour séduire ton prochain, de savoir faire la cuisine, tu iras en enfer !...

XI

— La vie n'est décidément pas drôle, se disait Dick, quelques jours plus tard. Torp est parti. Bessie me déteste, ma *Mélancolie* n'avance pas, les lettres de Maisie sont trop courtes... et je crois que j'ai une indigestion !... Binkie, sais-tu pourquoi l'on a des douleurs dans la tête et des taches devant les yeux ? Nous conseilles-tu des pilules, petit chien ?...

Dick venait d'essuyer une scène violente de Bessie. Elle lui reprochait, pour la cinquantième fois, d'avoir éloigné Torpenhow. Elle lui déclarait une haine éternelle et ne cachait pas que, si elle consentait encore à poser pour lui, c'était uniquement par amour de l'argent.

— Ah ! Torpenhow vaut cent fois mieux que vous, conclut-elle.

— Je n'en doute pas ! c'est pourquoi il est parti ; moi, je serais resté pour vous faire la cour.

— A moi ! me faire la cour ?... Je voudrais vous

y voir !... Si je ne craignais pas d'être pendue, je vous tuerais... Oui, je vous tuerais !... Vous ne me croyez pas ?

Dick sourit avec lassitude. Il est vraiment peu agréable de vivre dans la compagnie d'une idée de tableau qui ne se développe pas, d'un fox-terrier qui ne peut causer et d'une femme qui parle trop... Il allait répondre ; mais, au même moment, d'un angle de l'atelier, se déroula une sorte de voile de la gaze la plus trouble... Il se frotta les yeux ; mais le brouillard gris demeura...

— C'est décidément une honteuse indigestion, se dit-il. Binkie, nous irons chez le médecin. Nous n'avons pas le droit de négliger nos yeux : ils sont notre gagne-pain, et ils nous permettent d'acheter des os de côtelettes pour les petits chiens...

Le docteur, un affable médecin de quartier, aux cheveux blancs, ne se prononça pas, jusqu'à ce que Dick eût commencé à décrire le brouillard gris de son atelier.

— Nous avons tous besoin, de temps en temps, d'une petite inspection et de quelque raccommodage, gazouilla-t-il alors. Tout comme un navire, mon cher monsieur ! tout comme un navire. Quelquefois, c'est la coque où il faut radouber une cloison : nous consultons le chirurgien. D'autres fois, c'est le gréement : alors, je donne mon avis. Quand c'est la machine, il faut aller chez un spécialiste pour les affections du cerveau... Mais, si c'est la vigie du pont qui fait défaut, le plus simple est de voir un ocu-

liste... Je vous conseillerais de voir un oculiste.
Une petite réparation de temps à autre, monsieur,
voilà ce qui est nécessaire, indispensable. Voyez un
oculiste !...

Dick alla chez un oculiste, le meilleur de Londres.
Il y alla, persuadé que ce médecin de quartier
radotait et préoccupé surtout de ce que penserait
de lui Maisie, si par hasard on l'obligeait à porter
des lunettes.

— Vois-tu, Binkie, disait-il en route, j'ai trop longtemps négligé les avertissements de Monseigneur
l'Estomac : de là ces taches devant mes yeux.

Au moment où il traversait le vestibule obscur
qui conduisait au salon d'attente, un homme le
heurta. Dick entrevit le visage de cet homme lorsque
la lumière de la rue vint l'éclairer.

— Voilà le type de l'écrivain, pensa-t-il. C'est le
même front que Torpenhow. Comme il a l'air défait !
Il vient sans doute apprendre ici quelque fâcheuse
nouvelle.

A cette idée, une peur véritable l'assaillit, une
peur qui suspendit son souffle au moment où il
entrait dans le salon. C'était une grande pièce
garnie de meubles sculptés et massifs, aux murs
tendus de vert et décorés de gravures parfois rehaus-
sées de couleurs. Il reconnut la reproduction d'un
de ses tableaux.

Beaucoup de gens attendaient leur tour et devaient
passer avant lui. Son regard fut attiré par un recueil
de cantiques de Noël, d'un rouge flamboyant frappé
d'or. Il devait venir des petits enfants, chez cet

oculiste, et c'était pour eux, sans doute, ces livres naïfs imprimés en gros caractères.

— C'est du mauvais art païen, se dit-il en prenant un de ces volumes. A en juger par l'anatomie des anges, cela doit avoir été fait en Allemagne.

Il tourna les pages ; une strophe tirée à l'encre rouge lui sauta aux yeux :

> *L'autre joie divine de Marie,*
> *Sa joie sans égale,*
> *Ce fut de voir son bon fils Jésus-Christ,*
> *Rendre la vue aux aveugles...*

Dick lut et relut ces vers et les suivants, jusqu'au moment où l'on vint l'appeler à son tour...

Le docteur se pencha sur lui, après l'avoir fait asseoir dans un fauteuil. La flamme d'un microscope à gaz, projetée par reflet jusqu'au fond de ses yeux, le fit frissonner. La main de l'homme de l'art toucha sur son crâne la cicatrice du coup de sabre reçu au Soudan, et Dick expliqua brièvement dans quelles conditions il avait été blessé. Quand il fut délivré de la clarté aveuglante de l'instrument, il revit le visage du docteur, et son angoisse le ressaisit. L'oracle qu'il attendait fut d'abord enveloppé dans une nuée de précautions oratoires. Dick entendit les mots de « cicatrice, os frontal, nerf optique, extrêmes précautions »... « éviter toute anxiété mentale »...

— Le verdict ?... demanda-t-il d'une voix étranglée. Je suis peintre, et j'ai besoin de travailler. Qu'augurez-vous de moi ?

La réponse fut encore noyée dans un océan de paroles ; mais cette fois elle avait un sens précis.

— Pouvez-vous me donner quelque chose à boire ? demanda le patient.

Maintes sentences avaient été prononcées dans cette triste chambre, et plus d'un des malheureux qui s'y étaient assis avait éprouvé sans doute le besoin d'un cordial : Dick trouva un verre de brandy sous sa main.

— Si j'ai bien compris, fit-il en toussant après avoir bu, je suis menacé d'une paralysie du nerf optique, ou de quelque chose d'analogue ?... C'est-à-dire que je suis frappé sans espoir de guérison ?... Quelle est la limite du temps dont je dispose... dont je puis disposer en évitant tout excès de fatigue, toute contrariété ?

— Peut-être une année...

— Mon Dieu !... Et si je ne prends pas garde ?

— Je ne puis vous dire au juste... Il est difficile de mesurer exactement la gravité de ce coup de sabre. Votre cicatrice est déjà ancienne, et vous êtes longtemps demeuré exposé à la vive lumière du désert... En outre, votre application excessive à un travail minutieux... Tout cela fait qu'il est difficile de préciser le délai...

— Je vous remercie, monsieur !... Voulez-vous me permettre de demeurer un instant assis, avant de repartir ?... Je vous demande pardon, mais j'étais si loin de m'attendre.. Vous avez été parfaitement bon de me dire la vérité... Merci !

Dick descendit dans la rue, où Binkie l'accueillit avec des démonstrations de joie.

— Nous avons appris de mauvaises nouvelles, petit chien, lui dit-il, aussi mauvaises que possible. Allons dans le Park pour réfléchir.

Ils se dirigèrent vers un certain arbre bien connu du jeune homme et près duquel il s'assit, car ses jambes tremblaient, et il avait une sensation de froid au creux de la poitrine.

— Comment cela peut-il venir ainsi, sans avertissement ?... C'est aussi brutal qu'une fusillade !... La mort sans phrases, Binkie, la mort vivante !... Dans un an, à la condition encore d'être très prudent pendant cette année-là, nous serons plongés dans l'obscurité, nous ne verrons plus personne et nous n'aurons plus rien de ce que nous désirons... dussions-nous vivre cent ans !...

Binkie frétilla gaiement de la queue.

— Il faut y penser, Binkie !... Voyons un peu ce que l'on éprouve quand on est aveugle ?

Il ferma les yeux : des virgules de flammes, des taches lumineuses flottèrent aussitôt sous ses paupières. Cependant, quand il les releva pour regarder à travers le Park, le champ de sa vision ne lui parut pas diminué. Il voyait parfaitement... Puis il eut soudain devant ses prunelles comme des gerbes jaillissantes de feux d'artifice.

— Petit chien, nous ne sommes pas bien du tout ! Il faut rentrer chez nous !... Si Torp pouvait revenir, maintenant !

Mais Torpenhow parcourait les pays du sud de

l'Angleterre. Il visitait des docks avec l'Antilope, et ses lettres brèves étaient pleines de réticences.

Dick n'avait jamais recherché la sympathie de personne, dans ses joies ni dans ses chagrins ; il comprit, d'ailleurs, dans la solitude de son atelier, désormais décoré d'un lambeau de gaze grise tendu de tous les côtés où se portait son regard, que, si le sort le condamnait à la cécité, tous les Torpenhow du monde ne le sauveraient pas.

— Et puis, se disait-il, comment le faire revenir pour le condamner à s'asseoir à mes côtés et à me plaindre ?... Non, cela ne regarde que moi. A moi de me tirer d'affaire tout seul !

Couché sur le sofa, il se demandait en rongeant sa moustache à quoi ressemblait l'obscurité de sa nuit. Sa mémoire lui retraça tout à coup une scène affreuse et bizarre de la campagne du Soudan. Un soldat avait eu le haut du corps presque fendu en deux par un coup terrible d'une large épée arabe. Pendant un moment le malheureux parut ne ressentir aucun mal ; mais, en se baissant, il vit couler à terre tout le sang de sa vie... L'étonnement stupide qui se peignit alors sur son visage fut d'un comique si intense que Dick et Torpenhow, quoiqu'ils sortissent à peine d'une lutte désespérée pour défendre leur propre existence, éclatèrent d'un rire cruel et bruyant, auquel l'homme lui-même sembla un moment vouloir se joindre. Alors ses lèvres s'écartèrent pour une grimace hébétée qui ne s'acheva pas, car l'agonie foudroyante le saisit et l'abattit, râlant, à leurs pieds.

Le même rire qu'autrefois secoua les nerfs de Dick à ce souvenir, et il se dit que pour lui aussi la stupide surprise du coup reçu allait s'évanouir dans la nuit.

— Mais au moins, conclut-il, j'ai un peu plus de temps devant moi.

Il se mit à marcher à travers l'atelier, d'un pas d'abord tranquille, mais que l'énervement et l'angoisse rendirent bientôt rapide et violent, semblable à une fuite. C'était comme si une ombre noire, debout à son côté, l'eût poussé en avant, et des cercles s'entrelaçaient, des têtes d'épingles passaient et repassaient devant ses yeux.

— Du calme, Binkie ! du calme ! — Il parlait tout haut pour se donner du courage. — Qu'est-ce que nous allons faire ? car il faut faire quelque chose ; nous n'avons plus beaucoup de temps devant nous ! Je ne m'en doutais guère ce matin ; mais, à présent, nous savons à quoi nous en tenir. N'est-ce pas, Binkie ? Où se trouva Moïse, quand la lumière se fut éteinte ? Il se trouva dans le noir...

Binkie sourit d'une oreille à l'autre, comme un terrier bien élevé, mais il ne répondit rien.

— Si nous avions devant nous beaucoup de temps et d'espace, ce ne serait déjà pas un crime d'avoir peur. Qu'en dis-tu, mon petit chien ?... Mais il me semble que j'entends derrière mon dos l'affreuse poursuite...

Il essuya son front couvert d'une sueur glacée.

— Que faire, mon Dieu ?... Toutes mes idées ont fui ; impossible de les retenir, impossible de raisonner ! Mais je deviendrai fou, moi, si je ne fais pas quelque chose, tout de suite...

La promenade fiévreuse recommença. De temps en temps, il l'interrompit pour aller chercher quelque toile depuis longtemps négligée, ou de vieux albums. D'instinct, il se tournait vers son travail comme vers le secours, vers le refuge assuré.

Le jour tombait : Dick se crut un instant enveloppé à l'improviste et pour jamais par le crépuscule des aveugles.

— Allah tout puissant, s'écria-t-il désespéré, aide-moi à passer les jours d'attente, et je ne gémirai pas quand viendra le châtiment ! Mais que faire, hélas ! avant que la lumière s'éteigne ?...

Rien ne répondit. Dick s'efforça de reprendre un peu d'empire sur lui-même... Ses mains tremblaient, ces mêmes mains dont la fermeté avait fait son orgueil ! Ses dents s'entre-choquaient, la sueur mouillait son visage, la peur le fouaillait... Il sentait le désir ar t de se mettre au travail, d'accomplir une   e quelconque ; mais son cerveau vide d'idées le laissait inerte, impuissant, et il ne savait que répéter sans trêve : « Je vais devenir aveugle ! »

— Allons ! se dit-il enfin, c'est honteux. Si Torp me voyait !... Quel bonheur qu'il ne soit pas ici !... Et le docteur qui m'ordonne de fuir toute excitation mentale... Viens, mon Binkie, viens que je te caresse.

Le petit chien glapit, à moitié étouffé par d'inconscientes étreintes ; puis, comme Dick recommençait à parler tout haut, dans l'obscurité, il comprit, en animal intelligent, qu'il n'avait plus rien à craindre, et il se tint tranquille.

— Allah est bon, Binkie... peut-être pas autant que nous pourrions le désirer ; mais attendons la suite. Je crois que je vois ma route, maintenant. Toutes ces études que j'ai faites de la tête de Bessie ne valent rien. Elles m'ont troublé. Je tiens mon idée, à présent ; elle est claire comme du cristal. La *Mélancolie* que j'imagine désormais dépasse toute conception. Il y aura un peu de Maisie, dans cette figure-là, car Maisie, qui ne se donnera jamais, fait partie de ma tristesse. Il y aura quelque chose de Bessie également, car elle connaît la mélancolie, sans s'en douter. Et cela sera dessiné ; et l'œuvre s'achèvera dans un éclat de rire... Oui, la toile retracera et me jettera au visage cette grimace de moquerie ou de douleur qu'on appelle le rire, et quiconque le verra, homme ou femme, pour peu qu'il ait un chagrin dans sa vie, « comprendra son langage », comme dit le poète, « et sentira devant elle la solidarité du désespoir »... Oui, cela vaudra mieux que de m'obstiner à une simple gageure pour humilier Maisie. Je le ferai bien, mon tableau, maintenant, car je le vois... je le vois !...

Attends un peu, Binkie, tu vas me servir d'augure : viens ici, que je te suspende par la queue.

Binkie se laissa balancer, la tête en bas, pendant une minute, sans souffler.

— ...Tu es un brave petit chien : tu ne cries pas quand on te suspend. C'est un bon présage.

Binkie remonta sur sa chaise et, chaque fois qu'il leva les yeux, pendant les heures qui suivirent, il vit son maître se promener à travers l'atelier, en se frottant les mains et en riant.

Ce même soir, Dick écrivit à Maisie une lettre toute pleine de la plus ardente sollicitude pour sa santé ; il ne dit rien de lui-même et alla se coucher pour revoir en songe la *Mélancolie* à venir.

Ce fut le lendemain seulement qu'il se ressouvint du malheur menaçant.

Il se mit à la besogne en sifflotant, repris tout entier par cette joie pure et claire de la création, joie rarement accordée à l'homme, afin sans doute qu'il ne s'égale pas à Dieu et qu'il ne refuse point de mourir à l'heure prescrite. Il oublia tout : et Maisie, et Torpenhow, et Binkie, accroupi à ses pieds ; mais il ne se fit point faute de taquiner Bessie et de l'amener par degrés à la plus furieuse colère — ce qui n'était pas, au surplus, très difficile — afin d'observer attentivement ses yeux chargés d'éclairs. Il se jeta dans le travail, à corps perdu, et ne vivant plus que dans son rêve, il oublia le sort qui l'attendait. Les choses de ce monde le laissaient indifférent.

— Vous avez l'air content aujourd'hui, dit Bessie.

Dick, du bout de son appuie-main, décrivit en l'air des cercles mystiques, puis il alla se rafraîchir au buffet. Il y retourna vers la fin de la journée, quand se fut calmée l'excitation première, et, après quelques libations, il demeura convaincu de l'erreur ou du mensonge proféré par l'oculiste, car il y voyait très bien !... Rien, semblait-il, ne pouvait l'empêcher de se créer bientôt un foyer dont Maisie, bon gré mal gré, serait la souveraine...

Le lendemain matin, son humeur s'obscurcit de nouveau ; mais les carafons de liqueur étaient là pour le réconforter. Il se remit à l'ouvrage. Ses yeux, à la vérité, retrouvèrent devant eux des taches grises, des traits mobiles, des lueurs vagues ; alors il prit le parti de recourir encore aux flacons et la *Mélancolie* reparut plus belle que jamais sur la toile et dans son imagination. Il éprouvait un délicieux sentiment d'irresponsabilité, semblable à un homme qui, vivant au milieu de ses semblables, saurait quelle sentence de mort pèse sur lui et qui jouirait avidement de ses dernières heures, au lieu de les gaspiller en de vaines et stériles terreurs.

Les jours se succédaient sans incidents. Bessie venait ponctuellement. Sa voix, quand elle parlait, sonnait aux oreilles de Dick comme une lointaine rumeur, mais son visage était toujours à portée des yeux qui l'étudiaient. La *Mélancolie* commençait à jaillir de la toile, évoquant l'idée d'une femme qui a connu toute la souffrance humaine et qui en rit... Cependant les coins de l'atelier se drapaient de plus en plus de voiles gris et se noyaient dans l'obscurité. Les taches se multipliaient devant les yeux condamnés, et les douleurs de tête allaient croissant. Les lettres de Maisie devenaient difficiles à lire, et les réponses coûtaient une peine infinie à écrire. Dick ne parlait jamais de son malheur à la chère absente, et il s'abstenait de toute allusion au tableau qu'elle achevait, disait-elle, là-bas !...

Les jours de labeur acharné, les nuits de rêves affolants le consolaient de tout. Son buffet était le meilleur ami qu'il eût maintenant sur la terre...

Quant à Bessie, elle était devenue insupportable. Elle poussait des cris de fureur quand il la contemplait longuement à travers ses paupières mi-closes. Elle boudait ou le regardait avec dégoût. Elle parlait à peine.

Torpenhow était absent depuis six semaines. Un billet incompréhensible annonça son retour : « Nouvelles, grandes nouvelles ! écrivait-il. L'Antilope est au courant ; Kenen aussi. Nous rentrons tous jeudi. Préparez à déjeuner et nettoyez votre équipement. »

Dick montra la lettre à Bessie qui saisit cette occasion de rééditer à son adresse toutes les injures qu'il méritait pour avoir fait partir Torpenhow. Il avait ainsi, disait-elle, ruiné sa vie.

— Allons donc ! répliqua-t-il brutalement. Vous êtes mieux ici qu'à vous galvauder dans la rue avec des brutes ivres.

— De quoi parlez-vous ? fit-elle. Je ne vois pas la différence. Je pose maintenant pour une « brute ivre » dans un atelier. Voilà trois semaines que vous ne dégrisez pas ! C'est vous, alcoolisé comme vous êtes, qui prétendez valoir mieux que moi ?

— Que voulez-vous dire ?...

— Vous verrez, vous verrez, quand M. Torpenhow reviendra !

Il n'eut pas longtemps à attendre. Torpenhow rencontra Bessie dans l'escalier, sans laisser voir la moindre émotion : il apportait des nouvelles un peu plus importantes à ses yeux que plusieurs Bessies à la fois. Kenen et l'Antilope montaient bruyamment derrière lui en appelant Dick à haute voix.

— Ah ! Il est dans un bel état, votre Dick ! fit Bessie. Il boit comme une outre. Il y a un mois qu'il est ivre.

Elle suivit furtivement les trois hommes pour assister à l'entrevue.

Ils pénétrèrent dans l'atelier, parlant gaiement tous à la fois, et furent reçus avec des démonstrations exagérées, par un misérable aux traits tirés, hâve, ridé, qui avait les yeux hagards, la barbe longue... Une pâleur bleuâtre cerclait ses narines ; ses épaules se courbaient ; ses yeux avaient un incessant clignotement de la paupière inférieure. L'alcool avait fait son œuvre, aussi vite et aussi bien que Dick accomplissait la sienne.

— C'est vous, ça ? dit Torpenhow.

— Oui. C'est tout ce qui reste de moi. Asseyez-vous. Binkie va bien, et j'ai fait de bonne besogne.

Il vacillait sur ses jambes.

— Vous avez fait la pire besogne de votre vie, malheureux ! Vous...

Torpenhow tourna vers ses camarades un regard suppliant ; ils quittèrent l'atelier pour aller déjeuner ailleurs. Après leur départ, il parla ; mais, comme le reproche d'un ami est chose beaucoup trop intime, trop sacrée pour qu'on l'imprime ; comme d'ailleurs Torpenhow employa des figures et des métaphores plutôt inconvenantes et exprima un mépris intraduisible, on ne saura jamais ce qu'il dit au malheureux Dick. Celui-ci l'écoutait, les yeux clignotants et, de ses pauvres mains tremblantes, prenant celle de l'ami mécontent... Au bout d'un moment, il éprouva cependant le besoin de relever un peu la tête et de se défendre. Il était sûr de n'avoir rien fait de mal ni de honteux, et Torpenhow allait bien le voir !...

Il se leva, fit un effort pour redresser son buste courbé ; puis, se tournant vers ce visage familier que bientôt il ne pourrait plus reconnaître.

— Vous avez raison, dit-il ; mais, moi aussi, j'ai quelque chose à vous apprendre. Après votre départ, j'ai eu des ennuis avec mes yeux... J'ai été consulter un oculiste qui m'a mis un gazogène... Non ! je veux dire un microscope à gaz dans l'œil... Il y a déjà longtemps de cela ! Il me dit, après m'avoir examiné : « Cicatrice à la tête... coup de sabre... nerf optique... » Bref, il paraît que je vais devenir aveugle !... Mais, moi, j'ai un travail à faire, avant de perdre la vue ; j'y tiens beaucoup à ce travail, et j'en ai bien le droit, n'est-ce pas ? Je n'y vois déjà plus beaucoup ; mais quand j'ai bu, mes yeux revivent... Alors, on a dit que je me grisais : vraiment, je ne m'en étais pas aperçu ! Je ne buvais que pour achever mon tableau... Tenez ! si vous voulez le voir, regardez !

Torpenhow ne répondit rien. Devant son attitude grave et son silence, Dick eut un faible gémissement. Était-ce l'émotion que lui causait le retour de son ami ?... Était-ce la confusion, le chagrin que lui inspirait son avilissement ?... Mais était-il vraiment avili ? N'était-ce pas plutôt la plainte d'une vanité enfantine blessée par l'indifférence ! Torpenhow n'avait pas eu un mot d'éloge pour sa merveilleuse toile...

Bessie, un peu plus tard, mit son œil au trou de la serrure et vit les deux hommes qui se promenaient comme à leur ordinaire, dans l'atelier, Torpenhow la main sur l'épaule de Dick. Là-dessus, elle fit une exclamation si grossière que Binkie lui-même en fut choqué, lui qui attendait en bavant patiemment, assis au milieu du palier, qu'il lui fût permis de saluer son maître.

XII

Trois jours plus tard, Torpenhow, le cœur pesant de chagrin, disait à Dick :

— Alors, vous prétendez que vous n'y voyez plus assez pour peindre sans whisky ? C'est généralement le contraire qui se produit.

— Pensez-vous qu'un ivrogne puisse jurer sur son honneur ? demanda Dick.

— Oui, s'il a toujours été honnête homme.

— Eh bien, je vous en donne ma parole d'honneur ! Songez donc, mon vieux Torp, que je distingue à peine votre figure, maintenant ! Il y a deux jours que je suis sobre, parce que vous m'y contraignez : je n'ai rien bu ; mais je n'ai rien pu faire non plus ! Ne soyez pas aussi sévère, mon ami ! Les taches augmentent devant moi... Pour combien de temps encore ai-je mes yeux ? Je n'en sais rien. Accordez-moi trois jours, trois séances avec Bessie, et laissez-moi boire comme je voudrai : mon tableau sera fini. Vous n'avez pas peur que je me tue en trois jours, n'est-ce pas ?... Tout au plus me donnerai-je un accès de *delirium tremens*... Mais vous obtiendrez bien, alors, de l'Antilope qu'il vous aide à me renverser et à me ligoter !... Ce n'est pas pour le whisky, allez, que je vous demande cela : c'est pour mon tableau...

— Continuez donc, malheureux ! je vous donne trois jours ; mais cela me brise le cœur...

Dick se remit au travail avec fureur. Le démon jaune du whisky lui tenait compagnie et chassait les taches noires de ses yeux. La *Mélancolie* s'achevait, réalisant son rêve presque à la perfection. Il plaisantait avec Bessie ; mais la jeune fille lui répondait avec mépris. Il n'en était nullement ému.

— Vous ne pouvez comprendre cela, Bess, lui disait-il, nous sommes en vue de la Terre promise; bientôt, nous pourrons nous reposer en songeant à l'œuvre accomplie. Je vous donnerai le prix de trois mois de pose, quand j'aurai fini, et si j'ai plus tard besoin de vous... Mais ne parlons pas de cela !... Est-ce que vous ne me détesterez pas un peu moins, si je vous donne ces trois mois de gages ?

— Non, certes ! je vous hais... et cela ne changera jamais. M. Torpenhow ne me regarde même plus. Vous devez être satisfait, hein ?... Il passe son temps à consulter des cartes ou des livres reliés en rouge.

Ce que Bessie ne disait pas, c'est qu'elle avait de nouveau entrepris la conquête de Torpenhow et que celui-ci, à la fin d'une des scènes de passion qu'elle lui jouait, l'avait tranquillement embrassée, puis mise à la porte, en lui recommandant de ne pas faire la petite sotte. Il passait presque toutes ses journées avec l'Antilope, à discuter les probabilités d'une guerre très prochaine, à étudier les moyens de transport et à se rendre compte des préparatifs qui se poursuivaient en secret dans les arsenaux et dans les docks. Il ne voulait pas revoir Dick avant les trois jours écoulés et son tableau fini.

— Savez-vous bien, dit-il à l'Antilope, que sa peinture est de premier ordre et tout à fait en dehors de sa manière habituelle... Mais, hélas ! son ivresse, elle aussi, est extraordinaire.

— Qu'importe ! laissez-le tranquille. Quand il aura recouvré la raison, nous l'emmènerons d'ici pour lui faire respirer de l'air pur. Pauvre Dick ! Je n'envie pas votre sort, Torp, quand il n'y verra plus !...

— Le pis est que nous ne savons quand cela viendra. C'est probablement cette angoisse effrayante qui, plus que tout le reste, l'a poussé à boire. L'Arabe qui lui a fendu la tête rirait bien s'il savait !...

— Il peut rire tant qu'il voudra : il est mort !... Mais c'est une piètre consolation.

Dans l'après-midi du troisième jour, Torpenhow s'entendit appeler par Dick.

— C'est fait ! criait-il. J'ai fini. Entrez, Torp ! N'est-ce pas qu'elle est belle ? N'est-ce pas qu'elle est adorable ?... Ah ! je suis allé la chercher en enfer, mais avouez qu'elle en vaut la peine ?

Torpenhow vit le portrait d'une femme qui riait, d'une femme aux yeux profonds, aux lèvres sensuelles. Son rire éclatait sur la toile, dans la note étrange et puissante où Dick avait voulu qu'elle rît.

— Qui vous a inspiré cela ? demanda Torpenhow. Ni l'idée ni la forme ne ressemblent à ce que vous avez fait auparavant. Quel visage ! Quels yeux ? Quelle insolence !

Involontairement, il rejeta la tête en arrière et se mit à rire avec la même expression que le mystérieux modèle.

— Elle a joué jusqu'au bout, au jeu de la vie, jamais elle n'y a gagné, et maintenant elle s'en moque. Est-ce bien cela que vous avez voulu exprimer ?...

— Parfaitement cela.

— Mais où donc avez-vous pris la bouche et le menton ? Ce ne sont pas ceux de Bessie.

— Ils sont... à quelque autre... Mais est-ce beau, dites ? Est-ce terriblement beau ? Cela valait-il la peine de me griser ?... J'ai fait cela, moi ! Oui, oui ! je l'ai fait tout seul, je l'ai créé !...

Il eut un profond soupir et murmura :

— Dieu juste ! si je suis capable de faire cela

aujourd'hui, que ne ferais-je pas dans dix ans ?... A propos, Bessie, dites-nous ce que vous en pensez, vous ?

La jeune fille se mordait les lèvres, furieuse de l'indifférence de Torpenhow, qui ne l'avait même pas regardée.

— C'est la plus laide et la plus répugnante chose que j'aie jamais vue, dit-elle en se détournant.

— Hé ! elle ne sera pas seule de cet avis, Dick ! Cette tête-là exerce une sorte de suggestion criminelle. Je dois même dire qu'il y a, dans le mouvement du buste, quelque chose de perfide et pour ainsi dire de vipérin, que je ne m'explique pas...

— C'est un truc ! s'écria Dick ravi d'être si bien compris. Je n'ai pu résister à la tentation d'employer un artifice que j'avais appris en France. Inutile de vous en donner le détail : vous ne pourriez comprendre... Sachez seulement qu'on obtient l'effet voulu en faisant un peu tourner la tête sur elle-même, et pour cela en raccourcissant très légèrement un côté du visage, de l'angle du menton à l'extrémité de l'oreille gauche. Après quoi l'on accentue l'ombre sous le lobe de l'oreille. C'est une ficelle de métier, tout au plus ; mais comme mon idée était fixée, je me suis cru autorisé à en jouer. Oh ! ma beauté ! ajouta-t-il en contemplant son œuvre.

— *Amen* ! fit Torpenhow c'est une beauté, j'en conviens, je le proclame même !

— Ainsi fera tout homme qui a souffert, conclut

Dick en se frappant la cuisse, dans un emportement de joie orgueilleuse, car cet homme retrouvera là son chagrin, quel qu'il soit, et, par le roi Henri ! au moment où il sera tenté de s'apitoyer sur lui-même, il rejettera la tête en arrière et se mettra à rire... comme elle !... En elle, voyez-vous, j'ai mis la vie de mon cœur et la lumière de mes yeux. Advienne que pourra, maintenant !... Je me sens las, abominablement las !... Je crois que je vais dormir. Emportez le whisky, Torp : il a fait son temps, et comptez, s'il vous plaît, à Bessie trente-six guinées, et trois autres, par-dessus le marché, pour lui porter bonheur... Couvrez le tableau !...

Il se renversa sur la chaise longue, le visage livide, l'air égaré... Sa phrase était à peine achevée qu'il dormait déjà.

Bessie essaya de prendre la main de Torpenhow.

— Ne me parlerez-vous jamais plus ? demanda-t-elle.

Mais Torpenhow regardait Dick endormi.

— Quel orgueil démesuré ! se disait-il. Dès demain, je vais m'occuper de lui et tâcher de le corriger. Cher garçon, il en vaut la peine... Quoi? Qu'y a-t-il, Bessie ?

— Rien... rien : je veux seulement remettre un peu d'ordre ici avant de partir. Pouvez-vous me donner tout de suite ces trois mois de gages ? Il vous a dit de me les donner.

Torpenhow remplit un chèque, le lui tendit et rentra dans sa chambre

Bessie remit tout à sa place dans l'atelier, comme

elle l'avait promis ; elle ouvrit la porte toute grande, pour que rien ne l'arrêtât dans sa fuite... Elle versa la moitié d'une bouteille d'essence de térébenthine sur un chiffon et se mit à frotter rageusement la figure de la *Mélancolie*. Comme la peinture ne se brouillait pas assez vite, elle prit un couteau à palette et gratta la toile dans tous les sens, passant ensuite son chiffon humide sur chaque sillon tracé dans la couleur. En cinq minutes, le tableau, tout hachuré, ne fut plus qu'un informe mélange de tons innommables. Alors elle jeta le linge souillé dans le poêle de l'atelier, tira la langue au dormeur, en murmurant : « Roulé ! » puis descendit l'escalier en courant. Elle ne reverrait plus jamais Torpenhow ; mais, du moins, elle aurait fait tout le mal possible à l'homme qui avait mis obstacle à sa fantaisie et qui la raillait sans cesse. Toucher, par-dessus le marché, l'argent de cet homme, c'était pour Bessie le charme suprême de la farce.

Et la petite misérable traversa la Tamise pour aller se perdre dans les grisailles de South the Water.

Dick dormit mal dans la soirée, et Torpenhow l'envoya se coucher pour tout de bon. Il avait les yeux brillants et la voix rauque.

— Allons jeter un dernier coup d'œil sur mon tableau, répétait-il avec l'obstination d'un enfant.

— Allez-vous-cou-cher ! répondait Torpenhow. Vous n'êtes pas bien du tout, sans vous en douter : vous êtes nerveux comme un chat enragé.

— Tout cela changera dès demain.. Torp. Bonne nuit.

En traversant l'atelier, après avoir vu Dick dans son lit, Torpenhow souleva la toile qui recouvrait le tableau et faillit trahir sa surprise en poussant un cri.

— Effacé ! gratté ! lavé à l'essence !... Si Dick apprend cela ce soir, il en deviendra fou... Hélas ! il est déjà bien près de la folie... C'est Bessie ! la petite gueuse ! Il n'y a qu'une femme pour être capable d'un pareil trait... Et quand je pense que l'encre avait à peine eu le temps de sécher sur son chèque !... Pauvre Dick, quel désespoir il éprouvera demain ! Et quelle rage ! C'est ma faute, aussi : pourquoi me suis-je avisé de secourir un démon du ruisseau ? O pauvre, pauvre Dick ! le Seigneur vous éprouve cruellement !...

Dick, cette nuit-là, ne pouvait dormir. C'était d'abord la joie de la réussite qui l'avait agité au point de faire fuir le sommeil ; c'était maintenant parce que les lueurs éclatantes, que ses yeux connaissaient si bien, avaient cédé la place à des gerbes de feux d'artifice, nuancées de toutes les couleurs.

— Ah ! vous pouvez bien tirer toutes vos fusées, désormais ! dit-il tout haut. J'ai achevé mon œuvre : le reste importe peu.

Il demeurait étendu, immobile, fixant le plafond. Le délire de l'alcool, longtemps contenu, bouillait maintenant dans ses veines ; son cerveau enflammé engendrait un tourbillon de pensées qui fuyaient l'examen, échappaient au raisonnement. Ses mains étaient sèches, animées de crispations incessantes. Il venait de découvrir qu'il peignait la figure de la *Mélancolie* dans un dôme tournant strié de mille raies lumineuses et que toutes ses idées de beauté se pressaient, incarnées, à plusieurs centaines de pieds au-dessous de son fragile et branlant échafaudage, d'où elles entonnaient un hymne à sa gloire... A ce moment, quelque chose craqua derrière la paroi de ses tempes, comme si la corde trop tendue d'un arc se fût brisée... Le dôme étincelant s'écroula aussitôt, et il fut seul dans les ténèbres.

— Je vais dormir... Comme la chambre est noire ! Allumons une lampe et regardons un peu la *Mélancolie*... Il devrait cependant faire clair de lune !...

Ce fut alors que Torpenhow s'entendit appeler par une voix qu'il ne connaissait pas, une voix où sonnait l'accent d'une terreur mortelle.

— Il a vu le tableau !...

Telle fut sa première pensée.

Il se précipita dans la chambre à coucher où Dick, assis sur son lit, battait l'air de sa main.

— Torp ! Torp ! où êtes-vous ? Par pitié, venez à moi !...

— Qu'est-ce qu'il y a ?

Dick s'agrippa des ongles à son épaule.

— Ce qu'il y a ?... Voilà des heures que je suis ici dans les ténèbres !. Est-ce que vous ne m'entendez pas ? dans les ténèbres !... Torp, mon vieux, ne vous en allez pas !... il fait noir, vous dis-je ! il fait noir !...

Torpenhow plaça la bougie à un pied des yeux

de Dick : il n'y avait pas de lumière dans ces yeux-là. Il alluma le gaz, et Dick entendit le bruit que fait la flamme en jaillissant. Il enfonçait les doigts dans l'épaule de Torpenhow.

— Ne me quittez pas ! Vous ne voudriez pas me laisser seul, à présent, dites ?... Je ne vois pas... Comprenez-vous ?... Il fait noir... tout noir... Il me semble que je tombe dans du noir !...

— Calmez-vous !...

Torpenhow, passant son bras autour des épaules de Dick, se mit à le bercer doucement.

— Ça fait du bien. Ne me parlez pas. Il me semble que, si je restais un instant tranquille, cette obscurité se lèverait. Tenez, je crois qu'elle va se dissiper. Chut !

Dick fronça les sourcils, les yeux désespérément fixés devant lui. L'air de la nuit glaçait les pieds de Torpenhow.

— Pouvez-vous rester ainsi une minute ? dit-il. Je cours chercher ma robe de chambre et mes pantoufles.

Dick se cramponna des deux mains au chevet du lit et attendit que l'obscurité s'éclairât.

— Quel temps avez-vous mis ! cria-t-il au moment où rentrait Torpenhow. Il fait plus noir que jamais... Qu'est-ce donc que vous venez de heurter contre la porte ?

— Chaise longue... couverture... oreiller... Dormir auprès de vous. Allons, recouchez-vous, maintenant ; vous serez mieux demain matin.

— Hélas ! non, fit-il en gémissant. Mon Dieu ! je

suis aveugle !... Et cette obscurité ne cessera plus
jamais...

Il essaya de s'élancer hors du lit ; mais les bras
de Torpenhow étaient noués autour de son corps ; le
menton de Torpenhow s'appuyait sur son épaule ;
Torpenhow le serrait à l'étouffer contre sa poitrine.
Il ne pouvait que balbutier : « Aveugle !... aveugle !... »
et se débattre faiblement.

— Allons, du calme, Dick ! du calme, disait à
son oreille la voix profonde et tendre. — Et l'étreinte
se fit encore plus étroite. — Mordez au boulet,
mon vieux ! Ne laissez pas croire que vous avez
peur...

Le brave garçon n'aurait pu serrer davantage.
Tous les deux, ils respiraient à peine. Dick se mit à
balancer sa tête de droite à gauche, en gémissant.

— Lâchez-moi, dit-il enfin tout haletant. Vous me
brisez les côtes. Il ne faut pas qu'on croie que j'ai
peur, n'est-ce pas ?... Eh bien, soyez tranquille,
personne ne le verra, ni les génies de l'obscurité,
ni personne.

— Là, couchez-vous, maintenant. C'est passé...

— Oui, fit Dick avec soumission. Seulement,
voulez-vous me permettre de garder votre main ?
J'ai besoin de me retenir à quelque chose : si vous
saviez comme c'est affreux de tomber dans le noir !

Torpenhow, de la chaise longue, offrit sa large
patte velue. Dick l'étreignit fortement et, au bout
d'une demi-heure, il s'endormit. Alors Torpenhow
retira tout doucement sa main et, se penchant sur
Dick, il le baisa sur le front avec mille précau-

tions, comme on embrasse un camarade blessé, au moment de la mort, pour lui faciliter le départ.

A l'aube grise, il entendit le pauvre aveugle parler avec volubilité. Il s'en allait à la dérive sur l'océan sans rivages du délire et prononçait des phrases désordonnées :

— C'est dommage !... C'est grand dommage ! Mais on n'y peut rien ; il faut se résigner, maître Georges !... La cécité dépend d'un seul jour, et sans parler des mélancolies ni de toutes les mauvaises humeurs passées, il est bien évident que « la reine ne peut mal faire »... Torp ne sait rien de tout cela : je le lui dirai, quand nous serons un peu plus avant dans le désert... Quel gaspillage ces matelots font de leurs cordages ! Ils vont user en une minute cette haussière épaisse de quatre doigts !... Tenez, je vous l'avais bien dit : Ça y est, la voilà rompue !... De l'écume blanche sur de l'eau verte et le vaisseau virant de bord ! que c'est beau à voir !... Je vais faire un croquis... Que je suis bête, je ne peux plus ; je suis atteint d'une ophtalmie. C'était une des dix plaies d'Egypte ; elle s'étend maintenant tout le long du Nil sous forme de « cataractes ». Ha ! celle-là est drôle ; riez donc, Torp !... Vous avez l'air bien grave, mon ami !... Quant à vous, Maisie, je vous engage à vous tenir éloignée de la haussière ! Cela pourrait vous faire tomber à l'eau et salir votre robe... Prenez garde, chère Maisie !...

— Tiens ! pensa Torpenhow, voilà un nom que j'ai déjà entendu là-bas, dans le Soudan...

— ...Voyons, Maisie, vous êtes assez près du brise-lames ! Vous trichez !... Ah ! je savais bien que vous le manqueriez... Visez donc en bas et à gauche !... Mais vous n'avez pas la moindre conviction... Tout au monde, excepté de la conviction... Allons ! ne vous fâchez pas. Vous savez bien que je me couperais la main, si cela pouvait vous donner autre chose que de l'entêtement... Oui, je vous sacrifierais ma main droite, si elle devait vous être bonne à quelque chose.

— Voilà, se dit Torpenhow, que le secret s'échappe enfin de son âme... C'est comme il disait autrefois : un cri de désespoir jeté par le solitaire « à ceux dont le séparait un océan de malentendus »... Ecoutons !

Les divagations continuèrent, et toujours, toujours ce nom de Maisie qui revenait... Tantôt Dick dissertait sur l'art ; tantôt il maudissait la folie de son esclavage. Il suppliait Maisie de lui accorder un baiser, un seul baiser avant le départ, et lui demandait de revenir au plus tôt de Vitry-sur-Marne... pourvu, toutefois, que cela ne la dérangeât pas trop !... mais, à travers toutes ces incohérences, il prenait la terre et le ciel à témoin que « la reine ne peut mal faire ».

Torpenhow ne perdait pas un mot. Il s'initiait peu à peu à la vie cachée de Dick. Pendant trois jours, celui-ci délira ainsi, revivant par lambeaux tout son passé ; puis il s'endormit enfin d'un sommeil tranquille.

— Quelles tortures il a dû endurer, le pauvre

garçon ! se disait Torpenhow. Lui, le plus fier et le plus indépendant des hommes, se laisser ainsi traiter comme un chien ! Et moi qui le sermonnais sur son arrogance !... Je devais bien savoir pourtant qu'il ne faut pas juger à la légère. Quel être sans cœur doit être cette jeune fille ! Dick lui a donné sa vie, l'imbécile, et elle paraît ne lui avoir donné qu'un baiser !...

— Torp ! dit de son lit le malade, sortez, mon vieux ! Allez un peu prendre l'air. Vous êtes resté trop longtemps enfermé ici. Je vais me lever, moi aussi... Ah ! voilà qui est trop bête, par exemple ! je ne puis m'habiller tout seul !

Torpenhow l'aida à enfiler ses vêtements et le conduisit au grand fauteuil de l'atelier. Dick s'assit tranquillement, quoique ses nerfs fussent toujours tendus par l'espoir que l'obscurité allait se dissiper.

Elle ne se dissipa ni ce jour-là, ni les jours suivants. Alors il se lança dans un voyage autour de la chambre. Comme il se heurta les jambes contre le poêle dès ses premiers pas, il décida qu'il serait préférable de se traîner à quatre pattes, en « s'éclairant » avec sa main tendue devant lui. Torpenhow le retrouva dans cette posture, sur le plancher.

— J'essaie d'apprendre la topographie de mon nouveau domaine, dit-il en s'asseyant à terre. Vous rappelez-vous ce grand diable de nègre soudanais que vous avez si bien éborgné un jour, dans le carré ?... Quel dommage que vous n'ayez pas gardé son œil !... Il aurait pu me servir... Est-ce qu'il y a

des lettres à mon adresse ?... Donnez-moi toutes
celles qui viendront dans de grosses enveloppes
grises avec une espèce de machin rond derrière...
Elles sont sans importance.

Torpenhow lui en remit une qui portait au verso
de l'enveloppe un M frappé en noir. Certes, Dick
savait tout ce qu'elle devait contenir, et rien n'empêchait en vérité que son ami en prît connaissance ;
mais elle appartenait à Maisie autant qu'à lui...

— Quand elle verra que je ne lui réponds plus,
se dit-il, elle cessera de m'écrire. Cela vaut mieux.
A quoi lui serais-je bon, maintenant ?

Un instant l'idée lui était venue d'annoncer à la
jeune fille le malheur qui l'avait frappé ; mais tout
son être s'était aussitôt révolté :

— ...Non ! Je suis déjà tombé assez bas. Je ne
veux pas mendier la pitié... D'ailleurs, pourquoi
lui faire ce chagrin ?

Il s'efforçait d'écarter de son esprit le souvenir de
Maisie, mais les aveugles ont beaucoup de loisirs
pour penser, et à mesure que ses forces revenaient,
Dick, pendant l'oisiveté des longues journées obscures, se sentit troublé plus d'une fois jusqu'au
fond de l'âme. Une autre lettre de Maisie lui par-
vint ; puis, une autre encore. Ensuite, plus rien.

Il restait assis auprès de la fenêtre, tandis que
l'air léger du dehors vibrait aux premiers appels de
l'été, et il se figurait alors Maisie conquise par un
autre amour que le sien, Maisie gagnée par une
tendresse plus forte ou plus heureuse. Son imagination lui représentait avec une précision insup-

portable, sur le fond noir où se heurtait son regard mort, des scènes qui le faisaient bondir furieusement à travers l'atelier. Il se cognait sans cesse contre le poêle, qui devait décidément occuper quatre places à la fois dans la pièce, car il le rencontrait partout...

Impossible même de fumer : dans la nuit où il vivait, le tabac n'avait plus de saveur.

Toute sa fierté l'avait abandonné ; c'était tour à tour un désespoir muet, concentré, devant Torpenhow ; ou bien, la nuit, des accès de rage folle, dont son oreiller seul avait la confidence.

Et toujours cette intolérable attente, toujours le poids écrasant des ténèbres !...

— Venez vous promener dans le Park, lui dit un jour Torpenhow : il y a une éternité que vous n'êtes sorti.

— A quoi bon ?... Il n'y a pas de déplacement dans l'obscurité. D'ailleurs... — il s'arrêta hésitant au moment de descendre, — d'ailleurs, je vais me faire écraser.

— N'ayez pas peur ! Je ne vous quitte pas.

Le bruit de la rue le frappa d'une terreur nerveuse. Il se cramponna au bras de Torpenhow.

— ...Me voici obligé de tâter le ruisseau du bout du pied !... s'écria-t-il avec colère au moment d'entrer dans le Park. Ah ! mieux vaut mourir en maudissant Dieu !...

— Défense de blasphémer !... Tenez ! voici les gardes !

Dick releva la tête et redressa la taille.

— Allons près d'eux, fit-il. Allons les... regarder ! Menez-moi sur le gazon et courons ! Je sens l'odeur des arbres.

— Faites attention à la petite grille... Levez le pied... Là ! c'est bien.

Torpenhow arracha du talon une motte d'herbe et la fit flairer à son ami.

— Sentez-vous ? lui dit-il. Quelle bonne odeur !

Dick renifla avec délices.

— Maintenant, vos jambes à votre cou et en avant !

Ils allèrent aussi près que possible du régiment. Au cliquetis des baïonnettes, les narines de Dick frémirent.

— Allons encore plus près !... Ils sont formés en colonne, n'est-ce pas ?

— Oui. Comment le savez-vous ?

— Je l'ai deviné. O mes soldats ! Mes beaux soldats !...

Il s'avançait en *regardant...* comme s'il eût pu voir.

— ...Je les peignais, jadis. Qui les peindra, maintenant ?

— Voilà qu'ils vont se mettre en marche. Ne sautez pas en entendant la musique.

— Je suis bon cheval de trompette, n'ayez pas peur ! Ce sont les silences qui me font mal. Plus près, Torp, plus près. O mon Dieu, ce que je donnerais pour les voir, ne fût-ce qu'une minute, une toute petite minute !

Il sentait vivre et palpiter les armes, presque à

portée de sa main ; il entendait les courroies se tendre sur la poitrine du tambour au moment où l'homme soulevait du sol sa lourde caisse.

— Il croise ses baguettes au-dessus de sa tête, murmura Torpenhow.

— Je sais... je sais... Qui pourrait savoir mieux que moi ?... Silence !

Les baguettes s'abattirent, éveillant le bruit, et la colonne s'ébranla aux sons de la musique. Dick sentit au passage le vent de la masse en mouvement lui caresser le visage ; il entendit le piétinement affolant des semelles et le froissement des gibernes sur les ceinturons et la grosse caisse rythmait le refrain de café-concert qui accompagnait la marche :

> *Pourvu qu'il soit de belle taille*
> *Et qu'il semble un homme de poids ;*
> *Pourvu que le samedi soir*
> *Il rentre très sobre au logis ;*
> *Pourvu qu'il sache bien m'aimer*
> *Et qu'il veuille bien m'embrasser ;*
> *Pourvu qu'il aide le ménage,*
> *Enfin je serai toute à lui.*

— Qu'avez-vous ? demanda Torpenhow en voyant Dick baisser la tête quand le régiment fut passé.

— Rien. Je suis fatigué d'avoir couru... Ramenez-moi, Torp !... Pourquoi m'avez-vous fait sortir ?

XIII

« L'Antilope », plus gros, plus important, plus agressif que jamais, était chez Torpenhow ; auprès de lui, Kenen, le « grand aigle de guerre », et entre eux une vaste carte, constellée d'épingles à têtes blanches ou noires. Ce n'était pas des Balkans, où décidément aucun soulèvement ne s'était encore produit, mais du Bas-Soudan qu'il était question... On avait envoyé Dick à son lit, car les aveugles sont toujours sous les ordres de ceux qui ont conservé la vue... Depuis sa dernière sortie dans le Park, le malheureux était d'ailleurs devenu plus irascible encore. Il en voulait à la terre entière. Il vivait dans une fureur noire, tournant et retournant entre ses doigts les trois lettres de Maisie, toujours fermées.

Torpenhow déclara tout à coup à ses deux compagnons que, pour cette nouvelle campagne, il ne partirait pas avec eux. Et du doigt il désignait la porte de la chambre de Dick, demeurée ouverte à cause de la chaleur.

— Oseriez-vous m'en blâmer ?

— Pas le moins du monde !... répondit Kenen. Seulement je trouve que c'est pousser un peu loin la bonté. Que diable ! Dick n'est pas sans le sou ; il ne mourra pas de faim si vous n'êtes pas auprès de lui. Vous ne pouvez cependant lui sacrifier toute votre vie.

Quant à l'Antilope, il ronchonna quelque chose à l'adresse des fous sentimentaux qui compromettent leur carrière pour d'autres fous, dont ils n'obtiennent même pas la reconnaissance.

Torpenhow rougit de colère. Il savait bien, hélas ! que Dick ne paraissait pas toujours comprendre son dévouement ; mais il lui plaisait de se dévouer tout de même. Il domina son énervement, et, pour faire comprendre à ses camapades à quel point son ami devait souffrir, il leur fit un récit simple et clair de tout ce qu'il avait appris sur sa vie récente. Les deux correspondants l'écoutèrent attentivement.

— Est-il donc possible, dit Kenen, quand il eut tout raconté, qu'un homme puisse revenir, à travers les années, à ses amours d'enfant !

— Je vous cite des faits. Il n'en parle plus maintenant ; mais il reste assis des journées entières à chiffonner des lettres d'elle, quand il croit que je ne le vois pas. Que me conseillez-vous de faire ?

— Ecrivez à la jeune personne.

— Je ne sais même pas comment elle s'appelle ! Je ne connais que son prénom, Maisie. Et puis qu'est-ce que vous voulez que je lui dise ?... d'accepter Dick par pitié ?... Entrez donc dans la chambre du pauvre garçon et faites-lui entrevoir cette solution-là ! Vous verrez s'il n'essaie pas de vous étrangler !

— Eh bien ! le devoir de Torpenhow est tout tracé, interrompit Kenen : il va partir pour Vitry-sur-

Marne ; cela se trouve sur la ligne de Bezières-Landes ; on voit un peuplier sur la hauteur, à dix-huit cents mètres de l'église, ce qui fait que les Prussiens ont eu d'excellents repères pour bombarder la ville en 1870. La garnison actuelle doit être d'un escadron de cavalerie. Torp exposera posément la situation à la jeune personne, qui reviendra tout de suite auprès de Dick, s'il est vrai, comme celui-ci le prétend, que seule sa maudite obstination les sépare.

— ...Et ils auront à eux deux quatre cent vingt livres de rente annuelle, ajouta l'Antilope. Dick n'a jamais perdu la faculté de compter, même dans son délire. Je trouve, Torp, que vous seriez inexcusable de ne pas partir.

Torpenhow avait l'air très malheureux.

— Mais c'est absurde ! C'est impossible ! Je ne puis pourtant pas la ramener, par les cheveux !

— Notre métier, dit Kenen, celui pour lequel on nous paie, c'est de faire des choses absurdes et impossibles, généralement dans le seul but de distraire le public. Cette fois, il y a une raison beaucoup plus sérieuse. Donc, tout est dit. J'occuperai cet appartement avec l'Antilope jusqu'à votre retour. Nous y recevrons toute la journée des correspondants spéciaux qui vont s'abattre sur la ville en attendant l'heure du départ. Ce sera leur quartier général. Tout s'arrangera de la sorte, et vous pourrez venir avec nous quand la campagne commencera. C'est votre seule chance de salut, et Dick vous en sera reconnaissant.

— Je veux bien essayer... Je ne comprends pas qu'une femme dans son bon sens ait pu refuser Dick.

— Chapitrez-la. Je vous ai vu entreprendre la conquête d'une mahdiste fanatique pour vous faire donner quelques dattes : ce que vous allez tenter cette fois ne sera pas la moitié aussi difficile. Allons, c'est entendu : demain après-midi, vous ne serez plus ici. L'Antilope et moi, nous vous expulsons.

— Dick, fit Torpenhow le lendemain matin, puis-je vous être bon à quelque chose ?

— Non. Laissez-moi tranquille ! Combien de fois faut-il vous répéter que je n'ai besoin de rien, puisque je suis aveugle ?

— Alors, vous ne désirez pas que j'aille vous chercher n'importe quoi ?

— Non. Epargnez-moi, je vous en prie, le bruit que font en craquant vos infernales bottines !

— Pauvre garçon ! se dit Torpenhow. Il a les nerfs agacés : ce doit être ma faute. Il a besoin d'un pas plus léger, autour de lui.

Puis il répondit tout haut :

— Très bien. Puisque vous désirez qu'on vous laisse, je vais m'absenter pour quatre ou cinq jours. Dites-moi au moins adieu ! Le patron de l'hôtel s'occupera de vous, et Kenen habitera mon appartement.

Le visage de Dick s'assombrit.

— Vous ne serez pas absent plus d'une semaine, j'espère ? J'ai mauvais caractère, Torp, je le sais ; mais je ne puis me passer de vous.

— En vérité, il faudra bien que vous vous en passiez et vous serez enchanté de me voir tourner les talons !

Dick chercha son chemin à tâtons jusqu'au fauteuil, en se demandant ce que tout cela signifiait. Il répugnait à se laisser soigner par l'hôtelier, et pourtant la constante sollicitude de Torpenhow l'agaçait... La vérité est qu'il ne savait pas ce qu'il désirait. L'obscurité ne se levait toujours pas, et les lettres fermées de Maisie, à force d'être retournées entre ses doigts, étaient toutes froissées et comme usées. Certes, il ne pourrait jamais les lire, quelque longue que fût sa vie ; mais, c'est égal, elle aurait bien pu lui en envoyer d'autres encore, pour le distraire !...

L'Antilope eut l'idée de lui apporter un peu de cire rouge à modeler. Il espérait que Dick pourrait se délasser et s'amuser en la pétrissant de ses mains... Il la mania en effet, pendant quelques minutes ; puis, demanda tristement :

— Cela ressemble-t-il à quelque chose ?... Non, n'est-ce pas ?... Emportez ! Emportez !... J'acquerrai peut-être dans une cinquantaine d'années le toucher des aveugles... Savez-vous où est allé Torpenhow ?...

— Non, fit l'Antilope. Nous occupons son appartement jusqu'à son retour. Pouvons-nous faire quelque chose pour vous ?

— Je voudrais qu'on me laissât tranquille, s'il vous plaît. Ne me croyez pas ingrat ; mais je suis mieux seul.

L'Antilope s'éloigna en haussant les épaules, et Dick retomba dans son obscure méditation, à peine secouée par une seconde révolte contre le sort. Il y avait beau temps qu'il ne songeait plus à son œuvre passée et que l'avait ,quitté le désir d'en entreprendre une autre !... Il s'apitoyait profondément sur lui-même, voilà tout, et le désespoir où il se complaisait lui était un repos. Néanmoins tout son être appelait encore Maisie, Maisie qui le comprendrait, elle !... Sa raison lui disait bien que la jeune fille, tout occupée de son travail, l'oubliait sans doute... Il se disait aussi que le malheur fait fuir tout le monde et que le concurrent tombé est foulé aux pieds par ceux qui le suivent... Mais du moins, disait-il, Maisie pourrait se servir de moi comme jadis je me servais de Binat... Elle ferait de moi des études... Qu'est-ce que je demande de plus ? Etre auprès d'elle, voilà ce qu'il me faut ; ah ! oui, auprès d'elle, même si je la savais aimée d'un autre... Pouah ! Quelle vilenie !...

Une voix joyeuse venue de l'escalier l'interrompit ; elle chantait :

> *Tous nos créanciers pleureront en vain,*
> *Quand nous partirons, partirons là-bas.*
> *Ils auront beau faire, car mardi prochain*
> *Nous serons en route avec nos soldats...*

— ...Hurrah pour la vieille Anlgeterre ! En route, mardi, pour la malle des Indes ! Hurrah !...

Puis, des piétinements... La porte voisine lourdement poussée et refermée, des cris, des discussions, des éclats de rire. Une voix sonore disait :

— Regardez, vous autres ; j'ai mis la main sur une gourde nouveau modèle et de première qualité. Hein ! qu'en dites-vous ? Cela s'ouvre parfaitement et se bouche de même...

Dick bondit. Il reconnaissait cette voix-là.

— C'est Cassavetti ! Cassavetti qui est revenu à Londres pour repartir aussitôt. Ah ! je comprends maintenant pourquoi Torp est absent ! On doit se battre quelque part... Et moi, je n'en serai pas !...

Il entendait ; l'Antilope réclamait en vain le silence.

— C'est pour moi ! pensa Dick. C'est pour moi qu'il veut les faire taire !... Les oiseaux voyageurs vont prendre leur vol, et ils ne veulent pas que je le sache... J'entends Morten... Sutherland... Mackaye... La moitié des reporters militaires de Londres est là... Et je n'en serai pas !...

Il traversa le palier à tâtons et entra dans la chambre de Torpenhow. Il la sentit pleine de gens.

— Où est-ce ? demanda-t-il. Est-ce enfin dans les Balkans, l'Antilope ? Pourquoi ne m'en avoir rien dit ?

— Nous pensions que cela ne vous intéresserait guère, fit l'Antilope d'un ton embarrassé. C'est au Soudan, comme toujours.

— Heureux chien que vous êtes ! Laissez-moi m'asseoir ici pour vous écouter. Je ne vous gênerai pas, je tâcherai de ne pas être le spectre de Banquo. Où êtes-vous, Cassavetti ? Je vous entendais tout à l'heure ; votre anglais est pire que jamais, mon ami.

On conduisit Dick à une chaise, et la conversation reprit. Il entendait déployer les cartes ; on discutait les consignes données à la presse ; on critiquait les généraux, les voies ferrées, les transports militaires, les approvisionnements ; on déclamait, certifiait, dénonçait dans des termes qui auraient épouvanté le crédule public ; on riait aussi, sans mesure, et cet ouragan de vie active et joyeuse entraînait Dick et l'affolait. Tous ces hommes avaient en perspective une guerre prochaine et glorieuse. L'Antilope le disait, il fallait être prêt... Kenen rédigeait une dépêche pour commander des chevaux au Caire... Cassavetti s'était procuré la liste, probablement inexacte, des troupes qui seraient appelées, et il la lisait à haute voix... Au milieu du bruit, Kenen présenta à Dick un inconnu que le Syndicat central avait engagé comme dessinateur.

— C'est sa première expédition, disait le reporter, donnez-lui quelques tuyaux.

Juste à ce moment, ce fut une explosion nouvelle de cris, de remarques, de contestations, de rires et de jurons.. On ne s'entendait plus.

— Mais qu'est donc devenu Torpenhow ? demanda Dick, dans le silence relatif qui suivit.

— Il est en vacances, pour le moment, répondit l'Antilope. Je suppose qu'il roucoule quelque part.

— Il nous a dit qu'il ne partirait pas avec nous, ajouta Kenen.

— Ah ! vraiment ? s'écria Dick avec fureur. Eh bien, je vous dis, moi, qu'il partira. Je ne suis plus bon à grand'chose maintenant ; mais si, vous et l'Antilope, vous le tenez devant moi, je le secouerai jusqu'à ce qu'il cède... Lui ! rester en arrière ? Lui ! le plus habile et le plus fort de vous tous ! je vous jure bien... Ça va chauffer autour d'Ondurman. Nous y entrerons cette fois. Hélas ! j'oubliais... Oh ! mon Dieu, que je voudrais donc partir avec vous !

— Nous vous regretterons tous, dit Kenen.

— Et je vous regretterai plus que tous les autres, ajouta le nouvel artiste du Syndicat.

— Vous, monsieur, je vous donnerai un conseil, fit Dick en se levant comme pour se diriger vers la porte. S'il vous arrive d'être blessé à la tête dans quelque escarmouche, ne vous défendez pas. Suppliez l'ennemi de vous achever. De toutes les manières, cela vaudra mieux, allez !

Puis, au moment de franchir le seuil où on l'avait mené, il se retourna, en disant :

— Merci, vous tous, pour m'avoir permis de venir !

Une heure plus tard, lorsque tous les correspondants furent partis, l'Antilope rappela à son compagnon la colère de l'aveugle.

— Grinçait-il des dents, hein ?

— Pauvre garçon ! répondit Kenen. Il avait entendu le son de la trompette, et il était accouru. Allons voir ce qu'il fait maintenant.

Le feu de l'enthousiasme était tombé. Dick était assis devant la table, dans l'atelier, le menton appuyé dans la paume de ses deux mains. Il ne changea pas de posture en les entendant venir.

— Cela fait mal, gémit-il doucement. Oh ! oui, cela fait bien mal ! Et pourtant, vous voyez, le monde continue à tourner ! Est-ce que je reverrai Torp avant le départ ?

— Certes, dit l'Antilope, vous le reverrez.

XIV

— Maisie, pourquoi ne vous couchez-vous pas ?

— Il fait trop chaud pour dormir. Laissez-moi respirer un peu.

Maisie appuya ses coudes à la barre de la fenêtre et contempla le clair de lune, sur la route droite bordée de peupliers.

L'été desséchait Vitry-sur-Marne jusqu'aux moelles. L'herbe était brûlée dans les prairies ; la terre glaise, au bord de la rivière, était cuite comme de la brique ; les fleurs des talus étaient mortes depuis longtemps et, dans le jardin, les roses flétries penchaient tristement sur leurs tiges. Il faisait, dans la petite chambre à coucher au plafond bas, située sous les combles, une chaleur intolérable. La lumière blanche de la lune, frappant de l'autre côté du chemin le mur de l'atelier du peintre, semblait rendre la nuit plus ardente, et l'ombre de la sonnette, accrochée au palier de la porte, faisait à terre une barre d'un noir dur, qui attirait et blessait le regard.

— C'est affreux ! murmurait Maisie. Pourquoi n'est-ce pas tout blanc ? Tiens ! la porte n'est pas au milieu de la muraille. Je ne l'avais pas encore remarqué.

Elle était de mauvaise humeur. D'abord, la chaleur de ces derniers jours l'avait accablée ; puis son travail n'allait pas, elle n'avait pas fini à temps pour le Salon cette fameuse étude de tête de femme qui devait personnifier la *Mélancolie* ; ensuite Kami ne lui avait pas dissimulé que cela était tout à fait manqué ; enfin, contrariété suprême, parce que c'était la dernière à laquelle on dût s'attendre : Dick, oui, Dick lui-même, son sujet, son esclave, sa propriété vivante, ne lui avait pas écrit depuis six semaines ! Elle était furieuse contre la chaleur, contre son tableau, contre Kami, — mais surtout contre Dick.

Elle lui avait écrit trois fois, — chaque fois pour lui soumettre une nouvelle manière de traiter son sujet. Il n'avait pas daigné lui répondre. C'était fini : elle ne lui écrirait plus. A son retour en Angleterre (c'est-à-dire à l'automne, car sa dignité lui interdisait d'abréger son absence), elle lui dirait ce qu'elle pensait de son procédé...

Cependant, elle regrettait leurs causeries du dimanche plus qu'elle n'aurait voulu en convenir. Elle le revoyait, arpentant d'un pas de maître le petit atelier de la maison du Park ; elle se figurait l'entendre encore parler de l'art avec enthousiasme et la prêcher longtemps, avant de lui prendre enfin le pinceau des mains pour lui démontrer ce qu'il avait dit...

— Mais à quoi pense-t-il donc, pour ne plus se donner la peine d'écrire ?

Elle se pencha sur l'appui de la fenêtre, après

avoir jeté un châle sur ses épaules pour se protéger contre la fraîcheur de la nuit. Une faible brise se levait ; au-dessous de Maisie, une rose qui se penchait aussi, épuisée par la chaleur, se mit à remuer légèrement · la tête au souffle du vent, comme si elle eût possédé un inexprimable secret.

Etait-il possible que Dick, indifférent au travail de Maisie et, oublieux de lui-même, eût noué d'autres affections, cherché d'autres joies ?... Oh ! non !...

La rose continua son mystérieux hochement de corolle, si bien qu'elle laissa choir un de ses pétales. On aurait dit un méchant diablotin qui se grattait l'oreille, d'un air malin.

« Non ! pensait Maisie. Non, Dick n'aurait pu m'oublier. Il est à moi, à moi seule. D'abord, il me l'a dit !... Et puis, au fond, que m'importe ? S'il m'oubliait, il se nuirait à lui-même autant qu'à moi... »

La rose remuait toujours la tête, avec la divine inconscience des fleurs. Il n'y avait, en vérité, aucune raison pour que Dick ne fît pas ce qui lui plaisait ; aucune, si ce n'est que la Providence, — la Providence, pour lui, n'était-ce pas Maisie ? — exigeait que sa vie se passât à aider la jeune fille. Et à quoi devait-il l'aider ? A composer et à peindre de nombreux tableaux qui s'en iraient successivement dans toutes les expositions de l'Angleterre, et qui seraient remarqués par les gens de goût... ainsi qu'en faisait foi un album où étaient collées beaucoup de coupures de journaux que ce même Dick n'avait jamais daigné parcourir.

...Eh bien ! rien ne l'empêcherait, elle, Maisie, — qui savait mieux conformer ses actes à la raison — de continuer à partager son temps entre le petit atelier de la maison du Park, à Londres, et le grand atelier de Kami, à Vitry-sur-Marne !... Ou plutôt, non ! elle irait chez un autre maître, plus capable de lui assurer promptement ce succès auquel, certes, elle avait droit !... Car enfin un travail assidu et des efforts persévérants méritent bien d'être récompensés, après dix ans ! Il est vrai que dix ans, ce n'est rien : Dick, lui-même, l'avait dit... Oui, il avait dit cela un jour, cet homme qui, maintenant ne trouvait plus une minute pour écrire ! Il se vantait d'attendre Maisie pendant dix années, s'il le fallait, et se disait sûr qu'elle viendrait à lui tôt ou tard !... Alors, pourquoi ne donnait-il plus signe de vie ?... A quoi pensait-il ?... Avec quelle joie Maisie lui aurait dit son fait séance tenante ! Mais non pas une Maisie en chemise de nuit, telle que la lune pouvait l'apercevoir, en ce moment, à sa fenêtre ! Non, une Maisie convenablement vêtue, hautaine et très digne.

Et si Dick n'allait plus vouloir l'écouter ? S'il se moquait d'elle ? S'il pensait à d'autres femmes ?... C'était là une supposition absurde ; mais si pareille chose arrivait cependant !... Eh bien, alors, Maisie en serait quitte pour travailler de plus belle et pour se mettre à faire encore des tableaux qui... que... etc.

La meule infaillible de sa pensée tournait toujours dans le même cercle.

Les « cheveux rouges » continuaient à s'agiter au fond de la pièce et à geindre à cause de la chaleur.

Maisie appuya ses deux coudes sur la balustrade, son menton dans ses deux mains, et décida qu'il ne pouvait subsister aucun doute sur la culpabilité de Dick. En vraie femme, elle se mit tout de suite à dresser son acte d'accusation :

« Il y avait une fois un jeune garçon qui lui avait dit qu'il l'aimait. Et alors il l'embrassa sur la joue, en présence d'un pavot jaune qui secouait la tête, exactement comme cette agaçante rose fanée du jardin, là, au-dessous d'elle.

« Après cela il y avait une lacune dans ses souvenirs. Il s'écoulait plusieurs années. Pendant ce temps-là, d'autres hommes lui disaient, eux aussi, qu'ils l'aimaient et ils choisissaient généralement, pour lui faire cette confidence, le moment où elle était le plus absorbée dans son travail...

« Et puis, l'enfant d'autrefois reparaissait, et, dès leur seconde entrevue, il recommençait à lui parler de sa tendresse...

« Ensuite... mais on n'en finirait pas de raconter tout ce qu'il avait fait ! Il avait passé son temps auprès d'elle ; il avait essayé de lui apprendre ce qu'il savait ; il avait parlé d'art, de tenue de maison, de technique, de tasses à thé, de l'abus des cornichons dans l'alimentation, — l'impertinent ! — de pinceaux de maître... c'était même de lui qu'elle tenait ceux qui lui servaient tous les jours, les meilleurs qu'elle eût. Il lui avait donné des conseils dont elle profitait... et enfin, de temps en temps, il la regardait !

« Avec quels yeux il la regardait ! De bons yeux de chien battu qui n'attend qu'un mot pour venir se coucher en rampant aux pieds de sa maîtresse.

« En retour, elle ne lui avait rien donné, elle, rien du tout... si ce n'est... — En y pensant, elle frôla instinctivement ses lèvres contre la manche brodée de sa chemise de nuit, — si ce n'est la faveur de l'embrasser une fois. Et comment l'avait-il embrassée, alors !... C'est affreux !... Vraiment il devait se tenir pour bien heureux après ce baiser-là !... Et enfin s'il ne lui suffisait pas, comptait-il donc en mériter d'autres, en cessant brusquement d'écrire ?... Qui sait ? En embrassant d'autres femmes, peut-être ! »

— Maisie, vous allez prendre froid ! fit la voix basse de l'impressionniste. Venez donc vous coucher ! Je ne puis fermer les yeux, quand je vous sens ainsi près de la fenêtre...

Maisie haussa les épaules sans répondre. Elle pensait aux faiblesses de Dick, à ses défauts, à ceux d'une autre personne aussi... Cet implacable clair de lune semblait lui défendre de dormir : il baignait de sa froide lueur argentée le vitrage de l'atelier, de l'autre côté de la route. Maisie se mit à contempler ce reflet, et ses idées s'embrouillèrent. L'ombre du pilier à la sonnette, sur le mur, s'allongeait et se raccourcissait d'une manière étrange ; parfois elle s'évanouissait complètement. La lune descendait peu à peu derrière l'horizon des prairies. Un lièvre qui rentrait au gîte traversa la route en deux bonds. Puis la brise qui s'éveille au matin souffla une fraîcheur inattendue dans les prés, et l'on entendit les premiers mugissements du bétail, près de la rivière aux berges desséchées. La tête de Maisie s'inclina jusqu'à toucher la barre de la fenêtre, tandis que la masse de ses cheveux noirs se répandait sur ses bras.

— Maisie, réveillez-vous ! C'est vouloir prendre froid...

— Oui, chère, oui...

Tout étourdie, elle se dirigea vers son lit, en vacillant comme un enfant fatigué, et elle enfouit son visage dans l'oreiller, en murmurant :

— Oh !... Dick !... je crois... Mais pourquoi donc ne m'a-t-il pas écrit ?...

Le jour ramena la routine de l'atelier, au milieu des odeurs de peinture et d'essence, et de nouveau se manifesta la sagesse monotone de Kami, l'artiste médiocre, mais le professeur émérite. Maisie, qui n'avait jamais pu fixer son attention sympathique, attendait impatiemment, ce jour-là, les traditionnels mouvements qui indiquaient la fin de la séance. Kami, joignant les mains derrière son dos en retroussant et en froissant son veston d'alpaga, se mettait à raconter des histoires du passé, à parler de ses anciens élèves. Il avait alors des formules, toujours les mêmes : « Rappelez-vous qu'il ne suffit pas d'avoir de la méthode ni du sens artistique, ni de l'habileté de touche. Il faut aussi avoir cette conviction, qui cloue l'œuvre au mur et vous immobilise devant elle... »

Après quelques propos semblables, mêlés à l'évocation de ses élèves d'autrefois, il descendait au jardin pour fumer sa pipe, tandis que ses disciples se dispersaient en regagnant leurs habitations respectives, ou demeuraient parfois, en petit nombre, dans l'atelier, pour préparer le travail à reprendre après les heures chaudes de la journée.

Maisie, avant de sortir, elle aussi, regarda un instant son infortunée *Mélancolie*, en réprimant à grand'peine l'envie de lui faire une grimace. Comme elle traversait la route en se hâtant, pour aller écrire à Dick, elle rencontra un homme de haute taille monté sur un cheval blanc.

Comment Torpenhow avait-il, en vingt-quatre heures, réussi à gagner le village perdu, à se renseigner exactement, à découvrir la retraite du peintre et à s'y rendre ?... C'était là, pour le « correspondant spécial », un jeu d'enfant qui n'avait rien d'extraordinaire.

— Je vous demande pardon, mademoiselle ! dit-il. Ma question va vous paraître absurde ; mais, en vérité, je ne puis la formuler autrement. Y a-t-il ici une demoiselle Maisie ?

— Maisie ?... C'est moi ! répondit une voix fraîche qui résonna au fond d'un large chapeau de jardin.

— Alors, il faut que je me présente, dit-il, tandis que son cheval piaffait en soulevant une épaisse poussière blanche. Je m'appelle Torpenhow. Dick

Heldar est mon meilleur ami, et... et... je dois vous dire qu'il est devenu aveugle.

— Aveugle ? fit Maisie sans comprendre. Cela n'est pas possible ; il ne peut être aveugle !...

— Il y aura bientôt deux mois, cependant, qu'il l'est complètement.

Maisie releva son visage, qui apparut d'un blanc de perle.

— Oh ! non, non, pas aveugle !... Je ne veux pas qu'il soit aveugle !...

— Voulez-vous venir vous en assurer vous-même ? dit Torpenhow.

— Maintenant ?... Tout de suite ?...

— Oh ! non, le train de Paris ne passe pas avant huit heures du soir. Vous avez tout le temps de faire vos préparatifs.

— Est-ce M. Heldar qui vous envoie ?

— Certainement non ! Il n'y a pas de danger qu'il ait eu cette idée-là ! Il reste tout le temps assis dans son atelier, à retourner entre ses doigts quelques lettres, qu'il ne peut lire, puisqu'il n'y voit plus !

Une sorte de sanglot étouffé se fit entendre sous le grand chapeau. Maisie, la tête baissée, se dirigea vers sa maison, où l'impressionniste, couchée sur le sopha, se plaignait d'une migraine.

— Dick est aveugle, lui dit Maisie d'une voix tremblante, en s'appuyant au dossier d'une chaise. Mon Dick est aveugle !...

— Quoi !

Les « cheveux rouges » avaient bondi du sofa.

— ...Un homme est là qui vient d'arriver d'Angleterre pour me l'annoncer. Voilà pourquoi il ne m'écrivait plus depuis près de deux mois !

— Vous allez le retrouver ?

— Je ne sais pas, je vais réfléchir...

— Réfléchir !... Il faut retourner à Londres, tout de suite ! Il faut le voir, embrasser ses yeux, les embrasser encore et encore, jusqu'à ce qu'ils se rouvrent à la lumière ! Si vous n'y allez pas, c'est moi qui partirai... Hélas ! qu'est-ce que je dis là ? Méchante petite sotte que vous êtes ! Vous allez partir tout de suite, entendez-vous ?

Torpenhow avait un coup de soleil sur la nuque. Il conservait cependant aux lèvres un sourire d'une douceur infinie, lorsque Maisie reparut sur le seuil de sa maison, tête nue, en pleine lumière.

— J'irai, dit-elle en baissant les yeux.

— Alors, soyez ce soir, à sept heures, à la gare de Vitry.

C'était le ton d'un homme habitué à être obéi. Maisie ne répondit rien, vaguement satisfaite de penser qu'il n'y avait aucune difficulté à prévoir entre elle et ce grand jeune homme qui avait l'air de ne s'embarrasser de rien et qui maniait d'une seule main un cheval rétif. Elle revint auprès de sa compagne, qui versait d'abondantes larmes, et le lourd après-midi s'écoula entre les pleurs, les baisers (très peu de baisers), l'alcool de menthe, la valise, et une brève entrevue avec Kami ; toute réflexion fut ajournée. Pour le moment, il s'agissait d'aller retrouver Dick, ce pauvre Dick, assis tout seul dans son atelier et palpant sans les voir les dernières lettres de Maisie ; Dick auprès de qui allait la conduire cet homme singulier, son ami, qui l'avait abordé sur la route...

— Et vous, qu'allez-vous faire ? demanda-t-elle à sa compagne.

— Oh ! moi, je resterai ici, répondit-elle. Et, qui sait ? je finirai peut-être votre *Mélancolie* !... Ecrivez-moi.

Cette nuit-là il courut dans Vitry un bruit singulier : un jeune étranger, un peu fou, probablement à la suite d'une insolation, avait emprunté un cheval dans le voisinage et, après une courte visite dans le pays, avait enlevé une de ces toquées d'Anglaises qui venaient travailler avec de la couleur chez ce bon M. Kami.

Torpenhow parla très peu à Maisie jusqu'à Calais : cependant il se montra pour elle très attentif, lui épargna tout souci et lui trouva un compartiment pour elle seule, où il la laissa. Il s'émerveillait de la facilité avec laquelle il avait mené toute l'affaire.

— Ce qu'il y a de plus habile, maintenant, se disait-il, c'est de la livrer à ses réflexions. Si j'en crois les phrases échappées à Dick, dans son délire, elle devait le faire marcher rondement... Cela doit lui sembler nouveau d'obéir à son tour...

Maisie ne s'expliqua jamais sur ce point. Seule dans son wagon, elle fermait les yeux, pour se rendre compte des sensations des aveugles. Ce n'était pas tout à fait librement, c'était un peu par ordre qu'elle précipitait ainsi son retour ; mais, chose étrange, cela ne la choquait point. En tout cas, elle y gagnait de n'avoir à s'occuper ni des bagages, ni d'une certaine compagne rousse qui n'était bonne à rien.

Cependant elle sentait vaguement peser sur elle-même comme une disgrâce. Comment cela pouvait-il se faire ?... Elle ! Maisie !... Avoir à se reconnaître un tort !... Elle avait entrepris de se justifier à ses propres yeux, et elle y réussissait parfaitement, quand Torpenhow vint la retrouver sur le pont du bateau et lui raconter comment l'affreux malheur avait frappé Dick. Il supprima quelques détails et insista sur les indiscrétions du délire... Puis il s'arrêta tout à coup, comme si tout le reste eût manqué d'intérêt à ses yeux, et s'éloigna pour aller fumer. Maisie demeura seule, furieuse contre lui et mécontente d'elle-même.

Il l'emmena de Douvres à Londres sans presque lui laisser le temps de déjeuner, et, si elle avait encore possédé la faculté de s'indigner d'un manque d'égards, elle aurait protesté contre la brève injonction qui lui fut fait d'attendre en un vestibule, au bas d'un escalier obscur, qu'on eût pris des renseignements dans une chambre du dernier étage. Elle eut néanmoins, dans son trouble, l'intuition qu'on la traitait comme une petite fille sans cœur ; une rougeur colora ses joues pâles. Tout cela, c'était la faute de Dick, qui avait eu la sottise de devenir aveugle.

Torpenhow l'amena sur le seuil d'une porte close, qu'il ouvrit avec précaution. Dick était devant Maisie...

Il était assis auprès de la fenêtre, le menton appuyé dans sa main. Il avait trois lettres posées sur ses genoux et les touchait de temps en temps. Le grand jeune homme qui avait si impérieusement dirigé Maisie n'était plus là. Et la porte s'était refermée derrière elle.

En entendant du bruit, Dick glissa les lettres dans sa poche.

— Hallo, Torp ! Est-ce vous ?... J'ai été bien seul !...

Sa voix avait pris la sonorité basse particulière aux aveugles. Maisie se blottit dans un angle de la pièce. Elle essayait de comprimer, en appuyant sa main sur sa poitrine, les battements désordonnés de son cœur. Dick la regardait en face. Pour la première fois elle comprit qu'on pouvait ne plus voir. Fermer les yeux en wagon « pour se rendre compte », et puis les rouvrir à volonté, c'est un jeu d'enfant. Cet homme avait les yeux tout grands ouverts, et cependant il était aveugle.

— Torp, est-ce vous ? On m'a dit que vous alliez revenir.

Le silence persistant paraissait étonner Dick, l'embarrasser, l'irriter même.

— Non ! répondit une petite voix tremblante... Ce n'est que moi.

Maisie pouvait à peine remuer les lèvres.

— Allons ! fit Dick tout bas et sans bouger. Voici un nouveau phénomène... L'obscurité, je commençais à m'y habituer ; mais je n'aimerais pas entendre « des voix ».

Etait-il fou en même temps qu'aveugle pour se parler ainsi à lui-même ? Le cœur de Maisie battit plus fort et sa respiration haletante fit un léger bruit. Dick se leva, traversa la chambre en tâtonnant... Sa main reconnaissait au passage les tables et les chaises. A un moment, son pied s'embarrassa dans un pli de tapis ; il tomba sur les genoux et vérifia de ses doigts la nature de l'objet qu'il avait heurté...

Maisie se rappela le Dick d'autrefois, marchant avec fierté comme si le monde lui eût appartenu. Elle le revit, allant et venant dans l'atelier du Park, et plus récemment encore sautant sur la passerelle du steamer... Les battements de son cœur la faisaient défaillir. Dick se rapprochait, guidé par le bruit de sa respiration.

Machinalement, elle étendit la main vers lui. Etait-ce pour le repousser ?... Etait-ce pour le guider, l'attirer ? Elle n'aurait pu le dire. Elle toucha sa poitrine, et il recula, comme frappé d'un trait.

— C'est Maisie ! fit-il avec un bref sanglot. Que faites-vous ici ?

— Je suis venue... Je suis venue... pour vous voir.

Les lèvres de Dick se serrèrent, comme s'il faisait un violent effort sur lui-même ; puis :

— Ne voulez-vous pas vous asseoir ? dit-il. Vous voyez : j'ai eu des... ennuis avec mes yeux...

— Je sais ! Je sais !... Pourquoi ne m'avoir rien dit ?

— Je ne pouvais plus écrire.

— Mais vous auriez pu prier M. Torpenhow...

— Pourquoi se mêlerait-il de mes affaires ?

— C'est lui qui m'a amené de Vitry... Il pensait que je ferais bien de venir...

— Comment ?... Que vous est-il donc arrivé ? Est-ce que vous avez besoin de moi ?... Hélas ! qu'est-ce que je dis ? Je ne puis plus rien. J'oubliais...

— Ah ! Dick, j'ai tant de chagrin ! Je suis venue pour vous le dire... Voulez-vous que je vous reconduise à votre chaise ?

— Non ! non ! Je ne suis pas un petit enfant... Je n'ai pas besoin de pitié... Je vous fais pitié, n'est-ce pas ?... Eh bien non ! je n'ai pas voulu vous parler de ce qui m'arrivait ! Non ; je suis un homme à terre, un homme fini ; je ne suis plus bon à rien, à rien. Laissez-moi.

Il gagna sa chaise en trébuchant, la poitrine secouée par les sanglots.

Maisie le regardait, et elle cessa de trembler de crainte, pour éprouver une confusion profonde. Ce qu'il venait de dire : « Je suis un homme à terre, un homme fini », c'était une effrayante vérité, qu'elle n'avait pas soupçonnée, durant son rapide voyage, et qui lui sautait aux yeux, maintenant. L'homme autoritaire et hardi qu'elle avait connu, il était là, devant elle, humble et misérable. Ce n'était plus l'artiste en qui elle reconnaissait autrefois son maître, et cherchait son appui, mais un aveugle, cloué dans un fauteuil et sur le point de fondre en larmes. Oui, certes, il lui inspirait une pitié immense et sincère, comme elle n'en avait jamais ressenti pour personne... Mais enfin, cette pitié même n'allait pas jusqu'à lui inspirer de protester contre les paroles désespérées qu'elle venait d'entendre... Et alors elle demeurait muette, immobile, troublée, un peu blessée même, car elle s'était figurée que son retour serait triomphalement accueilli. Maintenant, le sentiment qu'elle éprouvait ressemblait de moins en moins à de l'amour.

— Eh bien ! lui demanda Dick en détournant obstinément les yeux. Je ne voudrais pas vous affliger davantage... Quels sont vos projets ?

Il comprit que Maisie reprenait haleine avant de répondre ; mais il était aussi peu préparé qu'elle-même au torrent d'émotion qui se déchaîna. Les gens qui ne s'émeuvent pas facilement pleurent sans contrainte quand sont ouvertes les sources profondes des larmes. Elle s'était laissée tomber sur un siège et sanglotait désespérément, la tête dans ses mains.

— Je ne puis pas !... dit-elle enfin. Vraiment, je ne puis pas !... Ce n'est pas une faute, je vous assure, Dick !... J'ai tant de chagrin !...

Dick se redressa de toute sa taille, cinglé par ces naïves plaintes comme par un coup de fouet. Elle continuait à pleurer, elle !... L'épreuve soudaine la trouvait trop faible, incapable d'un sacrifice, prête à fuir...

— C'est mal à moi, je le sais, et je me méprise ! continua-t-elle, mais cela m'est impossible... O Dick, vous ne me demanderez rien, n'est-ce pas ?...

Elle releva la tête un instant et par hasard les yeux de Dick rencontrèrent les siens. Son visage, qu'il ne rasait plus, était blême et ridé, sous la barbe longue ; ses lèvres essayaient de se plier à un sourire qui demeurait douloureux... Mais c'était les yeux éteints qui, par-dessus tout, épouvantaient Maisie. Son Dick était aveugle, et celui qu'elle voyait à sa place était un étranger, qu'elle ne reconnaissait presque plus qu'à la voix.

— ...Qui donc vous demande de faire quoi que ce soit, Maisie ? lui dit-il. Ne vous ai-je pas expliqué ce qu'il en était ?... Par pitié, ne pleurez pas ainsi, je vous assure qu'il n'y a pas de quoi !

— Si vous saviez combien je me hais ! répondit-elle. Oh ! Dick, aidez-moi, je vous en prie.

Elle suffoquait, incapable de dominer ses sanglots. Dick, effrayé, se dirigea maladroitement vers elle, mit un bras autour d'elle, et la tête de la jeune fille tomba sur son épaule.

— Calmez-vous, chère, calmez-vous. Ne pleurez plus. Vous avez raison, allez ! Tout à fait raison ! Pourquoi vous faites-vous des reproches ? Vous n'en méritez aucun. Jamais vous n'en avez mérité... C'est le voyage, sans doute, qui vous a un peu énervée. Et puis, vous ne devez pas avoir déjeuné ? Quelle brute que ce Torp, de vous amener comme cela chez moi !...

— C'est moi qui ai voulu venir !... fit-elle aussitôt.

— Bien ! bien !... Et maintenant que vous êtes venue, que vous m'avez... vu, je vous suis infiniment reconnaissant. Dès que vous vous sentirez mieux, il faudra me quitter pour aller vous reposer un peu. Avez-vous fait une bonne traversée ?

Maisie pleurait plus doucement. Elle se sentait vaguement heureuse d'avoir, pour la première fois de sa vie, quelqu'un contre qui s'appuyer. Dick la caressait tendrement, mais avec timidité, sur l'épaule : il n'était pas très sûr de la place où était son épaule.

Elle quitta ses bras, enfin, et attendit, toute tremblante. Lui, pour mettre entre eux deux la largeur de la chambre, il se dirigea de nouveau vers la fenêtre. Il fallait qu'il s'éloignât, afin d'apaiser le tumulte de son cœur.

— Etes-vous mieux, à présent ? lui demanda-t-il.

— Oui. Et vous ?... Comme vous devez me détester !...

— Moi, vous haïr ?... Moi, mon Dieu !... Moi !

— Que puis-je faire pour vous, dites ? Voulez-vous que je reste en Angleterre ? Je pourrais alors venir vous voir de temps en temps.

— Non, Maisie !... Il serait même plus charitable à vous de ne plus revenir ici... Pardonnez-moi de vous parler ainsi... je ne voudrais pas vous dire une impertinence, et cependant ne pensez-vous pas que... Oui, je vous assure qu'il vaudrait mieux partir dès maintenant.

Ses forces étaient à bout. Il comprenait qu'elles allaient l'abandonner, pour peu que la situation se prolongeât, et qu'il ne serait plus maître de lui.

— C'est tout ce que je mérite, fit-elle atterrée.

Soyez tranquille, Dick, je vais m'en aller. Oh ! mon Dieu, que je suis malheureuse !

— Non... vous n'êtes pas malheureuse. Il ne faut pas que vous soyez malheureuse. Il n'y a aucune raison pour que vous souffriez... Attendez encore un moment. Je voudrais vous donner un souvenir de moi : ma *Mélancolie*. Elle était bien belle, la dernière fois que je l'ai vue ! Gardez-la, Maisie, en souvenir de Dick, et si jamais vous êtes dans le besoin, vendez-la ; elle vaut quelques centaines de livres, sur le marché.

Il chercha parmi ses toiles.

— Elle est encadrée de noir. Est-ce sur un cadre noir que je mets la main ?... Tenez, la voici... Qu'en dites-vous ?

Il tourna vers Maisie le tableau où seul un amas informe de couleurs attestait maintenant le travail effacé... En même temps, ses yeux se fixaient sur ceux de la jeune fille, comme s'ils eussent pu surprendre encore dans son regard l'éclair d'admiration attendu...

— Eh bien !...

Sa voix sonnait, pleine et presque gaie. Artiste, il savait avoir fait une belle œuvre, et il la montrait avec un orgueil confiant. Maisie regardait ce gâchis innommable, et une folle envie de rire la prenait à la gorge. Cependant, quoi que signifiât cette folle aberration, il fallait, par pitié pour Dick, ne rien laisser paraître... Aussi des larmes mal refoulées tremblaient encore dans sa voix quand elle répondit :

— Oh ! Dick, qu'elle est belle !

Il eut l'oreille frappée du léger sanglot nerveux

dont elle avait accompagné ses paroles et crut y surprendre un cri d'admiration.

— Vous voulez bien l'accepter, alors ? Je l'enverrai chez vous, si vous le permettez.

— Comment ! Vous voulez ? à moi ? Oh ! merci, merci...

Pour ne pas céder à l'irrésistible envie de rire qui s'emparait d'elle maintenant, il fallait fuir au plus vite... Elle courut, affolée, vers la porte, descendit, sans rien voir, sans rien entendre, jusqu'au bas de l'escalier désert, se réfugia dans un fiacre et se fit conduire dans sa petite maison, au nord du Park.

Arrivée là, elle s'assit dans le salon aux trois quarts démeublé et se mit à réfléchir.

Elle pensa longuement à Dick, aveugle pour toujours ; à elle-même, pour juger sa conduite... Elle se complut dans son chagrin, ressentit de nouveau un peu d'humiliation et même de honte ; elle se souvint un moment de sa compagne aux cheveux rouges et devina quelle serait sa colère en apprenant ce qui s'était passé. Puis, comme toujours, elle finit par s'absoudre, en se disant avec un peu de confusion : « Après tout, Dick ne m'a jamais rien demandé ! »

... Et ce fut la fin de Maisie.

Cependant, il n'était pas au bout de ses tortures, le pauvre Dick. D'abord, il se souvenait bien d'avoir conseillé à Maisie de partir ; mais pourquoi s'en était-elle allée si vite, et sans un mot d'adieu ? Sa colère se tourna aussitôt contre Torpenhow, qui lui valait cette humiliation et qui avait pour jamais troublé sa misérable paix. Puis les heures sombres revinrent, peuplées de regrets, de désirs, implacablement éteints dans l'obscurité... Certes, « la reine ne pouvait mal faire », mais en usant pour elle seule aujourd'hui de son droit souverain, elle avait bien cruellement frappé son unique sujet !... Il ne savait pas lui-même à quel point sa blessure était profonde.

— C'était tout ce que je possédais au monde, se dit-il dès qu'il put lier deux idées, et je l'ai perdu !... Et ce pauvre Torp doit être si content de l'inspiration qu'il a eue que je n'aurai pas le courage de le détromper... Allons ! tâchons pourtant de réfléchir un peu.

— Hallo ! fit Torpenhow en entrant dans l'atelier, après avoir laissé à Dick deux heures pour se recueillir. Me voici. Vous sentez-vous mieux ?

— Je ne sais pas trop, Torp ! Venez ici.

Dick toussa plusieurs fois d'un air embarrassé. Il ne savait comment s'y prendre pour adoucir ses reproches.

— A quoi bon nous expliquer ? fit Torpenhow. Levez-vous, et marchons.

Ils se promenèrent alors dans la pièce, comme ils en avaient l'habitude : Torpenhow la main sur l'épaule de Dick et celui-ci livré à ses pensées.

— Mais comment avez-vous découvert mon secret ? demanda-t-il enfin.

— Quand on veut se cacher, il ne faut pas avoir le délire, Dickie ! Je me suis mêlé de ce qui ne me regardait pas, j'en conviens ; mais vous auriez bien ri tout de même si vous m'aviez vu en expédition sous un soleil de feu, à travers les campagnes françaises !... Ah ! il faut que je vous dise : vous entendrez encore un peu de charivari, ce soir, chez moi. J'aurai une demi-douzaine de bons diables...

— Je sais ! Je sais !... Pour la révolte du Bas-Soudan, n'est-ce pas ? J'ai surpris l'autre jour un de leurs conciliabules, et cela m'a fait du mal. Avez-vous astiqué vos armes ?... Pour quel journal irez-vous ?

— Je n'ai encore signé avec personne. Je voulais voir d'abord comment tourneraient vos affaires.

— Vous seriez donc resté avec moi... si les choses avaient mal tourné ?

— Ah ! ne m'en demandez pas si long !... Je ne suis qu'un homme, après tout.

— Vous êtes un cœur d'or, et vous venez de le prouver, de votre mieux !...

— Ne parlons pas de ça !... Serez-vous de la fête, ce soir ? Je crains que nous nous grisions un peu : la guerre est de plus en plus probable.

— Non. J'aimerais autant ne pas me montrer. Si cela vous est égal, je resterai tranquillement ici.

— Pour savourer votre joie, hein ?... Allez, vous avez bien raison : personne plus que vous ne mérite d'être heureux.

Pendant la bruyante soirée qui suivit, Dick, assis dans sa chambre, essaya de ne pas entendre les exclamations joyeuses de ses voisins. Il réfléchissait profondément. Tout à coup, il se mit à rire de lui-même.

— Quand on y songe, se disait-il, la situation est vraiment d'un comique intense. Maisie a cent fois raison, pauvre petite !... Comme elle a pleuré ! Je n'aurais pas cru qu'elle fût capable de laisser ainsi voir son chagrin... Quant à Torp, maintenant que je sais ce qu'il pense, il faut lui donner le change, car sûrement il ne partirait pas, s'il pouvait deviner ce qui m'arrive... Il voudrait rester ici pour me consoler. D'ailleurs, à aucun prix, je ne voudrais avouer qu'on me met au rebut, comme une chaise cassée... Allons ! il faut me tirer d'affaire tout seul. Cela ne me changera guère. Si la campagne n'a pas lieu, et que Torp finisse par tout découvrir, j'en serai quitte pour avoir devant lui l'air d'une bête, voilà tout. Mais, si la guerre éclate, je ne dois pas compromettre l'avenir de mon ami. Les affaires sont les affaires. Il faut que je reste seul. Mais quel tapage ils font, là-bas !

Quelqu'un frappa du poing à la porte de l'atelier.

— Hé ! Dick, cria l'Antilope, venez rire avec nous.

— Ce serait avec plaisir ; mais je ne suis pas en train.

— Eh bien ! je vais avertir les camarades : ils vous tireront de votre trou, comme un blaireau.

— Non, je vous en prie, mon vieux. Vraiment, je préfère qu'on me laisse un peu tranquille.

— Alors voulez-vous qu'on vous fasse passer quelque chose. Un peu de champagne, par exemple ?

— Non, merci, j'ai mal à la tête.

— Vertueux enfant ! Voilà l'effet des coudes

émotions sur la jeunesse. Toutes mes félicitations, Dick ! J'ai pris part, moi, à la conspiration pour votre bonheur.

— Oui... oui... laissez-moi, et tenez, envoyez-moi Binkie.

Le petit chien entra d'un pas délibéré. Il était encore tout glorieux d'avoir joué un rôle dans le concert d'à côté : il avait aboyé dans les chœurs. Mais à peine eut-il franchi le seuil qu'il comprit la différence du milieu et ne songea plus même à frétiller de la queue. Il s'installa sur les genoux de Dick jusqu'à l'heure du coucher. Puis il alla prendre place sur le lit, auprès de son maître aveugle.

Celui-ci compta toutes les heures qui sonnèrent jusqu'au matin, et, quand il se leva, la tête douloureusement lucide après sa longue insomnie, il reçut les compliments officiels de Torpenhow et entendit le récit détaillé de l'orgie de la veille.

Son air abattu provoqua cette remarque :

— Dites donc, vous n'avez pas la mine bien gaie, pour un fiancé de la veille !

— Qu'importe ma mine ! Je suis heureux : cela suffit. Est-ce que vous allez partir ?

— Oui, et cette fois encore pour le Syndicat central. J'ai reçu des offres, et j'ai conclu, mais à de meilleures conditions que l'autre année.

— Et quand partez-vous ?

— Après-demain, pour Brindisi.

— Ah ! tant mieux, s'écria Dick du fond du cœur.

— Eh bien, en voilà une manière de me dire que vous ne serez pas fâché d'être débarrassé de ma présence ! Mais je ne vous en veux pas : vous avez le droit d'être égoïste.

— Ce n'est pas ce que j'ai voulu dire, mon vieux Torp !... Un service, voulez-vous ? Avant votre départ, j'aurais besoin que vous m'escomptiez une centaines de livres.

— Ce n'est guère pour se mettre en ménage !

— Oh ! ce n'est que pour... les frais de la noce.

Torpenhow lui apporta son argent, le lui compta par billets de cinq et de dix livres, et le serra soigneusement dans le tiroir de la table à écrire.

— A présent, se disait-il, je suppose qu'il va falloir me résigner jusqu'à mon départ à l'entendre divaguer à propos de cette jeune fille... Enfin ! Soyons indulgent aux amoureux.

Mais Dick ne parla ni de Maisie ni de son mariage. Il se tenait immobile, sur le seuil de la chambre de Torpenhow, pendant que son ami préparait son bagage, et il fit tant de questions sur la campagne qui se préparait que le correspondant, impatienté, finit par lui dire, le dernier soir :

— Vous êtes comme les ruminants, Dickie, vous remâchez toujours les mêmes choses ; seulement, c'est la fumée de votre cerveau que vous cherchez à brûler, n'est-ce pas ?

— Moi ?... oui... c'est possible... A propos, combien de temps croyez-vous que dure la guerre ?

— Que sait-on ?... Des jours, des semaines, des mois... Cela durera peut-être des années !

— Ah ! que je voudrais en être !.

— Bonté divine ! En voilà une idée !... Vous oubliez maintenant que vous êtes sur le point de vous marier... grâce à moi.

— Non !... Non !... Je n'oublie pas. Je suis sur le point de me marier, c'est vrai, et vous savez bien que je vous en suis reconnaissant. Je vous l'ai dit.

— Vous avez plutôt l'air d'un condamné à mort...

Et, le jour suivant, Torpenhow lui dit adieu, l'abandonnant à cette solitude qu'il avait si ardemment souhaitée...

XV

— Je vous prie de m'excuser, monsieur Heldar, mais... je voudrais savoir si vous n'avez pas l'intention de...

Dick venait de s'éveiller. Une nouvelle journée de sombre désespoir commençait pour lui, et son humeur était aussi mauvaise que possible.

— ...Ce n'est pas mon affaire, je le sais bien, continua Beeton, et, comme je dis toujours : « Occupe-toi de ce qui te regarde, et laisse les autres s'arranger comme ils l'entendent »; mais, au moment de partir, M. Torpenhow m'a laissé entendre que vous comptiez déménager, prendre une maison pour vous, une de ces petites maisons avec des chambres au rez-de-chaussée et un premier étage...

Il est certain que vous y seriez mieux soigné, quoique je fasse de mon mieux pour mes locataires ; mais enfin... est-ce vrai ?

— Torpenhow s'est trompé... Apportez-moi mon déjeuner, et laissez-moi.

— J'espère ne vous avoir pas offensé, monsieur Heldar ? Je ne voudrais pas manquer à un locataire, surtout quand il est affligé...

M. Beeton se retira, laissant Dick à lui-même. Il y avait déjà longtemps que Torpenhow était parti. Plus d'orgies joyeuses dans l'appartement voisin. Un silence absolu. Dick avait commencé de vivre sa nouvelle vie, qu'il trouvait triste comme la mort.

Il est dur de demeurer seul dans l'obscurité où se confondent le jour et la nuit ; de s'endormir par pure lassitude, en plein midi ; de se lever transi dans le froid du crépuscule ou avant les premières clartés de l'aube ! Les premiers temps, Dick, en se réveillant, errait à tâtons dans le corridor des chambres. Quand il avait entendu un ronflement, il savait que le jour n'était pas encore venu ; alors il rentrait chez lui, las et triste. Puis il apprit à ne pas se déranger avant d'avoir surpris les premiers bruits de la maison. Il attendit ensuite que M. Beeton vînt l'engager à se lever. Il s'habillait. Sa toilette n'en finissait pas, maintenant que Torpenhow n'était plus là : les cols, les cravates, les boutons se cachaient dans les coins les plus reculés de la chambre, où il fallait aller les chercher en donnant de la tête contre les angles des meubles.

Une fois habillé, il ne lui restait plus rien à faire, qu'à se tenir en repos et à s'abîmer dans ses pensées jusqu'au premier des trois repas quotidiens. Il y avait des siècles entre le déjeuner et le lunch, puis entre le lunch et le dîner. Il avait beau prier le ciel de lui reprendre la raison : son esprit s'aiguisait au contraire. Ses pensées tournaient en se frôlant à peine les unes les autres, comme des meules qui n'auraient pas de blé à broyer ; son cerveau, qui ne voulait ni s'arrêter ni s'user, travaillait sans cesse à vide, pensait quand même, faisait revivre des images effacées, évoquait la figure de Maisie, rappelait des succès déjà lointains, retrouvait les itinéraires de hardis voyages accomplis jadis à travers les océans et les déserts, faisait luire tout à coup la gloire infaillible attachée à des œuvres nouvelles, et c'était comme une effrayante revue de ce que l'existence de Dick aurait pu être, si ses yeux ne l'avaient pas trahi !

Quand la pensée, à la fin, s'arrêtait, fatiguée, un flot d'angoisse déraisonnable et irrésistible envahissait l'âme de Dick. La misère lui apparaissait menaçante ; il lui semblait que le plafond allait s'écrouler sur sa tête ; il avait peur que le feu prît à la maison et le consumât, impuissant qu'il serait à fuir, comme une vermine dans la flamme rouge ; il traversait des agonies plus affreuses encore, auprès desquelles l'effroi de la mort elle-même n'était rien !...

Puis, courbant la tête et se cramponnant de ses

poings aux bras de son fauteuil, il luttait contre lui-même, tout baigné de sueur, jusqu'à ce qu'un bruit d'assiettes lui annonçât le repas.

M. Beeton le servait en personne, quand il en avait le temps. Dick écoutait avidement sa conversation, où il s'agissait principalement de tampons à gaz mal agencés, de tuyaux de descente en mauvais état et de trucs ingénieux pour planter des clous sans détériorer les murailles. Tous les racontars de l'office prenaient pour lui un immense intérêt. L'installation d'un nouveau robinet devenait un sujet d'entretien pour deux jours.

Une ou deux fois par semaine, le tenancier l'emmenait dans ses courses du matin. Tandis qu'il marchandait du poisson, achetait des mèches de lampe ou les mille ingrédients d'un ménage, Dick reposait son corps tantôt sur une jambe, tantôt sur l'autre, et jouait avec les boîtes ou avec la ficelle du comptoir.

Il avait cessé de se raser, trouvant les rasoirs dangereux, et répugnant à aller exposer son infirmité chez un barbier. Il n'avait jamais pris beaucoup de soin de sa tenue ; mais, comme il ne pouvait même plus savoir si l'on brossait ses vêtements, il devint bientôt aussi négligé qu'on peut l'être.

M. Beeton lui offrit, un jour, d'amener son fils Alfred qui avait eu un prix de lecture à l'école, pour lui donner connaissance des nouvelles des journaux ; mais à peine l'enfant lui eut-il lu quelques lignes d'un article de Torpenhow qu'il le renvoya au plus vite vers ses parents, en lui mettant dans la main une demi-couronne pour sa peine... A travers la psalmodie nasale de l'écolier, il avait reconnu les cris effarés des bêtes de somme, derrière les soldats, là-bas, dans le carré ; il avait revu avec ses yeux d'autrefois la plaine de Souakim ; il avait entendu les hommes jurer et se quereller autour des gamelles, et senti l'âcre nuage de fumée chassé le long du camp par le vent du désert.

Cette nuit-là, il pria Dieu de lui ôter la mémoire ; mais Dieu n'entendit pas sa prière.

Un jour, après une de ses plus horribles crises de désespoir, M. Beeton vint le chercher pour une promenade.

— Nous n'irons pas au marché, aujourd'hui, dit l'hôtelier, mais dans le Park ! Cela vous va-t-il ?

— Je veux être damné si j'y retourne jamais !... Non, restons dans les rues, et parcourons-les d'un bout à l'autre : j'aime entendre la foule autour de moi.

Ce n'était pas tout à fait exact. Dick, comme tous les aveugles encore peu familiarisés avec leur infirmité, avait horreur de sentir aller et venir à ses côtés les heureux qui avaient la liberté de leurs mouvements ; mais il répugnait à retourner dans le Park... Trop de souvenirs l'y attendaient !...

— Quelle rue voulez-vous prendre ? demanda M. Beeton un peu déçu, mais avec résignation.

Il ne concevait rien de plus délicieux pour sa part que de consacrer un jour de fête à quelque pique-nique sur les pelouses de Green-Park, avec sa famille assise en plein air au milieu d'une demi-douzaine de sacs en papier remplis de provisions.

— Restons au bord du fleuve, dit l'aveugle.

Et ils longèrent la Tamise, jusqu'au pont de Blackfriars, puis ils prirent l'avenue de Waterloo... La rumeur étrange des bateaux et le bruit du courant avaient d'abord absorbé toute l'attention de Dick, et M. Beeton lui expliquait en vain les beautés du paysage ; mais, lorsqu'ils se furent engagés dans la grande voie, tout changea.

— Si je ne me trompe, disait l'hôtelier, voici de l'autre côté de la rue cette jeune femme qui venait poser chez vous, dans le temps. Je ne sais plus comment elle s'appelle, mais je reconnais bien sa figure.

— Arrêtez-la ! appelez-la ! s'écria Dick. Elle se nomme Bessie Broke. Dites-lui que je voudrais lui parler. Allez vite !

Beeton traversa la rue à travers le flot des voitures et accosta Bessie, qui se dirigeait vers le pont. Elle reconnut tout de suite le cerbère qui la dévisageait naguère quand elle montait chez Dick, et sa première idée fut de fuir.

— N'êtes-vous pas l'ancien modèle de M. Heldar ? lui demanda le tenancier en se plantant devant elle... Oui, je vous reconnais bien, maintenant. Venez donc : il est là-bas, de l'autre côté de la rue, et désire vous parler.

— Qu'est-ce qu'il me veut ? demanda Bessie à voix basse.

Elle se rappelait soudain, avec une netteté singulière, certaine opération à laquelle un jour elle s'était livrée sur un tableau que le peintre venait à peine d'achever.

— Je ne sais. Il m'a prié de vous faire signe, voilà tout. Il est devenu aveugle.

— Aveugle !... Vous voulez dire alcoolique, probablement ?

— Non, non, aveugle. Il n'y voit plus du tout. Tenez, le voilà devant vous, là-bas.

Beeton montrait un pauvre être aux épaules voûtées, à la barbe hirsute, qui s'appuyait gauchement au parapet du pont. Ce fantôme d'homme avait autour du cou une vieille cravate jadis rouge et sur le corps un veston poussiéreux. Il n'y avait vraiment rien à craindre de cet homme-là. En admettant qu'il voulût poursuivre Bessie, il ne pourrait courir bien vite, ni bien loin. Elle traversa la rue, et le visage de Dick s'illumina quand elle fut auprès de lui. Il y avait si longtemps qu'une femme, quelle qu'elle fût, n'avait daigné lui parler !

— J'espère que votre santé est bonne, monsieur Heldar ? demanda-t-elle, un peu embarrassée.

— Oui, très bonne, vraiment !... Je suis heureux de vous voir... ou plutôt de vous entendre, Bess. Pourquoi n'êtes-vous pas revenue à la maison depuis que vous avez reçu votre argent ?... Mais pourquoi seriez-vous revenue, en effet !...

M. Beeton se tenait à côté d'eux, solennel comme un ambassadeur.

— Je me promenais, dit Bessie... Je suis dame de comptoir, à présent, dans une brasserie... où alliez-vous, de ce pas ?

M. Beeton eut peut-être, à ce moment, la vague intuition qu'il avait prêté les mains à un invraisemblable roman d'amour. Il n'avait d'ailleurs aucune raison particulière pour envisager de haut les choses de ce monde. Toujours est-il que, sans bruit, il s'esquiva, s'évanouit pour mieux dire, comme un nuage, et s'en retourna chez lui, sans un mot d'excuses, pour surveiller ses chers tuyaux à gaz. En le voyant s'éloigner, Bessie fut prise tout d'abord d'une certaine anxiété : qu'allait-il faire ? Allait-il prévenir quelque homme de police ! Mais Dick paraissait ignorer ou avoir oublié le mal qu'elle ui avait fait. Elle se rassura.

— C'est joliment dur, expliqua-t-elle, de tourner les robinets à bière ! Et puis il y a une espèce de machine pour le contrôle... Vous avez des tas d'histoires si vous vous trompez d'un sou à la fin de la journée !... Cette mécanique-là ne doit pas être juste, n'est-ce pas ?

— Je ne l'ai jamais vue fonctionner... Où est Beeton ?

— Il est parti.

— Allons, il va falloir que je vous prie de me reconduire jusque chez moi. Voulez-vous ? Je vous dédommagerai de votre peine.

Il leva sur elle ses yeux inutiles, en ajoutant :

— Regardez ?...

Bessie regarda, et vit ces yeux éteints.

— Mais peut-être cela va-t-il vous déranger de votre chemin ?... Si vous le préférez, je pourrais appeler un policeman ?...

— Oh ! non. Mon travail commence le matin à sept heures, mais je suis libre à partir de quatre heures. C'est très supportable.

— Hélas ! et moi qui me ronge tout le jour !... Je voudrais bien avoir aussi quelque chose à faire. Rentrons, Bessie.

En se retournant, il se cogna contre un passant et recula en poussant un juron. Alors, Bessie lui prit le bras sans rien dire, et ils marchèrent quelque temps en silence, la jeune fille le guidant adroitement à travers la foule.

— Où est... M. Torpenhow ? demanda-t-elle tout d'un coup.

— Il est parti pour le désert.

— Où est-ce le désert ?

Dick désigna un côté de l'horizon.

— Vers l'Est, à l'embouchure de la Tamise ; puis au Sud ; puis de nouveau à l'Est, tout le long de l'Europe méridionale ; puis encore au Sud, pour Dieu sait combien de lieues...

Cette explication ne fixa pas du tout les idées de Bessie. Néanmoins, elle se tut jusqu'à la maison, paraissant ne plus songer qu'à faciliter la marche de Dick.

— Nous allons prendre du thé et des *muffins*, dit-il gaiement. Je ne puis vous dire, Bessie, à quel point je suis heureux de vous retrouver. Qu'est-ce qui vous a pris, de vous sauver ainsi ?...

— Je ne savais pas si vous aviez encore besoin de moi.

— Oh ! non, je n'avais pas, comme vous dites,

besoin de vous... Mais enfin !... Enfin, je suis content que vous soyez revenue, voilà tout. Vous connaissez l'escalier, je pense !...

Bessie le reconduisit jusque chez lui — il n'y avait là personne pour l'en empêcher — et elle referma la porte de l'atelier.

— Quel taudis ! s'écria-t-elle aussitôt. Il y a des mois qu'on n'a rien rangé, ici !

— Non. Il y a seulement des semaines, Bess. Les Beeton s'en inquiètent fort peu.

— Alors, à quoi vous servent-ils ?... Vous les payez, n'est-ce pas ? Pour quoi faire ? Il y a de la poussière partout. Le chevalet en est couvert.

— Oh ! le chevalet... Je ne m'en sers plus beaucoup.

— Et les tableaux, et le plancher, et vos habits ! Eh bien, c'est moi qui dirais deux mots aux femmes de chambre !

— Allons, sonnez pour le thé !...

Dick se dirigea vers son fauteuil accoutumé. Bessie le regarda marcher, et quoiqu'elle ne fût guère accessible à l'attendrissement, elle se sentit un peu émue tout de même... Mais ce qui domina aussitôt en elle, ce fut le sentiment très net de sa nouvelle supériorité ; son premier mot le trahit, et surtout l'accent de sa voix, quand elle reprit :

— Depuis combien de temps êtes-vous ainsi ?

Elle semblait courroucée, en vérité, comme si l'infirmité de Dick eût été l'œuvre des domestiques de la maison.

— Qu'est-ce que vous me demandez ? fit-il.

— Depuis combien de temps êtes-vous... comme vous voilà ?

— Depuis le jour où vous êtes partie avec mon chèque. Je venais de finir mon tableau. Je l'ai à peine vu vivre.

— Eh bien, on vous vole depuis ce jour-là, voilà tout ? Heureusement que j'y vois clair, moi !

Une femme peut aimer tel homme, et haïr tel autre ; mais, règle générale, elle fera tout son possible, en vertu d'un invincible instinct, pour empêcher qu'on ne dupe celui qu'elle méprise. Le bien-aimé se tirera bien d'affaire tout seul ; quant à l'autre, puisqu'on le déteste, c'est apparemment qu'il est dénué de toute intelligence ; il a donc besoin qu'on le protège.

— Oh ! croyez-vous, vraiment, que M. Beeton me vole tant que cela ?

Bessie allait et venait dans l'atelier, et c'était une joie pour Dick d'entendre le bruit de sa jupe et de ses pas légers.

Une servante se présenta sur le seuil.

— Du thé et des muffins ! lui commanda Bessie d'un ton bref. Deux cuillerées de thé et une par-dessus le marché pour l'infusion. Et faites attention que je ne veux pas de cette vieille théière qu'on nous servait autrefois : elle ne vaut rien. Donnez-en une autre !

La femme de chambre se retira scandalisée. Dick pouffait de rire. Puis il se mit à tousser : Bessie, en remuant les meubles, soulevait une épaisse pous-sière.

— Que diable faites-vous donc ?

— Je range un peu. Cet atelier a l'air d'un garni démeublé. Comment avez-vous pu laisser partir tout ce qui vous appartenait ?

— Comment aurais-je pu m'y opposer ? Allez, époussetez tant que vous voudrez !

Elle épousseta furieusement, en effet, et au milieu de ce branle-bas, survint Mme Beeton, qu'on avait avertie et qui accourait pour exprimer son indignation. Avait-on idée de cette intruse qui se permettait de réclamer des muffins et une théière propre, comme si elle avait le droit d'ordonner !...

— Eh bien, est-ce prêt ? demanda Bessie, sans se déranger de son travail.

Ah ! mais, c'est qu'elle n'était plus une petite malheureuse, une traînée de la rue ! Grâce à l'argent de Dick, elle s'était rachetée ; elle avait acquis le droit de tourner les robinets à bière avec les personnes les plus distinguées de son sexe. Elle était proprement vêtue de noir, maintenant, et rien ne l'empêchait de regarder avec autorité une tenancière d'hôtel ! Il y eut entre les deux femmes un rapide échange de regards, que Dick, s'il avait pu le voir, aurait certainement apprécié. Les distances furent aussitôt rétablies : Bessie l'emportait. Mme Beeton retourna griller ses muffins et dut borner sa vengeance à quelques remarques faites à voix basse devant son mari, sur les modèles d'atelier qui deviennent fatalement des cocottes et des rôdeuses.

— Ne nous mêlons pas de ces affaires, à cet

homme, disait prudemment Beeton. Quand on ne le contrarie pas, il est doux comme un mouton, mais, dès qu'on lui résiste, il est violent comme un diable. Nous avons pris chez lui trop de petites choses depuis qu'il est aveugle, pour nous montrer trop regardants sur ce qu'il fait. Tout cela ne lui servait plus à rien, sans doute, puisqu'il n'y voit plus ; mais nous pourrions tout de même avoir des ennuis avec la police. Portez-leur ce qu'ils demandent, Liza, et ne vous querellez pas avec cette jeune femme...

— Ah ! voilà qui va mieux, dit Bessie en s'asseyant devant le plateau à thé. Inutile de rester pour nous servir ! Merci, madame Beeton.

— Je n'en avais nullement l'intention, riposta l'autre d'un air pincé !

Bessie ne daigna point relever cette réponse. Elle avait toujours vu les vraies dames réduire ainsi au silence leurs inférieurs, par une allure indifférente et hautaine... Et tout le monde sait que, lorsqu'on est employée dans un café de premier ordre, rien n'empêche qu'on se marie et ne devienne une vraie dame, en un clin d'œil.

Elle laissa tomber un regard sur Dick, assis en face d'elle, et fut choquée, mécontente. Son veston était couvert de taches ; sa bouche, sous la barbe inégale et négligée, s'abaissait tristement aux coins ; son front était ridé, contracté ; sur ses tempes creuses les cheveux prenaient une teinte indécise, comme s'ils grisonnaient déjà. La profonde misère physique et la déchéance de cet homme lui faisaient pitié, vraiment ! Et néanmoins, tout au fond de son cœur, il y avait un peu de joie méchante à le voir ainsi abattu à son tour, lui qui jadis l'avait humiliée.

— Que c'est bon de vous entendre autour de moi ! lui disait-il cependant en se frottant les mains. Allons, racontez-moi vos succès, Bessie ; dites-moi comment vous vivez maintenant !

— Bah ! ce n'est pas intéressant. Je vous assure que j'ai une vie très tranquille. Si vous pouviez me voir, vous en seriez convaincu. C'est vous qui n'avez pas l'air de bien vivre ! Qu'est-ce qui a pu vous rendre si vite aveugle ?... Comment n'avez-vous personne qui vous soigne ?

Dick était trop heureux d'entendre le son de cette voix pour souffrir de ce qu'elle lui disait.

— J'ai reçu une blessure à la tête, il y a quelque temps ; c'est cela qui m'a fait perdre la vue. Pourquoi voulez-vous qu'on s'occupe de moi ? Je n'en vaux plus la peine.

— Vous ne connaissiez donc personne, quand vous étiez bien ?... Vous n'aviez donc pas d'ami, homme ou femme ?

— Oh ! si fait ; mais je ne tiens pas à ce qu'on vienne me voir.

— Le fait est qu'avec cette barbe que vous avez laissé pousser... Vous devriez la couper. Elle ne vous va pas.

— Eh ! bon Dieu, mon enfant, vous imaginez-vous que je m'inquiète maintenant de ce qui me sied ou non ?

— Vous avez tort ! Il faut la faire couper avant

que je revienne... Vous me permettez bien de revenir, n'est-ce pas ?...

— C'est-à-dire que je vous en serai très reconnaissant ! J'ai le remords de ne pas vous avoir trop bien traitée autrefois : je m'amusais à vous mettre en colère.

— Oh ! oui...

— Vrai, je le regrette. Venez me voir quand vous pourrez, aussi souvent que vous le pourrez. Songez que je n'ai plus au monde personne qui se soucie de moi, que vous... et le père Beeton !

— Ah ! En voilà un, par exemple, qui se donne du mal pour vous !... Et sa femme donc !... — Bessie, en disant cela, rejetait la tête en arrière avec le même mouvement de hautain mépris qu'elle avait naguère « posé » pour le peintre. — Ils vous laissent vous débrouiller tout seul, et ils ne vous font rien ! rien ! Voilà la vérité. Il n'y a qu'à ouvrir les yeux pour s'en apercevoir. Je reviendrai, très volontiers ; mais il faut vous faire raser et vous faire donner d'autres habits. Ceux que vous avez sur vous sont répugnants...

— Je dois en avoir des tas dans quelque coin, fit-il humblement.

— Je le sais bien ! Dites à M. Beeton de vous en préparer de propres, et, moi je vous les brosserai, je les tiendrai en état. Vous pouvez être aussi aveugle qu'une porte de prison ; mais ce n'est pas une raison pour que vous soyez mis comme un balayeur !

— ...Est-ce que, vraiment, j'ai l'air d'un balayeur ?

— Cela me fait de la peine pour vous ! dit-elle en lui prenant les mains avec élan. Oui, cela me fait de la peine !...

Instinctivement, il baissa la tête, comme pour baiser ces doigts qui touchaient les siens. Hélas, c'était la seule femme qui eût pitié de lui, et il n'était plus assez fier pour n'être pas sensible à un peu de compassion.

Mais Bessie se dégagea.

— Non ! non !... Pas cela... tant que vous n'aurez pas repris votre air gentleman. Faites-vous raser et habiller. Après cela, nous verrons.

Il l'entendit s'apprêter à partir. Elle mit ses gants et se leva pour lui dire adieu. Passant derrière lui elle l'embrassa hardiment sur la nuque ; puis elle s'enfuit, aussi vite que le jour où elle avait détruit la *Mélancolie*.

— Quand on pense que j'embrasse cet homme ! se disait-elle en descendant l'escalier, après tout le tort qu'il m'a causé ! C'est égal : il fait vraiment pitié. S'il était mieux tenu, il ne serait pas trop laid... Comme ces Beeton l'exploitent ! Je suis sûre que le mari doit avoir en ce moment sur le dos une des chemises de son locataire. Je verrai demain ce qu'il y a à faire Il doit avoir pas mal d'argent, cet artiste !... Cela pourrait être plus avantageux que le « café »... Rien à faire, une situation respectable, et personne après tout n'aurait rien à dire.

Dick avait été profondément troublé par ce baiser d'adieu. Il en garda la trace brûlante toute la nuit. Du moins y gagna-t-il de songer à prendre soin de sa personne. Il fit couper sa barbe et s'en trouva mieux... Des vêtements propres, du linge blanc, l'assurance qu'une femme prenait intérêt à sa personne et voulait qu'il fût plaisant à voir, tout cela le fit redresser avec un bien-être oublié depuis longtemps. Pendant quelques heures, son esprit fut libéré de la hantise de Maisie, qui aurait pu, elle, lui donner un baiser comme celui là !...

— Voyons ! se dit-il après son déjeuner. cette fille ne peut tenir à moi, voilà qui est bien certain ! C'est le hasard seul qui me l'a ramenée, et, si elle revient encore, ce sera par intérêt. Eh bien ! si l'argent peut payer ses bons offices et ses attentions, j'achèterai tout cela... Pourquoi pas ? Où sont donc les gens qui s'occuperont de moi spontanément ? Celle-ci consent à m'assister : je puis bien, moi, l'en récompenser ! C'est une femme de condition abjecte, il est vrai ; mais elle s'est élevée déjà au rang social de demoiselle de comptoir : qu'elle me soit utile, qu'elle me tienne compagnie, qu'elle me soigne... et je la mettrai à l'abri du besoin...

Il caressa son menton frais rasé et se prit à craindre qu'elle ne revînt pas.

— Je devais avoir un peu l'air d'un balayeur, comme elle dit ! Dame ! ce n'est pas tout à fait ma faute... Et puis, je savais bien que je faisais des taches sur moi ; mais cela m'était tout à fait égal !... Pourvu qu'elle revienne !... Ce serait cruel de sa part de ne pas revenir... Maisie n'est venue ici qu'une fois, elle ! Cela lui a suffi !.. Elle a bien fait, en somme. Sa vie a un but. Tandis que Bessie n'a que ses robinets de bière à tourner... A moins, cependant, qu'il n'y ait quelque part un jeune homme qui compte dans son existence !... Etre trompé pour un calicot ! Voilà ce qui me pend au nez...

Quelque chose se révolta en lui.

— ...Eh bien ! oui, j'en souffrirai cruellement !... Oui, cela fera revivre tous mes désespoirs ! Oui, je reverrai mes tortures, une à une, ressusciter devant moi, et toutes mes passions mortes, et tous mes désirs éteints !... Si bien qu'à la fin j'en deviendrai fou !...

Oui, je sais tout cela, criait-il en serrant les poings, je le sais, mais qu'importe ! Est-ce qu'il est dit, Dieu du ciel, qu'un misérable aveugle comme moi devra se contenter toujours de manger sa pitance et de vivre dans l'ordure ?... Ah ! comme je voudrais qu'elle vienne ?... »

Elle vint de bonne heure, dans l'après-midi. Pour le moment, il n'y avait pas de « jeune homme » à son horizon, et elle pensait uniquement à la possibilité de trouver auprès de Dick une existence confortable où ses jours couleraient dans l'oisiveté.

— Je ne vous aurais pas reconnu, dit-elle d'un air aimable. Vous voilà redevenu ce que vous étiez autrefois, un gentleman qui prend soin de sa personne.

— Est-ce que cela ne vaut pas un second baiser ?... demanda Dick en rougissant un peu.

— C'est possible !... Mais vous ne l'aurez pas tout de suite. Asseyez-vous, que je voie ce qu'il faut faire. Je suis sûre que M. Beeton vous vole, maintenant que vous ne pouvez plus examiner ses comptes tous les mois. Ai-je raison ?

— Vous devriez tenir mon ménage, Bessie ?

— Impossible, ici ! vous le savez comme moi.

— Eh bien, nous pourrions aller ailleurs, si cela vous convenait.

— Je ne dis pas non. Mais le moyen ?... Je ne me soucie pas de travailler pour deux.

C'était une invite parfaitement claire. Dick se mit à rire.

— Vous rappelez-vous où je serrais mon livre de compte ? dit-il. Torp l'a fait régler avant son départ. Il doit être dans quelque coin, tâchez de le trouver.

— Il était d'ordinaire sous le pot à tabac... Ah ! le voilà.

— Eh bien ?

— Comment ! Quatre mille deux cent dix livres sterling, neuf schillings et un penny... Mâtin !

— Je vous fais cadeau du penny !... Que dites-vous du total ? ce n'est pas mal, n'est-ce pas, pour le travail d'une année ?... Avec cela, et cent vingt livres de rentes, trouvez-vous que l'on puisse vivre ?

C'était la fortune ; c'était le droit de ne plus travailler, d'avoir de jolies robes et de vivre à sa guise !... Et tout cela était à portée de sa main !... Oui, mais, pour prouver qu'elle en était digne, il convenait qu'elle fît montre de ses talents de ménagère.

— Soit ; mais il faudra d'abord s'en aller d'ici, et, quand nous nous mettrons à faire l'inventaire du mobilier, nous découvrirons que M. Beeton vous a escamoté un tas de choses... Votre appartement a l'air bien moins rempli qu'autrefois.

— Qu'est-ce que cela me fait ? Nous lui abandonnerons tout ce qu'il a pris. La seule chose à laquelle je tienne, c'est au tableau que j'ai fait d'après vous, à l'époque où vous me détestiez tant ! Nous quitterons cette maison, Bess, et nous nous en irons le plus loin possible.

— Oui ! oui !... fit-elle un peu troublée.

— Je ne sais guère, à la vérité, en quel endroit du monde je réussirai à me fuir moi-même ; mais j'essaierai. Venez, Bess, vous aurez toutes les jolies robes que vous voudrez. Vous aimez cela, les jolies robes, hein ? Allons, embrassez-moi maintenant. Dieux éternels qu'il est doux de mettre son bras à la taille d'une femme !...

Alors s'accomplit l'infaillible évolution de ses idées : « Si son bras avait entouré la taille de Maisie ainsi !... S'ils avaient échangé un baiser !... Si... »

L'angoisse qui lui saisit aussitôt le cœur lui fit presser davantage encore Bessie contre sa poitrine. Quant à elle, sa seule préoccupation était de se demander comment elle expliquerait à Dick le « petit accident » arrivé à son tableau. Il désirait vivement la garder auprès de lui, cela était visible. Cela était naturel aussi, car enfin, dans quel abîme ne retomberait-il pas si elle l'abandonnait ? Alors elle ne risquait rien à parler. Et puis ce serait une délicieuse expérience à faire que cette révélation. Que dirait-il ? Que ferait-il ? Selon les principes de Bessie, il était bon qu'un homme éprouvât une crainte salutaire devant la compagne de sa vie.

Elle eut un petit rire nerveux et dit, en s'éloignant de lui :

— Bah ! à votre place, je ne me tourmenterais pas pour ce tableau.

— Il est quelque part, derrière mes autres toiles. Cherchez-le, Bessie ; vous le connaissez aussi bien que moi.

— Oui, mais...

— Mais quoi ? Vous êtes assez fine pour le vendre le prix qu'il vaut à un marchand. Les femmes s'entendent bien mieux que les hommes à conclure une affaire. Savez-vous bien qu'on en donnera couramment de huit à neuf cents livres sterling ?... Ce sera pour vous ! Pendant longtemps j'ai fait tout ce que j'ai pu pour éloigner l'idée de m'en défaire ; ce tableau-là, voyez-vous, il était pour ainsi dire mêlé à ma vie ; mais baste ! maintenant, nous allons effacer tout ce passé et recommencer par le commencement. Est-ce dit, Bess ?

Elle eut un regret amer de ce qu'elle avait fait... tant d'argent ! tant d'argent qui serait à elle maintenant, et qu'elle avait perdu par sa faute !... Mais, après tout, l'aveugle estimait sans doute son œuvre bien au delà de sa valeur. Les artistes sont comme cela : ils exagèrent toujours... Elle se mit à rire, comme une femme de chambre nerveuse qui s'excuse d'avoir brisé quelque porcelaine.

— Je suis bien fâchée ; mais vous vous rappelez comme j'étais furieuse contre vous... à ce moment-là... à cause du départ de M. Torpenhow.

— Oui, je me souviens, vous étiez furieuse, en effet, et ma foi, il y avait un peu de quoi.

— Alors... je... Mais est-ce bien vrai que M. Torpenhow ne vous l'a jamais dit ?

— Quoi ?... Qu'est-ce qu'il m'aurait dit ?... Je ne comprends rien à toutes vos réticences... Venez m'embrasser, allez ! Cela vaudra mieux.

Bessie lui obéit, et tout de suite, pendant qu'il la tenait encore dans ses bras, elle dit :

— J'étais si furieuse que j'ai effacé toute la peinture avec de la térébenthine... Vous ne m'en voulez pas, dites ?

— Comment ? Répétez ce que vous venez de dire.

La main de l'aveugle se refermait autour de son poignet, comme un bracelet.

— Je l'ai effacée avec de la térébenthine et grattée avec le couteau... Je pensais que vous n'auriez qu'à la refaire... Vous l'avez refaite, n'est-ce pas ? Oh ! lâchez mon poignet... vous me faites mal !

— Alors, il ne reste rien de la peinture ?...

— Non... rien ! Je suis bien fâchée... Je ne savais pas que vous le prendriez ainsi ; je croyais seulement faire une farce... Vous n'allez pas me battre, je pense !

— Moi ? vous battre ?... Oh ! non. Laissez-moi réfléchir.

Sans lâcher le poignet de Bessie, il restait immobile, les yeux fixés sur le tapis. Puis il secoua la tête, comme un jeune taureau qu'un coup de fouet sur les naseaux renvoie dans le chemin de l'abattoir, qu'il cherchait à fuir. Pendant des semaines il s'était efforcé de ne pas penser à l'œuvre suprême qui résumait pour lui toute sa vie passée. Depuis le retour de Bessie, de nouvelles perspectives s'étaient ouvertes devant lui, il s'était rattaché par l'esprit à cette figure où il avait mis tout son talent et toute son âme. Il savait pouvoir se procurer, grâce à elle, un peu plus de bien-être et gagner un peu de gloire nouvelle... Qui sait ! Peut-être même aurait-il fini par oublier Maisie et par vivre heureux auprès d'une jeune femme insouciante et rieuse !... Et voilà que, par la sottise de cette petite servante vicieuse, il se trouvait de nouveau dépouillé de tout ! Il lui devenait même impossible de s'attacher désormais à cette fille. Bien pis ! Il comprenait maintenant qu'elle l'avait rendu ridicule aux yeux de Maisie...

Il eut un petit sifflement qui se termina en un rire nerveux.

— Voilà un avertissement du ciel, Bessie ! Tout bien pesé, ce doit être pour mes péchés... C'est donc pour cela que Maisie s'est enfuie d'ici !... Elle m'a cru fou, bien certainement. Dame ! Il y avait de quoi. La figure n'existe plus du tout, n'est-ce pas ? Comment avez-vous pu faire une chose pareille ?

— J'étais si en colère ! Mais, vous savez, maintenant je le regrette bien.

— Ah ! vraiment ?... Vous m'étonnez. En tout cas, peu importe. C'est moi qui me suis trompé, voilà tout.

— En quoi vous êtes-vous trompé ?

— Vous ne comprendriez pas, ma chère... Dieu bon ! penser qu'une petite ordure comme vous aurait pu me faire sortir du droit chemin !...

— Je ne suis pas une ordure, répliqua Bessie avec colère, en essayant de dégager sa main qu'il tenait toujours. Je ne veux pas que vous me parliez sur ce ton. Je me suis vengée, parce que je vous détestais. Et, si je me repens maintenant, c'est parce que vous...

— Parce que je suis aveugle, parfaitement. Le tout se manifeste dans les plus petites choses.

Bessie se mit à pleurer. Elle était énervée de se sentir tenue comme par des menottes. Elle avait peur de ce visage aveugle. Elle était irritée aussi de la moquerie qui accueillait la révélation de sa vengeance.

— Ne pleurez pas, lui dit-il. Vous ne savez pas quel tort vous m'avez causé ; mais je ne suis pas en colère, je vous assure ! Tenez-vous tranquille en ce moment.

Bessie frissonnante était tout contre lui ; mais Dick ne pensait qu'à Maisie, et c'était une pensée douloureuse, comme si un fer rouge eût touché la plaie vive de son cœur. Avoir perdu ce qui était son seul amour, et ne pouvoir plus même tenter de l'oublier au bras d'une autre femme ! N'avoir plus la suprême ressource qui est offerte à tous les hommes de chercher une consolation ou du moins une diversion dans le travail ! Etre seul, abandonné, misérable... et aveugle ! Quand un homme en est là, est-ce que vraiment il ne mérite pas qu'on le plaigne ?

Dick pensait à tout cela en gardant la main de Bessie dans la sienne.

— Vous ne pouvez comprendre, fit-il en relevant la tête ; mais le Seigneur, qui est parfois terrible, est toujours juste. Ce qui m'arrive aujourd'hui me profitera. Torp serait de mon avis, s'il était ici. Lui aussi il a souffert par vous ; mais pas longtemps, grâce à moi, qui l'ai sauvé. J'espère même que cette action-là sera portée à mon crédit... là-haut !

— Laissez-moi m'en aller ! dit Bessie d'un air sombre. Laissez-moi m'en aller ?

— Tout à l'heure.

— Vous vous moquez de moi... Je veux partir.

— C'est de moi que je me moque, Bess !... — Il délivra son poignet, mais, comme il se trouvait entre elle et la porte, la fuite était impossible. — Quel mal effrayant peut causer une misérable femme !... De quoi donc parlions-nous, tout à l'heure, avant cet incident ?...

— De notre départ... et de l'argent qu'il faudrait. Nous devions nous en aller tous les deux.

— Ah ! oui, c'est vrai !... Eh bien, nous partirons ; ou plutôt, je partirai.

— Et moi ?

— Vous ? Je vous donner... cinquante livres, pour avoir gratté ce tableau.

— Alors, vous ne m'en voulez plus ?...

— Mais non ! mais non !... Avec cet argent-là, vous pourrez vous payer de jolies choses pour vous toute seule.

— Vous disiez que vous ne pouviez plus vous passer de moi...

— C'était la vérité, il y a bien peu de minutes ; mais je vais mieux, maintenant, merci ! Allez me chercher mon chapeau, voulez-vous ?

— Et si je ne voulais pas ?

— J'appellerais Beeton, et cela vous coûterait cinquante livres, voilà tout. Mon chapeau.

Bess obéit en le maudissant tout bas... Tous ses plans étaient bouleversés. Dick lui avait inspiré depuis la veille une pitié sincère ; elle l'avait embrassé sans déplaisir, car il n'était pas laid... Elle serait devenue volontiers sa garde-malade, sa protectrice... Par-dessus tout, il possédait plus de quatre mille livres qu'on aurait volontiers dépensées. Et voilà que par un mot imprudent, par un absurde besoin de faire un peu de mal, tout lui échappait : l'argent, les toilettes, l'oisiveté bénie, l'agrément d'un intérieur et la possibilité de jouer à la dame...

— Voulez-vous me bourrer ma pipe, Bess ? Le tabac n'a pas de goût dans l'obscurité, mais qu'importe : il aide à penser. Quel jour sommes-nous donc ?

— Mardi.

— Bon ! C'est jeudi le jour du paquebot. Quelle folie

j'ai failli faire ! Avec vingt-deux livres, je paie mon passage ; j'en ajoute dix pour les extras... Il faudra que je descende chez Mme Binat, en souvenir d'autrefois... Nous disons trente-deux livres, plus ce qu'il faut pour les frais de la dernière étape... C'est Torp qui va être étonné de me voir !... Cent trente-deux livres, si j'en emporte deux cent dix, il m'en restera soixante-dix-huit pour les pourboires ou les bakchich... Il faut bien cela. Pourquoi pleurez-vous, Bess ! Essuyez-vous les yeux, petite bête, et venez avec moi... Ah ! donnez-moi mon livre de chèques, et attendez une minute que je fasse un calcul... Quatre mille livres à quatre pour cent, ce qui est un intérêt sûr, cela fait cent soixante livres par an ; avec mes cent vingt livres de rente, sûres aussi, c'est un total de deux cent quatre-vingts livres... Ces deux cent quatre-vingts, ajoutées aux trois cents qu'elle a déjà, font près de quinze mille francs de rente. C'est l'aisance dorée pour une femme seule... Partons, Bess ; nous allons à la Banque.

Plus riche de deux cent dix livres serrées dans sa ceinture, Dick obligea Bess, tout à fait ahurie, à se précipiter avec lui de la Banque aux bureaux de la « Compagnie péninsulaire et orientale », où il expliqua brièvement son désir :

— Port-Saïd. Première. Pour *aller* seulement. Cabine aussi rapprochée que possible des bagages. Quel est le bateau en partance ?

— Le *Colgong*, dit l'employé.

— Part-on de « Tilbury » ou des Docks ?

— Des Docks. Midi quarante. Jeudi.

— Merci, Monnaie s'il vous plaît. Je n'y vois pas très bien : voulez-vous les compter dans ma main !

Quand Dick s'en alla, l'employé le suivit d'un regard d'estime.

— S'ils prenaient tous leur billet comme ce monsieur, dit-il à son voisin, le métier serait moins dur. Mais on a toujours affaire à des gens qui bavardent à n'en plus finir.

Dick rentra très satisfait dans son atelier, en palpant de sa main la place où l'argent et le billet étaient serrés dans sa ceinture :

— Nous voici maintenant à l'abri des entreprises de l'homme, du diable, et surtout de la femme, dit-il ; tout va bien. Dites-moi, Bess : j'ai trois petites affaires à expédier, d'ici à jeudi ; mais je puis me passer de vous. Venez jeudi matin à neuf heures. Nous déjeunerons, et vous me conduirez aux Docks.

— Qu'allez-vous donc faire ?

— Eh ! je vais partir, tout simplement ! Pourquoi resterai-je ici ?

— Mais vous ne pourrez vous passer de quelqu'un pour vous soigner.

— Bah ! je puis tout faire moi-même. Hier encore, je ne m'en doutais guère ; mais je le sais maintenant. Ce que j'ai accompli déjà est considérable. Il suffit de vouloir. Est-ce que mademoiselle Bessie aurait une objection à m'embrasser, pour la peine ?

Chose étrange, Bessie fit des difficultés ; mais Dick n'en perdit pas sa gaîté.

— Vous avez peut-être raison, après tout ! Eh

bien, c'est dit ; venez après-demain, à neuf heures, et vous aurez votre argent.

— Bien sûr ?

— Je ne mens jamais. Vous verrez cela, si vous venez ! Adieu, Bessie. Envoyez-moi Beeton en descendant.

Le tenancier, au bout d'un moment, se montra.

— Combien vaut mon mobilier ? lui demanda Dick à brûle-pourpoint.

— Il me serait difficile de vous le dire, monsieur. Il y a d'assez jolies choses ; mais d'autres sont bien usées.

— Je suis assuré pour deux cent soixante-dix livres.

— Oh ! les polices d'assurance ne signifient pas grand'chose. Pour moi, je...

— Au diable vos lenteurs ! Je vous pose une question précise : répondez nettement. Il me semble que vous avez gagné sur moi et sur vos autres locataires, puisque vous parliez l'autre jour de vous retirer.

— Cinquante livres, répondit M. Beeton.

— Le double ! ou je brise la moitié de mes meubles et je brûle le reste.

Il se dirigea vers une bibliothèque tournante où s'empilaient des albums de dessin et arracha une des colonnettes d'acajou.

— Oh ! c'est un péché, monsieur, s'écria l'hôtelier scandalisé.

— C'est mon bien, il me semble. Cent livres, ou je continue.

— Cent, soit !... Il m'en coûtera au moins trois schillings six pence pour faire réparer ce montant

— Il fallait vous décider plus tôt ! Arrangez-vous pour me payer demain et veillez à ce que mes effets soient emballés dans ma petite malle brune. Je pars.

— Mais le terme d'avance ?

— Je vous le paierai. Occupez-vous de mon bagage, et fichez-moi la paix.

M. Beeton s'entretint de ce départ subit avec son honorable moitié, dont l'avis fut que Bessie devait être cause de tout.

Cependant Dick allait et venait chez lui en chantant. On l'entendit crier tout à coup :

— Monsieur Beeton ! Où diable est mon pistolet ?

— Courez ! Il va se tuer ! Il est devenu fou, dit l'hôtelière.

M. Beeton se précipita et s'efforça d'adresser à Dick les paroles les mieux faites pour le calmer... En fin de compte, il lui promit de lui donner son revolver, le lendemain.

— Ah ça ! vous figurez-vous que je veuille attenter à mes jours, vieil académicien au nez rouge ! lui répliqua Dick quand il eut fini par comprendre le sens de ses prudentes exhortations. Prenez-le vous-même, mon pistolet ! Prenez-le de vos mains tremblantes, stupide bonhomme ! Et faites bien attention, surtout : il est chargé ! Dès que vous le toucherez, il est capable de partir... Cherchez dans mon équipement de campagne : tout cela doit former un paquet au fond de la malle.

Dès longtemps, Dick avait eu la précaution de se pourvoir d'un équipement du poids total de quarante livres et composé d'après les données de sa propre expérience. C'était là le trésor qu'il cherchait maintenant à retrouver, en bouleversant toute sa garde-robe. M. Beeton escamota le pistolet qui se trouvait à la partie supérieure du paquet et Dick palpa avec ravissement un veston et un pantalon de *khaki*, des jambières de drap bleu et d'épaisses chemises de flanelle qui enveloppaient une paire d'éperons recourbés. Sous ses vêtements et sous la gourde, il y avait encore un album et un buvard de maroquin.

— Ceci, je n'en ai pas besoin. Vous pouvez le prendre, monsieur Beeton. Je garde tout le reste. Mettez ce sac en haut et à droite de ma malle. Quand vous aurez fini, venez dans l'atelier avec votre femme. J'ai besoin de vous deux. Ah! donnez-moi une plume et du papier.

Il n'est pas facile d'écrire, quand on n'y voit pas, et Dick avait cependant de bonnes raisons pour désirer que son manuscrit fût parfaitement clair. Il commença, en accompagnant de sa main gauche, les mouvements de la droite :

— « *L'irrégularité de mon écriture provient de ce que je suis aveugle. Je suis hors d'état d'apercevoir même ma plume...* » Voilà qui est clair, je pense, et qui supprimera toute chicane possible !... Je n'ai pas besoin de témoin pour signer cette première déclaration. Allons, une ligne de blanc maintenant, et la suite : « *Ceci est la dernière volonté et le testament de Richard Heldar. Je suis sain de corps et d'esprit et n'ai aucune disposition antérieure à annuler...* » Voilà qui va bien. Maudite plume !... Où suis-je sur le papier ?... « *Je laisse tout ce que je possède au monde, c'est-à-dire quatre mille livres de capital, plus de deux mille sept-cent vingt-huit livres placées en rente...* » Allons, bon ! Je n'écris plus droit du tout.

Il déchira la moitié de la feuille et recommença, depuis la petite note d'en-tête. Il continua ainsi :

— *Je laisse tout cet argent à...* », — suivirent le nom de Maisie et les raisons sociales des deux banques où était placée sa petite fortune. — Ce n'est peut-être pas tout à fait dans la forme légale ; mais personne n'a l'ombre d'un droit sur ce qui m'appartient, et, par conséquent, aucune contestation n'est à craindre. D'ailleurs, j'ai mis l'adresse de Maisie... Entrez, monsieur Beeton... Regardez : voici ma signature, n'est-ce pas ? Vous l'avez vue assez souvent pour la reconnaître. Voulez-vous me servir de témoins, vous et votre femme ?... Merci ! Demain, vous me conduirez chez le propriétaire ; je lui paierai mon terme et lui confierai ce papier pour le cas où il m'arriverait quelque chose en route. Maintenant, nous allons allumer le poêle. Restez avec moi et donnez-moi tous mes papiers, à mesure que je vous les demanderai.

Il faut l'avoir expérimenté soi-même, pour savoir quelle belle flambée on peut faire avec les notes, lettres, paperasses de toutes sortes accumulées pendant une année. Dick fourra dans le poêle tous les documents de l'atelier, à l'exception de trois lettres fermées... Il détruisit également ses albums de croquis, les esquisses, les toiles blanches ou déjà ébauchées...

— Y en a-t-il des choses inutiles dans l'appartement d'un locataire qui habite la maison depuis longtemps ! fit enfin M. Beeton, philosophe à sa manière.

— En effet ! Est-ce qu'il ne reste rien, maintenant ?

— Rien du tout. Et le poêle est presque rouge.

— Parfait ! Nous venons de détruire des croquis valant à peu près un millier de livres. Savez-vous cela ? C'est ce que j'en aurais tiré, il n'y a pas longtemps.

— Oui, monsieur ! répondit poliment M. Beeton, qui n'était pas éloigné de croire son client un peu fou.

Au fond, il pensait que toutes ces vieilles toiles et ces bouts de papier tenaient une place énorme. Il n'était pas fâché d'en être débarrassé.

Il n'y avait plus qu'à remettre le testament en mains sûres, ce serait l'affaire du lendemain. Dick se traîna sur le plancher, ramassant tous les débris de papier pour les détruire, s'assurant qu'aucun tiroir ne contenait plus trace de sa vie passée. Puis il s'assit devant le poêle, où le feu mourait, et dont les parois de fer surchauffées craquaient dans le silence de la nuit.

XVI

— Adieu, Bess ! Je vous avais promis cinquante livres : en voici cent... c'est le produit de la vente de mon mobilier à Beeton. Avec cela, vous pourrez vous passer quelques fantaisies... Tout bien considéré, vous n'êtes pas une trop méchante fille...

— Faites mes amitiés à M. Torpenhow, s'il vous plaît, quand vous le verrez.

— Je n'y manquerai pas, ma chère. Voulez-vous maintenant, me donner votre bras jusque sur le pont du navire et me conduire à ma cabine ? Une fois à bord, vous serez... c'est-à-dire je serai libre.

— Mais qui s'occupera de vous sur le bateau ?

— Eh ! le maître d'hôtel, s'il vous plaît... A moins que l'argent n'ait perdu tout pouvoir. En arrivant à Port-Saïd, c'est le docteur qui fera le nécessaire si toutefois je ne m'abuse pas sur le compte des médecins de la marine. Après cela, quand je serai débarqué, le Seigneur pourvoira au reste, selon sa coutume.

Bessie mena Dick jusqu'à sa cabine, à travers les groupes encombrants des voyageurs et de leurs familles en larmes. Puis il lui dit adieu, l'embrassa, et s'étendit sur sa couchette, en attendant que le pont fût dégagé de toute cette cohue. Il lui avait fallu bien des jours pour apprendre à se mouvoir dans son atelier tout à coup assombri ; mais il connaissait à merveille la topographie d'un navire, et la nécessité de pourvoir seul désormais à sa propre sécurité le soutenait comme un cordial. Le bâtiment n'avait pas encore dépassé les docks qu'il s'était déjà fait présenter au premier maître d'hôtel... Il donna une gratification princière à ce précieux personnage et le chargea de retenir sa place à table ; puis il retourna dans sa cabine, ouvrit sa malle, s'installa et se sentit le cœur en fête. Toutes ces allées et venues, il les avait accomplies sans peine, trouvant tout de suite son chemin, comme s'il n'eût jamais quitté le bord. Décidément, Dieu était bon !

Un profond sommeil s'empara de lui juste au moment où il allait repenser à Maisie, et il dormit paisiblement, jusqu'à ce que le steamer, quittant l'embouchure de la Tamise, fût soulevé par les premières vagues de la Manche.

Le bruit des machines, l'odeur de l'huile et du goudron, mille détails familiers, et qu'il croyait avoir oubliés, le ramenèrent tout de suite au sentiment de la situation nouvelle.

— Qu'il fait bon vivre ! se dit-il en ouvrant les yeux.

Il bâilla, s'étira voluptueusement et monta sur le pont, où quelqu'un lui annonça qu'on était par le travers de Brighton, dont on apercevait les lumières au loin. Ce n'était pas plus la pleine mer que Trafalgar-Square n'est un pré communal ; mais Dick n'en sentait pas moins l'influence déjà fortifiante de l'air salin. Une brise un peu aigre balançait irrespectueusement le navire, en lui retroussant le nez, une vague, en déferlant, vint éclabousser le gaillard d'arrière, où elle inonda une pile de chaises neuves. Dick entendit l'écume retomber autour de lui avec un bruit de verre brisé ; il en reçut un jet en pleine figure et renifla l'embrum avec volupté ; puis il se dirigea vers le fumoir. Au moment où il y arrivait, un fort coup de vent passa, lui arrachant sa casquette et le laissant tête nue dans le cadre de la porte. Un homme de service, comprenant qu'il avait affaire à un voyageur d'expérience, lui dit qu'on allait danser pour sortir de la Manche. Les choses se passèrent ainsi, en effet, et Dick en éprouva une satisfaction sans bornes.

En mer, il est permis, il est même recommandé de se retenir aux tables, aux épontilles, aux cordages, aux balustrades, quand on veut aller d'un point à un autre. L'homme qui marche en tâtonnant sur la terre ferme et qui tend les mains pour ne point se heurter aux obstacles, tout le monde reconnaît en lui un aveugle ; mais sur le pont d'un bateau, un aveugle qui n'est pas incommodé par le roulis peut se permettre quelques plaisanteries sur les infirmités de ses compagnons de voyage. Dick avait fait la connaissance du docteur ; il lui raconta toutes sortes d'histoires, payant ainsi sa bienvenue en une monnaie précieuse entre toutes ; il fuma auprès de lui jusqu'à des heures indues et fit si bien qu'il obtint aisément la promesse de descendre à terre à son bras, quand on serait à Port-Saïd.

...Et la mer, selon le vent, soulevait sa houle bruyante, ou demeurait silencieuse ; et les machines

chantaient nuit et jour leur refrain sans chanson ;
et Tom, le barbier loquace, rasait Dick, chaque
matin, sous le vitrage clair, auprès des sabords
où soufflait un vent frais ; et l'on étendait les
tentes au-dessus du pont ; et les voyageurs cau-
saient, jouaient, riaient ; et enfin l'on toucha Port-
Saïd.

— Conduisez-moi chez Mme Binat, demanda Dick
au docteur. Savez-vous où c'est ?

— Vaguement... Toutes ces maisons-là se valent
à peu près, ici ; mais celle dont vous me parlez, vous
l'ignorez peut-être, est un des pires bouges de la
ville. On commencera par vous y voler, et puis on
vous assassinera.

— Oh ! non. Les Binat ne me feront rien de tout
cela. Conduisez-moi seulement chez eux : le reste
me regarde.

On l'y mena et, tout de suite, ses narines retrouvèrent l'odeur bien connue de l'Orient, celle qu'on
respire de l'entrée du Canal jusqu'à Hong-Kong,
et, en même temps, il entendit résonner de nouveau
l'horrible langue « franque » du Levant. La chaleur
le frappa entre les omoplates, comme le coup de
poing familier d'un vieil ami ; son pied glissa sur du
sable ; la manche de son veston, quand il l'approcha
de sa figure, le brûla comme un pain sortant du
four.

En le voyant entrer dans la buvette, Mme Binat
sourit de ce sourire toujours prêt et qui ne s'étonne
de rien... Sans ce petit accident de sa complète
cécité, il aurait pu s'imaginer n'avoir jamais quitté

son ancienne existence : elle bourdonnait encore à ses oreilles. Quelqu'un fit claquer un bouchon en débouchant une bouteille de schiedam ; l'odeur de l'alcool, aussitôt, lui rappela M. Binat... Hélas ! M. Binat était mort. Sa veuve l'apprit à Dick après le départ du docteur, qui s'en allait scandalisé — autant qu'un médecin de marine peut l'être — du chaleureux accueil fait à son compagnon. Cet accueil, en revanche, rendait celui-ci tout content.

— On se souvient de moi, ici, tandis qu'on doit déjà m'avoir oublié, de l'autre côté de l'eau !... J'ai à vous parler de choses sérieuses, madame Binat, quand vous aurez un moment à vous...

Le soir, son hôtesse fit placer sur le sable une table de café, à dessus de tôle, et Dick s'assit à côté d'elle, pendant que la maison, derrière eux, s'emplissait de cris, de rires, de jurons et de disputes. Les étoiles criblaient le ciel, et les fanaux des navires brillaient au-dessus du canal.

— Ah ! mon ami, la guerre est une bonne chose pour le commerce ! lui dit-elle. Mais que fais-tu ici ? Nous ne t'avions pas oublié, va !

— J'étais rentré en Angleterre ; mais j'ai perdu mes yeux.

— Oui ! Mais tu as eu joliment du succès, d'abord. Nous en avons entendu parler jusqu'ici, Binat et moi. Tu t'es servi souvent de la tête de Zina la Jaune dans tes dessins !... Elle vit toujours, tu sais !... Elle était si ressemblante qu'elle ne pouvait s'empêcher de rire, quand les journaux arri-

vaient par la malle. Il y avait toujours, dans ce
que tu faisais, des choses que les gens d'ici pouvaient reconnaître. Je suppose que tu as gagné de
l'argent, avec un succès comme celui-là ?...

— Je ne suis pas pauvre, Dieu merci ! Je vous
paierai largement.

— Moi ! tu ne me dois rien du tout. — Et tout
bas, elle ajouta : — Tomber aveugle si jeune, c'est
affreux !

Dick ne voyait pas l'impression attendrie de son
visage et, d'ailleurs, ce n'était pas de la pitié qu'il
lui fallait. Il lui expliqua brièvement son ardent
désir de rejoindre le front des troupes.

— Comment faire ? lui dit-elle. Le canal est plein
de vaisseaux anglais qui surveillent tout et qui
font même des exercices de tir, comme il y a dix
ans. On se bat au delà du Caire ; mais tu ne peux
aller de ce côté-là sans une passe de journaliste.
Dans le désert, on se bat aussi ; mais ce n'est pas
plus commode de s'y rendre.

— Il faut absolument que j'aille à Souakim.

C'était de ce côté-là que se trouvait Torpenhow,
il le savait par les journaux que lui avait épelés le
fils Beeton. Or, si les steamers de la ligne P. O. ne
touchent pas à ce port, en revanche Mme Binat avait
de précieuses connaissances : des gens qui n'étaient
pas à l'abri de tout reproche, il est vrai, mais qui
pouvaient, à l'occasion, prêter main-forte et le faire
passer partout.

— Mais à Souakim, on se bat tout le temps ! lui
dit-elle. Ce désert-là produit toujours et toujours

des hommes. Et ils sont braves, ces gens !... Pourquoi veux-tu aller de ce côté ?...

— Mon ami s'y trouve.

— Ton ami ? Tais-toi ! l'ami que tu vas retrouver, c'est la mort.

Mme Binat laissa tomber lourdement son bras sur la table, et, après avoir rempli de nouveau le verre de Dick, elle le regarda silencieusement, sous les étoiles. Pourquoi baissa-t-il la tête comme pour dire : « oui », en même temps qu'il répondait :

— Non, c'est un homme bien vivant que je vais rejoindre ; mais, si je devais la rencontrer en route, *elle*, trouvez-vous que j'aurais tort de partir ?

— Moi, te blâmer ? Qui suis-je pour blâmer les autres ?... Mais ce que tu veux faire est effrayant.

— Il faut que j'aille là-bas. Pensez pour moi aux moyens d'y parvenir...

— C'est bien, ne t'en occupe plus. Je m'arrangerai comme il faut pour que tu partes. Tu verras ton ami. Sois sage. Reste assis tranquillement ici jusqu'à ce que la maison soit un peu plus calme. Moi je vais m'occuper de mes clients. Tu iras te coucher tout à l'heure... Je te promets que tu partiras.

— Dès demain ?

— Le plus tôt possible.

Elle lui parlait comme à un enfant. Il resta seul, assis auprès de sa petite table, écoutant les bruits du port et de la route ; il se demandait quand ce serait la « fin ». Puis son hôtesse vint le prendre et le mena jusqu'à sa chambre, en lui enjoignant de dormir. Dans la maison, c'étaient encore des cris, des chants, des rires. Mme Binat se démenait au milieu de tout son monde, l'œil au paiement des consommations, attentive au manège des servantes, et s'occupant de Dick à travers tout cela. Afin de lui être utile, elle se montra aimable pour de brutaux officiers turcs appartenant aux régiments des fellahs ; elle fut prévenante pour quelques employés subalternes du commissariat cypriote ; elle sut enfin réserver des attentions particulières pour un ou deux trafiquants en chameaux, de nationalité incertaine.

Le matin, de bonne heure, vêtue de couleurs voyantes et couverte de faux bijoux, à son ordinaire, elle prépara une tasse de chocolat et la porta dans la chambre de Dick.

— Ce n'est que moi, dit-elle en entrant, et j'ai l'âge de discrétion, je crois ! Mange et bois. Je suis comme les mères françaises qui apportent à leurs fils, quand ils ont été bien sages, le déjeuner du matin.

Elle s'assit au bord du lit et dit à mi-voix :

— Tout est arrangé. Tu partiras sur le bateau du phare. Cela te coûtera dix livres anglaises ; le capitaine ne veut pas accepter moins : il prétend qu'il ne reçoit rien du gouvernement. Ce bateau arrivera dans quatre jours à Souakim. Tu emmèneras avec toi un muletier grec, nommé Georges : dix autres livres. C'est moi qui paierai : il ne faut pas qu'on sache que tu as de l'argent sur toi... Georges t'accompagnera aussi loin qu'il pourra mener ses mules ; puis il reviendra ici, car je garde sa bonne amie comme otage, et, si je ne reçois pas de Souakim un télégramme disant que tu es bien portant et satisfait, la fille répondra pour Georges.

— Merci ! vous êtes mille fois trop bonne, chère madame.

Il étendit lentement sa main vers la tasse.

— Je voudrais faire mieux pour toi, répondit l'étrange femme, et surtout je voudrais pouvoir te conseiller de rester ici ; ce serait plus sage. Mais ce n'est pas cela qu'il te faut, je le comprends bien... Non, va ! Tu partiras, mon enfant. Tu partiras.

Elle se pencha vers Dick et l'embrassa sur le front, entre les deux yeux.

— C'est pour te souhaiter le bonjour, dit-elle en se retirant. Dès que tu seras habillé, nous appellerons Georges, et nous préparerons tout. Mais d'abord, il faut d'abord ta petite malle. Donne-moi tes clefs.

— C'est étonnant ce que l'on m'embrasse depuis quelque temps ! pensait-il. Je m'attends à ce que Torp, lui aussi, me couvre de baisers, quand il me verra... Mais non ! il aura bien plutôt envie de m'envoyer au diable, sous prétexte que je viens l'embarrasser de ma personne... Bah ! ce ne sera pas pour longtemps !

Ohé, madame, cria-t-il, aidez-moi à faire ma dernière toilette avant la guillotine, s'il vous plaît ! Je n'aurai plus, là-bas, le loisir de m'habiller proprement.

Il fouillait dans les pièces de son équipement neuf et se piquait les doigts aux éperons et aux boucles.

— Il faut que je sois très correct, expliqua-t-il. Je me salirai bien assez plus tard ; pour le moment, je veux être irréprochable. Tout est-il bien ?

Il ajustait son col ; il caressait le revolver caché dans un pli de la blouse, sur la hanche droite,

— Je suis incapable de faire mieux, dit Mme Binat en souriant comme si elle avait envie de pleurer. Regarde-toi... Oh ! pardon... j'oubliais...

— Ça va bien ! fit-il, en effaçant de son mieux sous ses doigts les plis de ses jambières. Maintenant, allons voir le capitaine, le bateau et le nommé Georges. Allons, dépêchez-vous.

— Mais à quoi songes-tu ! Il ne faut pas qu'on te voie en plein jour avec moi, sur le pont... Si tu allais rencontrer des dames anglaises !

— Des dames anglaises ? Connais pas ! Il n'existe pas de dames anglaises, ou, s'il y en a, je les ai parfaitement oubliées. Conduisez-moi...

Il eut beau faire et se hâter, et presser tout le monde, la nuit était presque noire lorsque le bateau leva l'ancre. Son hôtesse fit des recommandations sans fin au capitaine et à Georges, touchant son bien-être et sa sécurité. Précieuse protection, en vérité, que cette femme, car il y avait bien peu d'hommes capables d'affronter sa colère, parmi ceux qui fréquentaient chez elle. Ils savaient tous que leur imprudence, un jour ou l'autre, aurait été payée d'un coup de couteau anonyme, au fond de quelque bouge.

Pendant six jours — on en perdit deux dans le

canal encombré de vaisseaux — le petit steamer fit route vers Souakim... Dick employa ce temps à se concilier les bonnes grâces de Georges qui, dévoré d'inquiétude au sujet de son amie, était d'abord enclin à le traiter assez mal.

Quand on arriva enfin, Georges le prit sous son aile ; ils allèrent ensemble le long des quais brûlants encombrés par le matériel neuf et par les rebuts de la ligne Souakim-Berber. Ils rencontraient à chaque pas de vieilles locomotives hors d'usage et des monceaux de traverses ou de rails.

— Si vous restez avec moi, lui dit le muletier, on ne vous demandera pas votre passeport, et l'on ne cherchera pas à savoir ce que vous venez faire...

— Oui, mais je voudrais entendre parler anglais. Qui sait ? Peut-être y a-t-il des gens qui se souviendraient de moi... On me connaissait, ici, quand j'étais quelqu'un, il y a longtemps...

— Dans ce pays, « il y a longtemps » signifie « il y a trop longtemps »... Les cimetières se remplissent vite. Ecoutez : cette voie ferrée va jusqu'à Tanaï-el-Hassan, à sept milles de Souakim. Là, vous trouverez un camp. Les troupes anglaises qui l'occupent font des pointes en avant. Tout ce dont elles ont besoin leur est apporté par le chemin de fer.

— Ah ! bon : c'est un camp permanent. Je connais... Cela vaut bien mieux que de combattre les Fuzzies à découvert.

— Oui, et c'est pour cela aussi que tout, même

les mules, est transporté dans des trains en fer.

— Comment dites-vous ?

— Des trains tout couverts de plaques épaisses, parce qu'on tire dessus.

— Parfait ! Un train blindé. Continuez, Georges.

— Je m'embarque là-dedans, ce soir, avec mes mules. Seuls, les gens qui ont une mission spéciale pour le camp peuvent y monter... parce que les ennemis viennent tirailler tout près de la ville.

— Allons ! Ils ont gardé leurs bonnes habitudes, je vois ça !

Dick respirait avec délices l'odeur de la poussière sèche, du fer surchauffé, du vernis écaillé... Certes, son ancienne vie lui souhaitait une amicale bienvenue, pour son retour !...

— Ce soir même, dès que j'aurai rassemblé mes mules, je me mettrai en route ; mais, vous, s'il vous plaît, envoyez ce télégramme à Port-Saïd, pour dire que vous êtes satisfait de moi ?

— Ah ! c'est vrai, « Madame » vous tient bien, n'est-ce pas ? Sans cela, vous me donneriez peut-être volontiers un coup de couteau, si vous en trouviez l'occasion ?...

— Je ne la trouverai pas ! Mon cœur est chez cette femme.

— Oui, oui, je sais ! C'est malheureux d'être partagé entre l'amour et l'intérêt... Toute ma sympathie, Georges...

Ils allèrent au télégraphe sans être inquiétés, car tout le monde avait de la besogne par-dessus la tête et Souakim est bien la dernière ville où l'on aille passer ses vacances. Comme ils revenaient, Dick entendit une voix anglaise résonner derrière lui : c'était un lieutenant qui lui demandait ce qu'il faisait là.

Le fait est que son aspect devait surprendre un soldat : il avait les yeux cachés derrière des lunettes bleues, et il marchait la main appuyée sur l'épaule de Georges. Il répondit, sans hésitation :

— Gouvernement égyptien... Service des mules. J'ai ordre d'amener mes bêtes au camp de Tanaï-el-Hassan. Faut-il vous montrer mes papiers ?...

— Ce n'est pas nécessaire. Je vous prie de m'excuser. Je n'avais pas à vous interroger ; mais, comme je ne voyais pas bien votre visage...

— Je suppose que je pourrai partir par le train du soir,? reprit Dick, payant d'audace, et que je n'aurai à subir aucun empêchement pour embarquer mes bêtes ?...

— Vous pouvez voir d'ici les plates-formes à chevaux. Seulement, je vous engage à vous y prendre de bonne heure.

Le jeune officier s'éloigna, tout en se demandant quelle sorte de misérable épave humaine pouvait bien être cet individu qui s'exprimait comme un gentleman et s'associait à des muletiers grecs. Dick, lui, se sentait le cœur serré. Ce n'est jamais une petite affaire de tenir tête à un officier anglais, et il y a plaisir à confondre la surveillance d'un clairvoyant observateur ; mais un tel exploit devient douloureux quand il faut l'accomplir dans la nuit profonde, en trébuchant sur les chemins. Et l'éternelle pensée revenait hanter son esprit, de ce qu'il aurait pu être si la destinée ne l'avait si impitoyablement frappé.

Georges partagea son repas avec lui ; puis il alla s'occuper de son convoi. Dick resta seul, assis sous un hangar, la tête dans ses mains. Devant ses yeux fermés passait le visage de Maisie, souriante, les lèvres entr'ouvertes. Tout à coup, une clameur, qui lui sembla formidable, éclata tout près de lui. Il eut peur et faillit appeler.

— Dites donc, vos mules sont-elles prêtes ?

C'était la voix du lieutenant de tout à l'heure, qui lui parlait derrière l'épaule.

— Mon domestique s'en occupe. Je dois vous dire que je suis atteint d'une ophtalmie, et que je n'y vois pas très bien.

— Ah ! diable, voilà qui est mauvais. Vous devriez rester quelque temps à l'hôpital. J'ai souffert de cela, moi aussi. C'est comme si on était aveugle.

— C'est bien mon avis. A quelle heure part le train blindé ?

— A six heures. Il met une heure pour faire sept milles.

— Les Fuzzies l'attaquent donc ?

— En moyenne trois nuits par semaine. C'est moi qui fais le service de nuit...

— Le camp est-il important ?

— Assez ! Il faut qu'il puisse appuyer et ravitailler notre colonne du désert.

— Et elle est bien loin, cette colonne ?

— A trente ou quarante milles. Elle manœuvre dans une région d'une sécheresse infernale.

— Est-ce que du moins le pays est sûr, entre elle et le camp ?

— Cela dépend ! Je ne me soucierais guère de le traverser seul ou même avec un détachement ; mais nous avons des éclaireurs qui savent se faufiler partout avec une adresse merveilleuse.

— Oui, j'ai déjà pu en juger.

— Ce n'est donc pas la première fois que vous venez de ce côté ?

— J'ai vu la guerre à son début.

— C'est cela ! pensa aussitôt l'officier : cet homme a été au service et on l'a cassé.

Néanmoins, il s'abstint de questions sur ce sujet.

— Voici votre domestique avec votre convoi de mules. C'est étrange tout de même...

— Quoi donc ? Que je sois muletier ?

— Je ne l'aurais pas dit ; mais c'est la vérité. Excusez mon indiscrétion... Vous parlez comme un homme bien élevé...

— Dame ! J'ai été au collège.

— J'en étais sûr... Dites donc, je ne voudrais pas vous froisser ; mais vous me paraissez un peu triste... je vous ai vu, tout à l'heure, la tête dans vos mains, comme accablé. C'est pourquoi je vous ai abordé.

— Je vous remercie. Il est vrai que je suis aussi complètement et profondément malheureux qu'un homme puisse l'être.

— Eh bien, voyons ! est-ce que je ne pourrais pas ?... Ce serait à titre de prêt, certainement...

— Vous êtes mille fois trop bon ; mais, sur mon honneur ! j'ai autant d'argent qu'il m'en faut... Par exemple, vous pouvez faire quelque chose pour moi, et, si vous y consentez, je vous en aurai une reconnaissance éternelle : laissez-moi monter dans le « truc » des employés. Il y en a un, n'est-ce pas, en tête du train ?

— Oui, comment le savez-vous ?

— J'ai déjà voyagé de cette manière-là. Laissez-moi voir... ou entendre un peu de la fête : cela me fera tant de plaisir ! Je pars à mes risques et périls, en non-combattant.

L'officier réfléchit une minute.

— Soit ! répondit-il. Le train est censé vide, et il n'y aura personne pour me blâmer à l'arrivée.

Georges, aidé par de bruyants manœuvres, avait achevé de caser ses mules. Sur la voie étroite du chemin de fer, le train était prêt à partir. Il était recouvert d'une forte carapace de tôle qui le faisait ressembler à un long cercueil. Deux trucs étaient placés en avant de la locomotive, l'un percé sur sa surface antérieure d'une embrasure pour la mitrailleuse ; l'autre, muni de meurtrières des deux côtés, pour le tir latéral. Ensemble, ils formaient une seule et même salle roulante, aux voûtes de fer où riaient une vingtaine d'artilleurs.

— Whitechapel ! Tout le monde en wagon ! C'est le dernier train ! cria l'un des soldats, au moment où Dick pénétrait dans le truc de tête. Ah ! Voilà qu'on s'embrasse dans un compartiment de premières !...

— Tiens ! fit un autre. Un voyageur en chair et en os ! Un voyageur pour de bon !... L'*Echo*, monsieur ?... Edition spéciale ?...

— L'*Etoile*, monsieur ? dit un troisième.

— Faut-il apporter une bouillotte à monsièur ?

— Merci bien ! riposta Dick, je compte payer ma place.

Les meilleures relations s'établirent entre lui et les occupants du wagon jusqu'à l'arrivée de l'officier, dont la présence rendit tout le monde silencieux. Puis le train s'ébranla sur la voie cahoteuse.

— Cela vaut bien mieux que d'attaquer ces diables de Fuzzies à découvert, dit de son coin le voyageur.

— Oui ; mais rien ne les impressionne jamais, répondit l'officier. Tenez, les voici qui commencent !

— Une première balle venait de frapper le blindage.

— Nous avons toujours au moins une démonstration de ce genre contre le train de nuit. Mais, le plus souvent, l'attaque se porte de préférence contre le wagon d'arrière, où commande mon *junior*. C'est lui qui a tout le plaisir.

— Pas ce soir, en tout cas : écoutez !

Un vol de lourdes balles s'abattit sur les tôles, aussitôt suivi d'une explosion de hurlements. Les enfants du désert se livraient à leur exercice nocturne, et le train leur offrait une excellente cible.

— Cela vaut-il la peine de leur distribuer une demi-gargoussière ? demanda l'officier au mécanicien, qui était un lieutenant de génie.

— Je crois bien ! Ils sont assommants, ces gens-là. Il faudrait leur donner une leçon.

— Droite : Feu !

Hrrrmph! fit la mitrailleuse par ses cinq bouches, dès que l'officier pesa sur le levier. Les gargousses vides tombèrent en s'aplatissant sur le sol, et la fumée remplit le truc. Un feu nourri, accompagné de nouveaux cris, éclata vers l'arrière, comme une réponse injurieuse des ténèbres. Dick s'allongea sur le plancher, fou de joie, d'entendre le fracas et de sentir l'odeur de la poudre.

— Dieu soit béni ! criait-il avec enthousiasme ; je n'espérais plus me retrouver à pareille fête. Donnez-leur-en tout leur saoul, camarades ! Hurrah !

Le train dut s'arrêter, car la ligne était obstruée. Un détachement partit en reconnaissance, revint bientôt chercher des pioches et des bêches. Les soldats maugréaient. Les ennemis avaient amoncelé sur les rails du sable et du graiver ; on perdit vingt minutes à les déblayer. Puis la marche reprit lentement, agrémentée, par la fusillade, par les cris, par le bruit sec et régulier des mitrailleuses... Il fallait stopper de temps en temps pour replacer un rail arraché des traverses...

Enfin le train vint se ranger sous la protection du camp de Tanaï-el-Hassan.

— Eh bien ! dit le lieutenant à Dick, en raccrochant la gargoussière au-dessous de sa mitrailleuse favorite, comprenez-vous maintenant pourquoi le trajet nous prend une heure et demie ?

— Quelle danse, en effet ! Je voudrais qu'elle eût duré deux fois plus longtemps. Que ce devait être beau à voir de l'extérieur !

— Oh ! vous savez, on se blase bien vite sur ces amusements-là. A propos, quand vous aurez fait vos affaires avec les mules, venez donc voir sous ma tente ce que l'on pourra trouver à manger. Je m'appelle Bennil, de l'artillerie à pied. Faites attention à ne pas vous jeter dans les cordes, par cette obscurité.

Hélas ! Tout pour Dick était obscurité. Il était averti du voisinage des chameaux par leurs grognements et par l'odeur de leur peau ; il savait qu'il y avait des balles de foin non loin de lui, car il le sentait, et puis, ses narines retrouvaient des effluves de cuisine et reconnaissaient la fumée des feux de bivouac. Mais c'était tout ce qu'il *voyait*.

Il était demeuré, pour attendre Georges, à la place même où il venait de descendre de wagon. Il entendit tout auprès un bruit de sabots légers sur les planches et contre l'armure de fer du dernier fourgon. Puis des cris de bêtes et d'hommes. C'était Georges qui faisait débarquer ses mules.

La locomotive lâchait sa vapeur presque à son oreille ; le vent frais du désert dansait entre ses jambes ; il avait faim ; il se sentait fatigué, sale... si sale qu'il essaya de brosser sa jaquette avec ses mains. C'était bien inutile !... Il fourra ses mains dans ses poches et se mit à compter dans combien de circonstances il avait attendu, en des stations étrangères et lointaines, les trains ou les chameaux, ou les chevaux, ou les mules, qui devaient l'emporter au but de son voyage. Dans ce temps-là, du moins, il y voyait !... Peu d'hommes avaient eu des yeux aussi perçants que les siens, et le spectacle d'un camp de guerre, à l'heure du repas, le soir, lui procurait alors des joies toujours nouvelles. C'était de la couleur, de la lumière, du mouvement, toutes choses sans lesquelles il n'y a guère de joie à vivre. Et maintenant, il n'y avait plus en perspective qu'un long voyage à faire dans les ténèbres, pour aller raconter à un ami les douleurs de sa dernière étape !... Il presserait pour la dernière fois la main de Torpenhow, de ce brave Torpenhow, si alerte et si fort, qui pouvait encore vivre, lui, au milieu de l'action, et à qui certain Dick Heldar avait dû autrefois sa réputation... Surtout, qu'on n'allât pas confondre ce Dick triomphant avec le vagabond aveugle et désemparé qui répondait au même nom !... Oui, c'est cela : il rejoindrait Torpenhow, il se rapprocherait autant que possible, et ne fût-ce que pour une heure, de l'ancienne existence... Après quoi, il oublierait tout : Bessie, qui avait détruit sa *Mélancolie* et achevé de ruiner sa vie ; et Beeton, ce fantoche qui habitait une cité de cauchemar, peuplée de clous, de tuyaux à gaz et d'objets divers dont nul n'avait jamais besoin ; il oublierait surtout Maisie, cette Maisie trop infaillible, hélas ! mais qui, à la distance où elle était maintenant de lui, apparaissait si divinement belle et séduisante !...

La main de Georges sur son bras le réveilla de son rêve.

— Que faut-il faire maintenant ? demandait le muletier.

— Ah ! C'est vous... Bien ! Conduisez-moi près des chameliers au bivouac où viennent se coucher les éclaireurs, lorsqu'ils rentrent du désert. Ils se reposent auprès de leurs dromadaires qui mangent le grain dans une couverture noire attachée par les quatre coins à des piquets. Les hommes soupent à côté de leurs bêtes... C'est là que je veux aller.

Le sol était inégal et coupé d'ornières ; Dick trébucha plus d'une fois et s'embarrassa les jambes dans des broussailles.

Les éclaireurs étaient assis auprès de leurs bêtes, comme il l'avait dit. Le reflet de la flamme dansait sur leurs faces barbues ; les dromadaires grognaient alentour.

Dick avait trop d'expérience pour songer à pénétrer dans le désert à la suite d'un convoi de vivres... On lui poserait des questions embarrassantes, et comme un simple touriste n'est d'aucune utilité, bien au contraire, sur le front des troupes, on le renverrait probablement à Souakim. Il fallait qu'il fît le chemin tout seul et qu'il se mît en route sans retard.

— Allons ! un dernier tour d'adresse, pensa-t-il, le plus fort de tous !...

Il dit tout haut :

— La paix soit avec vous, mes frères !

Georges l'amena consciencieusement jusqu'à l'intérieur d'un cercle formé autour du feu. Les têtes des cheiks s'inclinèrent gravement. Les chameaux, flairant un Européen, regardaient de côté, curieux comme des poules couveuses et prêts à bondir sur leurs pieds.

— Une bête et un chamelier, pour rejoindre la colonne, ce soir !

— Un « mulaid » ? dit une voix, nommant dédaigneusement la meilleure bête de somme de cette race.

— Non, répliqua Dick : un mehari. Je n'ai que faire de la lourde machine à porter les bagages.

Deux ou trois minutes s'écoulèrent ; puis cette réponse vint :

— Nous sommes à l'entrave, pour toute la nuit. On ne peut plus sortir du camp.

— Pas même pour de l'argent ?

— Ah !... de l'argent anglais ? — Un silence. — Combien ?

— Vingt-cinq livres anglaises payées au chamelier au bout de la route, et vingt-cinq autres livres confiées au cheik, ici, pour qu'il les lui remette à son retour.

C'était un salaire princier, et le cheik, pensant bien qu'il aurait sa commission, pencha en faveur de Dick. Celui-ci plaida :

— Pour une nuit de voyage à peine, cinquante livres !... C'est-à-dire de la terre, des fruits, de beaux arbres, des femmes, de quoi rendre un homme heureux jusqu'à la fin de ses jours... Allons, qui en veut ?

— Moi, dit une voix... je veux bien ; mais comment quitter le camp ?

— Imbécile ! Ne sais-tu pas qu'un dromadaire

peut briser ses entraves, se sauver et que les sentinelles ne tirent pas sur ceux qui le poursuivent ?..
Vingt-cinq livres, te dis-je, et puis encore vingt-cinq
livres !... Mais, par exemple, il me faut un vrai
mehari ; je ne veux pas d'une bête de somme.

Là-dessus, le marchandage s'engagea, et, au bout
d'une demi-heure, le dépôt fut remis aux mains du
cheik, qui dit quelques mots tout bas au chamelier. Dick entendit celui-ci répondre :

— La route n'est pas longue : n'importe quelle bête
du convoi fera l'affaire. Je ne suis pas si sot que de
risquer mes meilleurs coureurs pour un aveugle.

— Il est possible que je n'y vois pas très clair,
fit Dick, en élevant la voix ; mais j'ai ici un petit
instrument qui a six yeux pour remplacer les miens.
Le chamelier sera en selle devant moi, et si, au point
du jour, nous n'avons pas rejoint les troupes anglaises,
il est mort.

— Mais, par Allah, où sont-elles, les troupes ?

— Si tu ne le sais pas, laisse un de tes camarades
prendre ta place. Si tu le sais, souviens-toi que c'est
une question de vie ou de mort.

— C'est bien ! je le sais, répondit le chamelier
d'un air bourru. Eloignez-vous un peu que je détache
ma bête.

— Un moment !... Georges, tenez un peu la tête
de celui-ci, je veux lui tâter les joues.

Il promena sa main sur le crâne de l'animal,
cherchant la cicatrice en demi-cercle de la marque
imprimée au fer rouge sur chaque mehari.

— Voilà qui va bien. Détachez celui-ci, et rappelez-vous que Dieu est impitoyable à qui a trompé les aveugles.

Les hommes demeurés assis autour du feu se mirent à rire de la déconvenue de leur camarade qui avait eu l'intention de substituer un chameau de bât à celui que Dick venait de choisir.

— Arrière ! cria l'un d'eux.

Et il cingla le mehari, sous le ventre, d'un large coup de son fouet aux lanières tressées. Dick tenait encore dans sa main la corde passée au naseau de l'animal ; il la sentit se tendre et la lâcha aussitôt.

— Illaha !... Aho ! Il s'est détaché !...

Avec des grognements de fureur, le mehari s'était élancé vers le désert ; son conducteur se mit aussitôt à sa poursuite avec des cris d'alarme insidieusement modulés comme des appels. Georges, s'emparant du bras de Dick, l'entraîna, le soutint et le guida, trébuchant à chaque pas et heurtant les moindres accidents du sol... Ils passèrent, en courant, devant une sentinelle, heureusement habituée à ces escapades des chameaux.

— Qu'est-ce qu'il y a encore ? demanda le factionnaire.

— Tout mon équipement qui est sur le dos de cette maudite bête ! répliqua Dick, toujours courant.

— Allez et prenez garde qu'on ne vous coupe le cou, là-bas, à vous et à votre monture.

Le chameau disparut derrière un pli de terrain, et les cris aussitôt se calmèrent. Son conducteur le rappela et le fit agenouiller.

— Monte le premier, ordonna Dick.

Puis, s'installant à la seconde place, il appuya tranquillement le revolver au creux du dos de son compagnon.

— En route maintenant, et pour Dieu, marche vite! Adieu, Georges. Mes bons souvenirs à « Madame », et prenez du plaisir avec votre petite amie. En avant, toi, fils des ténèbres.

Quelques minutes plus tard, il était enveloppé dans un grand silence que rompaient à peine les craquements de la selle et le trot doux des pieds infatigables. Il prit une position commode pour n'être pas trop secoué, resserra la boucle de sa ceinture et sentit, de toutes parts, autour de lui, fuir l'obscurité. Pendant une heure, il n'eut conscience que d'une rapide marche vers l'inconnu.

— Un bon coureur !... dit-il enfin.

— Il a toujours été bien nourri, répondit le chamelier, c'est une bête de race pure, qui m'appartient.

— Va !

Sa tête se pencha, et il essaya de réfléchir ; mais, à chaque instant, le fil de sa pensée se brisait, sous le poids du sommeil... Dans le demi-assoupissement où il s'était un instant laissé glisser, il sentit que le chamelier se retournait doucement sur la selle, pour voir s'il n'y aurait pas moyen de s'emparer du revolver et de mettre fin à la promenade. Il le frappa rudement d'un coup de crosse sur la tête...

Un peu plus loin, le mehari lancé à toute vitesse, commençait l'escalade d'une côte, lorsque d'un buisson épineux, s'éleva le cri strident d'un homme. Un coup de feu éclata, dont la balle se perdit... Et le silence ensuite se referma, et l'irrésistible sommeil recommença de peser sur son esprit.

Il était si las, si engourdi, que sa tête, peu à peu, tombait sur sa poitrine... Il se réveillait en sursaut et puis s'abandonnait encore. Tout ce qu'il pouvait faire, c'était de bourrer de temps en temps les côtes du chamelier avec la crosse de son revolver.

— Y a-t-il clair de lune ? demanda-t-il après un long silence.

— La lune est sur le point de se coucher.

— Que je voudrais la voir ! Arrête un instant, que j'entende, au moins, la voix du désert !

L'homme obéit. Dans le silence profond, un souffle d'air passa qui froissa les branches sèches du buisson, puis s'éteignit. Une motte de terre se détacha de la crête d'une dépression creusée par la pluie et s'émietta doucement avec un léger bruit...

— Va ! La nuit est froide.

Ceux qui ont veillé jusqu'au matin savent que la dernière heure avant le jour paraît interminable. Il semblait à Dick que, depuis l'origine des temps, il n'avait fait autre chose, dans son obscurité, que de fendre l'air, sur le dos d'un mehari. Une fois, par la suite, mais des siècles après son départ, il s'était mis à tâter les têtes des clous de la selle et à les compter soigneusement. Des milliers d'années plus tard encore, il avait passé son revolver de la main droite à la main gauche, en laissant retomber à son côté le bras ankylosé par la fatigue. A travers ces mouvements instinctifs, il s'imaginait parfois être dans son atelier de Londres et peindre sur la toile une scène du désert : le jaune fauve du sable, sous les rayons de la lune décroissante et l'ombre noire du dromadaire, surmontée de deux silhouettes humaines. L'une des deux tendait le bras en avant, avec l'ombre d'un revolver, à l'ombre de son poing...

Le chamelier fit un léger cri. Dick sentit un changement autour de lui dans l'atmosphère.

— Je sens l'aube, murmura-t-il.

— C'est le jour ! répondit le chamelier, et voilà les troupes, là-bas. Etes-vous content de moi ?

Le dromadaire tendit le cou en avant et grogna en flairant de loin l'âcre odeur des chameaux du carré.

— Va ! va ! répétait Dick. Nous n'avons pas de temps à perdre. Va !

— On s'agite dans le camp. On fait une telle poussière que je ne puis distinguer ce qui se passe.

— Et moi ! Est-ce que tu te figures que je peux le voir ? Dépêche-toi !

Ils entendaient un bruit confus de voix, des cris de bêtes, des appels enroués de soldats au réveil. On tira deux ou trois coups de feu.

— Est-ce à notre adresse ? On doit bien voir cependant que je suis Anglais !

Il parlait avec un accent de colère.

— Non, répondit le chamelier : cela vient du désert.

Il se coucha sur la selle, en disant à sa bête :

— Hardi, mon fils ! Quelle chance que le jour ne nous ait pas dénoncés plus loin du but !

Le dromadaire fila comme un trait vers les soldats, tandis que derrière lui les coups de feu se multipliaient. Les hommes du désert avaient combiné la plus désagréable des surprises pour des troupes anglaises : une attaque au lever du jour, et ils mesuraient les distances en tiraillant sur le seul objet visible et mobile en dehors du carré.

— Quelle chance ! Quelle chance inouïe et quasi impériale ! s'écria Dick. J'arrive juste pour la bataille, ma mère !... Seulement, ajouta-t-il tout bas, en fronçant les sourcils, seulement... où est Maisie ?...

— Allahu ! Nous y voilà ! fit le chamelier en pénétrant dans l'arrière-garde.

Le mehari s'agenouilla. Une douzaine de voix dirent en même temps :

— Qui diable êtes-vous ? D'où sortez-vous ?... Apportez-vous des dépêches ? Combien sont-ils là-bas, derrière le monticule ? Comment avez-vous fait pour passer ?

Dick aspira longuement l'air, desserra sa ceinture, et, sans quitter la selle, il cria de toutes ses forces, quoiqu'il eût dans la gorge toute la poussière de la route :

— Torpenhow !... Ohé, Torp !... C'est moi !... Torp !...

Un homme barbu qui retournait les cendres d'un feu éteint pour allumer sa pipe s'élança vers le point d'où venait ce cri d'appel. Au même moment, l'arrière-garde, se formant en ligne, commençait à tirer sur les panaches de fumée qui s'élevaient des crêtes environnantes. Peu à peu, ces petits nuages éparpillés s'étirèrent en longues banderoles blanches, qui flottèrent lourdement dans la clarté de l'aurore avant de se dérouler comme des vagues et de glisser sur les pentes. Les soldats toussaient, pestaient contre la fumée de leurs propres fusils, qui leur revenait à la figure et leur bouchait la vue. Ils s'élancèrent pour dépasser cette muraille épaisse à la fois et légère. Un chameau blessé fit un bond en hurlant et se tut presque tout de suite, après un grognement indistinct ; quelqu'un venait de l'achever pour prévenir la confusion... Puis, on entendit le rauque sanglot d'un homme frappé à mort par une balle ; puis, un hurlement d'agonie, venu du lointain, et le feu redoubla.

Personne ne songeait plus à questionner Dick.

— Descendez ! lui cria Torpenhow. Mettez-vous derrière votre chameau.

— Non. Je vous prie de me conduire sur le front, en face de l'ennemi.

Dick tourna la tête vers Torpenhow, dont il avait reconnu la voix. Il leva la main pour assujettir son casque ; mais ayant mal calculé son mouvement, il le fit tomber, au contraire, et Torpenhow vit que ses cheveux étaient devenus gris sur les tempes et que ses traits étaient ceux d'un vieillard.

— Descendez, Dickie ! descendez donc, imbécile !

Et Dick, obéissant, descendit... Mais ce fut comme un arbre qui s'abat sous la cognée. Il roula de côté

au long de la selle du mehari et tomba aux pieds
de Torpenhow. Sa chance l'avait suivi jusqu'au
bout : une balle miséricordieuse venait de lui traverser la tête.

Et Torpenhow s'agenouilla sous le flanc du chameau, avec le corps de Dick dans ses bras.

FIN

1926. — Fontenay-aux-Roses. — Imp. LOUIS BELLENAND et FILS. — 35.493